También por Tina Folsom

La Mortal Amada de Samson (Vampiros de Scanguards #1)
La Revoltosa de Amaury (Vampiros de Scanguards #2)
La Compañera de Gabriel (Vampiros de Scanguards #3)
El Refugio de Yvette (Vampiros de Scanguards #4)
La Redención de Zane (Vampiros de Scanguards #5)
El Eterno Amor de Quinn (Vampiros de Scanguards #6)

Un Toque Griego (Fuera del Olimpo #1)
Un Aroma a Griego (Fuera del Olimpo #2)

Amante al Descubierto (Guardianes Invisibles #1)

El Refugio de Yvette

(Vampiros de Scanguards – Libro 4)

Tina Folsom

Prólogo

Haven fue el primero en oír el grito alarmado de su madre. Inmediatamente, tomó a su hermano menor Wesley por el cuello de su camisa polo, haciéndolo chillar en protesta.

—Suéltame, Hav. Quiero jugar.

Haven ignoró la objeción de su hermano de ocho años de edad y estampó la mano sobre su boca. —Cállate—, le ordenó, manteniendo la voz baja. Podía sentir el miedo de su madre, a pesar de que él y Wesley estaban en el estudio, y el grito de pánico de su madre había provenido de la cocina donde estaba mezclando pociones.

—Hay alguien en la casa. No hagas ruido—. Dio a su hermano una mirada severa. Los ojos de Wesley estaban abiertos de par en par por el miedo, sin embargo, él asintió con la cabeza. Haven retiró la mano de la boca de Wesley, y fue recompensado con el silencio de su hermano.

Anticipándose a algo como esto, su madre les había dado un protocolo estricto a él y a su hermano: ocultarse y guardar silencio. Si bien Haven quería obedecer a su madre, su grito le había desgarrado el alma, sería un cobarde si no la ayudaba. Era alto para su edad, casi un hombre. El haber sido abandonado por su padre hace menos de un año, le había obligado a crecer rápido. Él era el hombre de la casa ahora. Dependía de él poder ayudar a su madre.

—Ve por Katie y escóndanse debajo de las escaleras—. Su hermana pequeña estaba durmiendo en la habitación de abajo y no en el piso de arriba en el cuarto del bebé, para que se le pudiera escuchar si se despertaba. Ella no tenía que alimentarse hasta dentro de dos horas, y era de esperarse que permaneciera dormida.

Wesley se fue corriendo por el pasillo, sus pies sólo llevaban calcetines y no hacían ruido en el piso de madera. Haven se armó de valor y se arrastró hacia la puerta de la cocina.

—Sabes que tienes que sacrificar a uno de ellos, ¿cuál será? — El hombre decía desde el interior de la cocina. La maldad en la voz del desconocido era inconfundible, y un escalofrío se deslizó por la columna vertebral de Haven como una serpiente.

—Nunca—, respondió la madre de Haven, un destello de luz blanca acompañaba sus palabras. Sabía que, si ella usaba magia tan abiertamente sobre el intruso, significaba que era una criatura sobrenatural: no humana.

¡Mierda!

Mamá no tendría ningún problema en lidiar con un ladrón, pero esto era diferente. Es por eso que necesitaba su ayuda, ya sea que lo hubiera prohibido o no. Podía castigarlo todo lo que quisiera después, pero no iba a quedarse y esconderse como una rata cobarde. Wesley podía hacerse cargo de Katie por sí mismo, pero Haven tenía la edad suficiente... once años para ser exactos... para ayudar a su madre a derrotar a un atacante.

Haven avanzó lentamente y miró detrás del marco de la puerta hacia la cocina bien iluminada. Horrorizado, se apartó.

¡Doble mierda!

Sin lugar a dudas, su atacante era un vampiro... la cúspide de la cadena alimentaria. Sus colmillos se habían alargado y se abrían paso entre sus labios abiertos, sus ojos brillaban de color rojo, cual luces traseras de un coche en la noche. Si bien los vampiros no eran inmunes a la brujería, la madre de Haven no era más que una bruja menor sin poderes más allá de sus pociones y hechizos. Nunca había dominado el control de ninguno de los elementos: agua, aire, fuego y tierra, como lo habían hecho otros de su especie. Ella estaba completamente indefensa.

El vampiro alto y delgado, tenía su mano sujetándola alrededor de su cuello aún mientras sus labios se movían como si tratara de hacer un hechizo. Pero las palabras no salían de su garganta. Luchaba por zafarse de su agarre, sus ojos se lanzaban a un lado, buscando desesperadamente una vía de escape. No había forma de salir... no había manera de que pudiera liberarse si no podía pronunciar un hechizo para hacer que el vampiro la liberara. Y aun así...

Haven sabía lo que tenía que hacer. Reuniendo todo su valor, se precipitó por la puerta y corrió hacia el mostrador de la cocina, donde una variedad de utensilios de cocina estaba dentro de una jarra de barro. Tomó una cuchara de madera y la partió por la mitad.

Con el sonido, el vampiro volvió con rapidez la cabeza hacia Haven y mostró sus colmillos enojado. Un gruñido de advertencia salió desde su garganta.

—Gran error pequeño niño, gran error.

Nadie lo llamaba pequeño y se salía con la suya.

Un gorgoteo ahogado emitió su madre. Ella parpadeó sus ojos hacia Haven, decidida a enviarle un mensaje a pesar de su evidente dificultad. Él la comprendía muy bien, pero no iba a huir. Ella quería que él se salvara a sí mismo. Pero él no era un cobarde. ¿Cómo podía ella siquiera pensar que él iba a correr y dejarla en las manos de ese monstruo?

—¡Suelta a mi madre! —, le exigió al vampiro y levantó la mano que sostenía la estaca improvisada.

Haven se lanzó contra el vampiro, dejando escapar un grito guerrero como los que él había visto en las películas del oeste que le encantaba ver en la televisión. Antes de llegar al chupasangre, el vampiro soltó a su madre y la arrojó contra la cocina, el sonido de su espalda chocando con la puerta metálica del horno, hizo volar una ola de furia a través de Haven. Más rápido de lo que sus ojos pudieron seguir, el vampiro se lanzó sobre él y lo agarró de la muñeca, manteniéndolo inmóvil.

Haven apretó los dientes y comenzó a dar patadas contra la espinilla de la enorme criatura, pero fue en vano. Un gruñido salió de la boca del vampiro. Detrás de él, Haven vio a su madre levantarse, gemidos de dolor salían de su boca. Pero su rostro parecía decidido, y sus labios articulaban un hechizo.

—La noche trae el día, el día trae la noche, ayuda a los pequeños, y...

El vampiro torció la muñeca de Haven, arrancando la estaca de su puño cerrado. Cayó al suelo, rodando fuera de su alcance. Entonces el vampiro lo soltó. Dándose la vuelta, metió la mano en su chaqueta y sacó un cuchillo. —¡Tú, bruja estúpida! — Gruñó. —Yo iba a dejarte vivir.

Sin inmutarse, la madre de Haven continuó recitando: —... a los grandes, y dales poder...

Haven se lanzó al vampiro por detrás, tratando de quitarle el cuchillo de las manos, pero su oponente clavó el codo en los músculos blandos del estómago de Haven y lo empujó al suelo. Cuando Haven levantó la mirada, sólo vio el movimiento de la muñeca del vampiro mientras lanzaba el cuchillo para alcanzar su objetivo.

Un grito sobresaltado interrumpió el conjuro de su madre. El cuchillo le había pegado en el pecho. Mientras ella caía al suelo, la sangre manchaba su delantal blanco, Haven se apresuró a acercarse, pero el vampiro le bloqueó el camino.

—Haven—, gritó su madre con voz tensa. —Recuerda... amar...

—¡No! ¡Hijo de puta! —, gritó Haven. —¡Te voy a matar!

Pero antes de que pudiera hacer nada, el llanto de un bebé llenó la casa. Katie.

La cabeza del vampiro giró hacia el pasillo. Entonces una sonrisa de satisfacción de sí mismo, se extendió sobre su boca. No hizo nada para aliviar la fealdad de su rostro. —Mucho más fácil—, proclamó. —Como si yo quisiera molestarme con un pequeño niño problemático.

—¡No! —, gritó Haven, dándose cuenta de que iba por Katie. El vampiro le había dicho que lo único que necesitaba era a uno de ellos.

El vampiro se precipitó fuera de la cocina hacia el pasillo. Haven corrió tras él, tomando una escoba que se apoyaba contra la pared. Rompió el mango por encima de su rodilla y se apoderó de la parte más corta, que quedó como una estaca.

Cuando llegó al escondite debajo de las escaleras unos segundos después que el chupasangre, el llanto de Katie se mezclaba con los gritos de pánico de Wesley.

—¡Ayuda! ¡Haven, mamá, ayúdenme!

El vampiro apartó el pequeño bulto, que era Katie, de los brazos de Wesley y la apretó contra su pecho, mientras sujetaba con la otra mano al pequeño hermano de Haven que forcejeaba. Los intentos de Wesley de darle puñetazos al vampiro en el estómago, fueron inútiles… sus puños pequeños no hacían ningún daño a la criatura.

—Detente, pequeño idiota.

Ni Wesley ni Haven, escucharon la orden del vampiro. En su lugar, saltó sobre él con la estaca improvisada levantada en su mano, pero el muy cabrón giró demasiado rápido. Empujó a Wesley contra la pared y levantó su brazo para defenderse de la estaca de Haven, mientras sostenía a Katie fuertemente con su otro brazo. Haven no era rival para tal engendro sobrenatural, a pesar de su feroz determinación para salvar a su hermana.

El vampiro le dio una patada contra la pared, el golpe le sacó el aire a Haven. El dolor lo atravesó, recordándole que era sólo un ser humano sin ningún tipo de habilidades para luchar contra el poderoso chupasangre.

—No quiero hacerles ningún daño. Sólo tomaré a uno de ustedes—. Había cierto destello en sus ojos, casi como si se arrepintiera de lo que estaba haciendo. —Para mantener el equilibrio.

Un segundo después, se había ido. La puerta principal se quedó abierta, la oscuridad entrometiéndose en la casa devastada de Haven, el frío y la niebla apoderándose del lugar donde antes había reinado el calor y el amor.

Wesley gimió. —Mamá, ayúdanos.

Haven se arrastró por los pocos metros que lo separaban de su hermano. ¿Cómo podría decirle a Wes lo que le había sucedido a su madre? Y Katie, ¿qué iba a pasarle a Katie?

—Mamá no puede ayudarnos—, susurró Haven a su hermano, ignorando el dolor en sus costillas lo mejor que podía. No era nada en comparación con el dolor que sentía en su corazón. Miró a Wesley y vio las lágrimas corriendo por sus mejillas al comprender sus palabras. Haven no podía llorar, en cambio, su corazón se llenó de odio: odio por todo lo mágico y lo sobrenatural, todo lo no humano. Porque, a pesar de no saber lo que el vampiro había querido ni por qué había matado a su madre, Haven sospechaba que tenía que ver con su magia. No podía haber otra razón. No había estado allí para robarle ninguno de sus bienes materiales. Era para *mantener el equilibrio*, lo que él había dicho. ¿El equilibrio de qué?

Haven se quedó mirando a su hermano y le apretó la mano. —Lo encontraré y lo mataré, y a todos los vampiros que se crucen en mi camino. Y encontraremos de nuevo a Katie. Te lo prometo.

Y no descansaría hasta que hubiera cumplido su promesa.

1

San Francisco, 22 años después

Era una trampa… una trampa tan grande, que Haven nunca podría habérsela imaginado.

Después de recibir mensajes de texto de Wesley para reunirse con él en el almacén abandonado en uno de los barrios menos elegantes de la ciudad, revisó el área y se percató que al menos uno o dos asaltantes lo estaban esperando. Sería como quitarle un dulce a un niño, se imaginó.

No sería la primera vez que liberara a su hermano de las garras codiciosas de un usurero, o de cualquier otro estafador con el que se hubiese metido en problemas. Cualquiera que fuera la cantidad de dinero que quisieran extorsionarle por liberar a su hermano, no verían ni un centavo del mismo. Su arma oculta lo garantizaba.

La puerta del almacén estaba abierta. La empujó e ingresó, sintiendo el olor a humedad del edificio. Se fundía con una extraña mezcla de hierbas, evocando imágenes del Barrio Chino con sus olores y sabores extraños. El largo pasillo delante de él estaba oscuro, la única bombilla colgaba sobre su cabeza cubierta de telarañas y polvo. No había nada atractivo en el lugar.

Una mayor exploración del área fue interrumpida cuando una ráfaga de aire frío llegó hacia él. Un instante después, Haven sintió una fuerza similar a una ola de una gran marea presionar su cuerpo de un metro noventa y noventa kilos de músculo sólido, presionándolo y azotándolo contra la pared. A pesar de su fuerza y de su entrenamiento en todo tipo de combate cuerpo a cuerpo, no podía luchar contra el enemigo invisible.

¡Mierda!

Esta vez no se trataba de algún malandro delincuente.

A Haven no le gustaba la sensación de impotencia que se extendió por su cuerpo mientras el ataque por el campo de fuerza continuaba. Como un cazador de recompensas tan duro como mierda congelada, la vulnerabilidad no era una palabra en su vocabulario. Y no la iba a añadir ahora. Su lista de la letra *V* estaba llena: vagos, vampiros, vendetta. No había espacio para vulnerabilidad. Dejaría eso a la gente de *Webster's*, tal vez ellos le darían un uso a esa palabra.

Y si alguna vez salía de este lío con vida, despellejaría a su hermano, pero no antes de que le hubiera quitado los mocos a golpes.

—Veo que te llegó mi mensaje de texto—, comentó una voz femenina calmadamente. Un momento después, ella apareció a la vista. Era una hermosa mujer, con cabello largo de color rojo en cascada alrededor de la cara y los hombros. Sus pómulos eran altos, su piel blanca y los labios carnosos. A primera vista, la mujer era el sueño de todo hombre y Haven apostaba que cualquier situación en la que Wesley se encontrara, era porque esa mujer había hecho un corto circuito en su cerebro… asegurándose de que él usara más bien lo que tenía entre sus piernas. Haven no era tan susceptible a las mujeres hermosas como su hermano. Nunca se había permitido a sí mismo que jugaran con su cabeza de esa forma. Y él no era tan crédulo como su hermano menor. No, él era duro como una roca y firme como el acero, y de alguna manera tenía que salir de esto.

Haven apretó los dientes, mirando fijamente los ojos azul hielo de la diabólica belleza. —¿Qué le hiciste a mi hermano, bruja? — Como no se había presentado, era justo llamarla por su *profesión* en lugar de su nombre. Y estaba seguro de su profesión: la fuerza que estaba usando en su contra, no era algo que un físico pudiera explicar. Era mágico. Y él reconocía la magia cuando le mordía el culo.

—Lo haces sonar como una mala palabra.

—¿No es así?

Ella sacudió la cabeza con desaprobación, sus rizos de cobre rebotaban alrededor de sus hombros. —Mi nombre es Bess, no es que deba interesarte. Y como el hijo de una bruja, yo habría esperado un mayor respeto de ti. ¿No respetas las habilidades de tu madre?

El recuerdo de su madre, mordió duro en sus entrañas. Él lo hizo a un lado, tratando de evitar las emociones que acompañaban ello, las emociones que él había tratado de suprimir desde su brutal muerte. No iba a permitir que esta maldita bruja lo debilitara, sacando a relucir las cosas que debían estar bien escondidas.

—Deja a mi madre fuera de esto. Ahora, ¿dónde está mi hermano, y qué quieres?

—Tu actitud de muchacho malo y cazador de recompensas, no funciona conmigo, así que déjala en la puerta y entra.

Haven la miró y apretó la mandíbula.

—A menos que no quieras volver a ver a tu hermano. Lo puedo dejar atado y dejar que se pudra.

De repente, la presión en el pecho se alivió, y fue capaz de alejarse de la pared. Se sacudió el resto de sensación de claustrofobia y metió la mano en su chaqueta. La idea de matarla estaba muy presente en su mente, pero sin saber si ella tenía a Wesley en algún lugar de ese almacén, no podía dejar que las balas hicieran su trabajo. Todavía no, de todos modos.

—Y quita la mano de tu pistola.

No hacía falta ser un brujo para saber lo que su mano estaba por sacar. Haven resopló. —Adelante con ello. ¿Dónde está Wesley?

Bess entró en una habitación bastante amplia, un salón de clase. Él la siguió. Varias piezas de muebles que no combinaban, llenaban el espacio. Las alfombras se extendían sobre el piso de concreto, y pesadas cortinas de terciopelo grueso colgaban en las ventanas. Con la estantería llena de libros antiguos y tarros de horribles hierbas de mal aspecto y partes de animales, la habitación tenía un aspecto decididamente gótico. No era su elección de residencia de todos modos.

En sus ocho años como cazador de recompensas, trabajando para diferentes fiadores, Haven había visto su justa parte de rareza, por lo que no le sorprendió. Pero incluso sin ello, no se hubiera sorprendido por sus opciones de decoración. Ella tenía razón, él era el hijo de una bruja, y como tal, ya había visto suficiente. Más de lo que nunca hubiese querido ver… o saber.

Haven apartó los recuerdos. —¿Dónde está Wesley?

La bruja se sentó en uno de los mullidos sofás y señaló hacia un sillón. —En algún lugar seguro. Siéntate.

—Yo no soy tu perro—. Bruja o no, no le gustaba recibir órdenes.

—Te puedo convertir en uno si lo deseas.

Gruñendo con desaprobación, se dejó caer en la silla, creando una nube de polvo a su alrededor. —Me sentaré.

La bruja dejó que la mirada viajara sobre su cuerpo. Una inquietud se apoderó de él, no le gustaba ser estudiado como si fuera alguna pieza de una exposición. O peor aún, un sujeto de algún experimento.

—Tu hermano no es como tú. Parece mucho más… gentil... No como...

—Estoy seguro que no me invitaste para una lección de psicología, además no me gusta el tipo de invitaciones que envías—. ¿Por qué no se había imaginado que su hermano no había enviado ese mensaje? Tal vez porque se había originado del celular de Wesley, y sonaba como él: desesperado por obtener ayuda y plagado de errores. Su hermano no podía deletrear ni mierda, Haven no había puesto en duda su autenticidad.

—¿Habrías venido si te hubiera enviado una carta formal? De todos modos, dejando la broma de lado, tenemos asuntos que discutir.

Haven levantó una ceja. No tenía nada que ver con una bruja. A pesar de que su madre había sido una bruja, ni él ni su hermano habían heredado ninguno de sus poderes. Nunca le había molestado debido a la forma en que le gustaba matar a sus víctimas, viendo de cerca el miedo en sus ojos cuando se daban cuenta que había ganado, no tenía deseo de lograrlo a distancia usando la magia. Y sus víctimas habían sido siempre vampiros... no es que tuviera ningún reparo en incluir a una bruja al grupo. El que lo amenazara a él o a su familia, sería tratado con rapidez. En una forma mortal.

—¿Qué es lo que quieres de mí a cambio de mi hermano?

—Lo entendiste rápido. Dada tu profesión poco ortodoxa, lo que te preguntaré será sólo algo de rutina para ti.

Odiaba que jugaran con él, y el juego del gato y el ratón en el que ella lo estaba metiendo, era su pasatiempo menos favorito. —Dilo de una vez.

—Hay una muchacha, una joven actriz. Me gustaría que la trajeras para mí.

—Teniendo en cuenta que te las arreglaste para hacerme llegar a tu guarida sin ningún problema, no veo por qué no puedes conseguirla por ti misma.

Bess frunció los labios. —Ah, ahí es donde tengo el pequeño problema. Mira, la muchacha tiene un guardaespaldas—. La bruja hizo un gesto con la mano. —Tiene algo que ver con los paparazzi—. Ella rodó sus ojos, su desdén por las celebridades se mostró abiertamente en el color azul frío de los mismos.

—¿Y no puedes hacerte cargo del guardaespaldas? Has utilizado tus poderes para inmovilizarme. ¿De qué está hecho el hombre? ¿De acero? — Algo olía mal. Y no era el incienso que se quemaba en la habitación, robándole el oxígeno.

—Desafortunadamente, su guardaespaldas es un vampiro.

Haven escuchó. Las cosas habían comenzado a ponerse interesantes. Se inclinó hacia delante en su silla, intrigado por sus palabras.

—Veo que ahora tengo tu atención. Podrías matar dos pájaros de un tiro: liberar a tu hermano trayéndome a la muchacha y matar al vampiro como un bono. Es una situación en la que ganamos todos.

Ganamos todos, pero ¿quiénes? —¿Estás tratando de decirme que no puedes derrotar a un miserable vampiro? — Haven sabía que era un hecho que la brujería funcionaba en vampiros tan bien, como en seres humanos. Y por lo visto, esta bruja parecía lo suficientemente fuerte como para luchar contra un vampiro con sus hechizos y pociones, y la forma en que era aparentemente capaz de controlar al menos un elemento: el aire. Él sintió que lo había usado en su propio cuerpo antes. Una bruja que controlaba los elementos, no era alguien con quien se podía jugar.

—Yo podría, si me acercara lo suficiente. Sin embargo, los vampiros pueden sentir a las brujas desde la distancia. Nunca podría acercarme lo suficiente como para hacer trabajar mi magia. Es por eso que necesito un ser humano, tú serás capaz de acercarte sin despertar sospechas.

Hundió la mano en el bolsillo de su chaqueta y sacó un pequeño frasco. Estaba lleno de un líquido de color púrpura. —Una vez que estés lo suficientemente cerca, quiebras el cristal, y el gas dejará al vampiro inconsciente en cuestión de segundos. Y ya sabes qué hacer después.

Atravesarle una estaca.

Haven sonrió sin poder contenerse. Aunque no le gustaba la idea de recibir órdenes de una bruja quien tenía cautivo a su hermano, la idea de entregársele otro vampiro para matar, era atractiva. Desde la muerte de su madre, había buscado al vampiro que había matado y secuestrado a su hermanita. No lo había encontrado aún, pero había matado a muchos otros vampiros desde entonces.

Sin embargo, la idea de entregar a un ser humano inocente a esta bruja creó un incómodo nudo en su estómago. —¿Quién es la muchacha?

La bruja hizo un movimiento de desdén con la mano. —Nadie que te importe.

Haven negó con la cabeza. —¿Qué quieres de ella? Si ella es *sólo* una actriz como dices, ¿por qué estás interesada en ella? — Había mucho que Bess no le estaba diciendo. Tal vez no debería hurgar muy profundo, tal vez sólo debería aceptar la misión y liberar a su hermano de sus garras. Pero aún tenía un poco de conciencia.

—Eso no te importa—, le espetó ella y se levantó. —Tráeme a la muchacha, o aplastaré a tu hermano.

—¿Y dónde está mi querido hermano? —, preguntó con indiferencia. Una vez que él supiera dónde lo mantenía, podría determinar un plan de cómo ponerlo en libertad sin tener que hacer el trabajo sucio por ella.

—Incluso si te digo dónde está, no serás capaz de ponerlo en libertad. Su celda está protegida por conjuros. No serás capaz de atravesarlos.

Si Haven sabía una cosa de brujería, era que una vez que una bruja muriera, todas sus pociones y hechizos de alejamiento, se disolverían también. Ahora *tenía* una idea en proceso. —Por lo tanto, está aquí entonces—, le dijo dando un rodeo y observando su rostro para detectar cualquier reacción que afirmara la verdad de su declaración. No era un excelente jugador de póquer para nada.

Su párpado izquierdo se movió, y él siguió la dirección. Casi se perdió de ver la puerta, se fundía muy bien con las estanterías junto a ella. Cuando él la miró, se dio cuenta de cómo sus labios se habían apretado en una fina línea.

Haven inclinó la cabeza hacia la puerta. —Ya veo.

—No te va a hacer ningún bien. Él está muy bien protegido. Nunca vas a poder romper los conjuros.

Él no tenía que hacerlo. Si la bruja estaba muerta, no habría conjuros.

—Está bien. Lo haremos a tu manera—. Se levantó de su silla y giró un poco, tratando de ocultar el movimiento de su mano derecha. Él tenía un desenfunde rápido y había ganado muchas competencias contra los mejores en el campo. Bess sería historia.

Haven deslizó su mano dentro de su chaqueta, envolvió sus dedos alrededor del mango de la pistola y la sacó de su funda.

—¡Ay! — Gritó él, soltando el arma de su mano un momento después y dejándola caer sobre la alfombra, donde hizo un ruido de golpe amortiguado. Sorprendido, miró furioso la piel de color rojo de la palma de su mano. El arma le había quemado la mano. —¿Qué *mierda*?

—Es mejor que aprendas ahora que no se me engaña. Haz lo que yo diga…o tu hermano muere.

Haven la miró y reconoció impaciencia en sus ojos. Se tragó su ira y se obligó a calmarse. Perder la cabeza ahora, no le serviría a Wesley. Tuvo que hacer a un lado su orgullo y sus escrúpulos. Sólo importaba su hermano. Wesley era todo lo que le quedaba de su familia.

Por el momento, tenía que mantener la calma.

—Tú ganas. ¿Cómo se llama y dónde puedo encontrarla?

2

Yvette se movió hacia atrás de la pantalla de privacidad, en la sala de examen de Maya y se arrancó la bata de papel. Cómo odiaba estos exámenes, pero con el fin de conseguir lo que quería, tenía que lidiar con ellos.

—Es consistente con los resultados del laboratorio—, explicó Maya desde atrás de su escritorio. —No hay nada malo con el útero o las trompas.

—¿Y los óvulos? —, preguntó Yvette mientras se subía los pantalones de cuero muy ajustados, contuvo el aliento, y subió el cierre. Deslizó sus pies en sus tacones de aguja negros. La mayoría de las otras mujeres, se hubiesen partido el tobillo en dos si tuvieran que caminar en sus delgados tacones del diámetro apenas de un centavo, pero se sentía poderosa en ellos. Además, una patada bien colocada con sus tacones, podrían causar graves daños a cualquier agresor.

—Tan frescos y viables como el día en que te convertiste.

Yvette se puso su top negro sobre su cabeza y caminó alrededor de la pantalla, mirando a Maya, que hojeaba el archivo del laboratorio. Durante los últimos meses, se había sometido a una prueba tras otra, para ayudar a Maya a determinar por qué las mujeres vampiros eran estériles y lo que se necesitaría para cambiar eso. No podía negar la dedicación de Maya para el proyecto, a pesar de que ambas no habían iniciado su relación precisamente con el pie derecho.

Después de que Maya había sido convertida en vampiro contra su voluntad, Gabriel, jefe de Yvette, se había enamorado perdidamente de ella. Yvette tenía sus propios ojos puestos en él en ese momento y el hecho de que Maya se hubiera aparecido y se lo hubiera arrebatado en sólo una semana de conocerlo, había dolido.

Pero ninguno de sus anteriores desacuerdos, eran evidentes ahora. Maya, que era un médico antes de que se transformara, se había convertido en una defensora de su causa: encontrar una manera para que las mujeres vampiro pudieran quedar embarazadas. Pero hasta ahora, todas las pruebas habían terminado en un callejón sin salida, ninguna de ellas indicaba la razón de la infertilidad.

—Entonces no lo entiendo. Siempre había asumido que mis óvulos murieron cuando yo fui convertida. Pero si mis óvulos están intactos, ¿por qué no he quedado embarazada? — Había tenido un montón de relaciones sexuales sin protección durante las últimas décadas, no sólo con hombres vampiro, sino también con seres humanos.

Maya hizo un gesto hacia la silla delante de su escritorio, e Yvette se desplomó en ella. —¿Quieres decir que tú no has estado con un hombre desde que nos conocimos?

Eso le puso los pelos de punta a Yvette, a pesar de que ella se había mostrado disponible durante los últimos meses. Pero eso no era asunto de Maya. Era fácil para Maya hablar: tenía un hombre que la amaba y que estaba totalmente caliente por ella, sin importar la hora del día o de la noche. Todo lo que *ella* tenía eran relaciones insatisfactorias de una noche, y ni siquiera se había molestado en hacerlo en los últimos meses.

—Eso no viene al caso. Tuve mucho sexo con hombres viriles, que de hecho sé que han embarazado a otras mujeres. Sólo ha estado un poco lento últimamente—. ¿A quién quería engañar? Ella no se había interesado en nadie después de que Gabriel había hecho el vínculo con Maya. No es que ella estuviera celosa ni nada… los dos eran realmente el uno para el otro… pero había evitado a los hombres, temerosa de caer con el tipo equivocado nuevamente.

—Escucha, Yvette, estamos en el principio de todo esto. No quiero que te desanimes. Basta con mirar lo que ya hemos descubierto: el útero está hecho del mismo modo que el de un ser humano, lo que significa que la transformación no ha cambiado eso. Eso es una buena noticia. Las trompas de Falopio están abiertas y sin obstáculos, y tus ovarios están llenos de óvulos viables. El laboratorio lo confirmó.

Echó una mirada de esperanza a Maya. —¿Qué pasó con el semen donado?

—Una buena noticia en realidad—. Maya buscó a través de sus papeles y sacó una hoja. —Este es el último resultado. Cuando pusimos el esperma donado en contacto con tus óvulos, tuvo como resultado un óvulo fecundado en el tubo de ensayo. Así que hay una...

—Pero mi cuerpo no puede mantener el óvulo fecundado. ¿Es eso? — Al igual que los otros abortos involuntarios. Yvette apartó los recuerdos. Ella no quería que le recordaran aquellos tiempos. Nadie sabía de su pasado. Y ella no iba a traerlos a la luz ahora. Si Maya sabía de los abortos involuntarios que había tenido como un ser humano, nunca hubiera intentado ayudarla. Habría considerado que Yvette era un caso perdido y dejaría de perder su tiempo en esa inútil misión, pero Yvette no podía renunciar a pesar de los obstáculos.

Maya nunca podía saberlo. Pero Yvette recordaba todo: el dolor y la decepción, así como su corazón roto. Ella había estado casada. Robert había querido una familia: ella y los niños, un perro y un gato, una cerca blanca que rodeara su pequeño patio… lo que había conseguido era una mujer que no podía retener la vida que estaba dentro de ella. El primer embarazo había comenzado bastante bien. Él había estado extasiado. Les había contado a todos que ella estaba esperando. Todos los días la había colmado de flores y otras baratijas. Pero un día, en medio de su primer trimestre, había empezado a sangrar. Había perdido al bebé. Robert estaba decepcionado, pero él había dicho que tratarían de nuevo.

Él la había apoyado en ese entonces. Su marido la había consolado. Yvette había quedado embarazada de nuevo seis meses más tarde. Pero todo había terminado de la misma manera. En su tercer mes, había perdido al bebé. Esta vez, su marido no fue comprensivo. Él la había acusado de poner en peligro deliberadamente el embarazo.

Era ridículo. Sin embargo, no lo había detenido para que la dejara. Ella no era lo suficientemente importante para él. Todo lo que quería era un hijo. Y ella no podía darle eso, por lo que dejó de amarla. Ella no quería que eso volviera a suceder, no había dejado que un hombre se acercara tanto en mucho tiempo. Con el siguiente hombre, quería estar segura de poder darle todo lo que él quería. Entonces no habría ninguna razón para que la abandonara… y no le importaba un comino si el hombre era un ser humano o un vampiro.

—¿Yvette?

Yvette levantó la vista y vio el rostro preocupado de Maya.

—Vamos a tener que ser pacientes. Gozas de buena salud, y no hay razón aparente por la que no puedas quedar embarazada. Voy a tener que averiguar lo que sucede en el cuerpo de una mujer vampiro durante la concepción.

Yvette se levantó y pasó la mano por su pelo corto, puntiagudo, negro. —Lo sé. Es sólo que… bueno, estoy impaciente—. Y maldita sea si no se sentía un poco culpable por haberle ocultado su historial médico a Maya, pero no podía divulgar esa información… o el dolor y el sufrimiento que estaban tan estrechamente asociados con esos eventos. Nadie necesitaba saber que, como mujer, era un fracaso. Bastaba con que se enfrentara a la cruda realidad todos los días. Y la verdad era que no era lo suficientemente mujer para dar a un hombre todo lo que quería. Ni como un ser humano, y ciertamente no ahora como un vampiro.

—Voy a hacer todo lo posible.

—Gracias—. Asintió con la cabeza a Maya por última vez, se dirigió hacia la puerta y subió las escaleras a la planta principal de la mansión victoriana, aliviada de dejar la sala de examen detrás de ella.

Después de vincularse unos meses antes, Gabriel y Maya habían comprado una antigua casona victoriana en Nob Hill, no demasiado lejos de la casa de Samson. Ah, Samson, fundador de Scanguards. Él era otro que había encontrado el amor y la felicidad… con una mujer humana, una mujer con la que estaba esperando su primer hijo. La envidia la atravesaba como un cuchillo cortándola en pedazos. No era un niño lo que anhelaba, sino el amor de un hombre. ¿Y cómo podría un hombre realmente amarla por toda la eternidad si no podía darle todo lo que quería? ¿Si ni siquiera podía satisfacer todas sus necesidades?

—Justo la persona que quería ver—, dijo la voz ronca de Gabriel, saludándola cuando llegó al vestíbulo.

Yvette miró a su jefe. Como era el caso con tanta frecuencia, estaba vestido con unos jeans negros y una camisa blanca. Su largo cabello castaño estaba recogido con una simple cola. Ni siquiera estaba tratando de ocultar la cicatriz en su rostro, que se extendía desde la parte superior de la oreja derecha hasta la barbilla. Le daba una apariencia peligrosa. Sin embargo, debajo de todo, era guapo y más bueno de lo que nadie se pudiese imaginar. No se podía decir lo mismo del hombre que estaba junto a él: Zane.

Al igual que ella, Zane era uno de los guardaespaldas empleados en Scanguards, la empresa de seguridad, propiedad de Samson Woodford. Zane era tan alto como Gabriel, pero su cabeza estaba rapada, y aparte de una sola vez, Yvette nunca lo había visto sonreír o reír. Decir que Zane era brutal y violento sería una descripción modesta, sin embargo, al mismo tiempo, era de la familia, al igual que el resto de los vampiros que trabajaban para Scanguards. Ellos eran la única familia que ella conocía. Los únicos que probablemente alguna vez tendría.

—¿Qué puedo hacer por ti, Gabriel?

—¿Todo bien? —, le preguntó e hizo un gesto hacia abajo, que indicaba el consultorio médico de Maya.

La espalda de Yvette se tensó. —Claro, ¿por qué no podría estarlo?

—Bien, bien.

—Mira, Gabriel, no creo que tengamos que involucrar a Yvette—, interrumpió Zane, sus pies con impaciencia rozaban en el suelo de madera.

Gabriel le interrumpió con un movimiento impaciente de la mano. —Hemos hablado de esto. Tú no podrás utilizar el control de la mente con nuestro cliente. No lo permitiré. Si ella te tiene miedo, es mejor que le asignemos a alguien más.

Yvette levantó una ceja. ¿Un cliente que Zane estaba protegiendo, tenía miedo de…escuchó correctamente…su guardaespaldas? Bueno, ciertamente no era nada nuevo. —¿Tienes una misión para mí?

—Sí. El agente de una joven actriz se ha acercado a nosotros para protegerla, mientras ella está en una gira publicitaria aquí en el área de la Bahía. Ella ha tenido algunas amenazas en su contra. Originalmente asigné a Zane, pero resulta ser que la muchacha se siente intimidada por él.

—Quién lo hubiera imaginado—, murmuró en voz baja Yvette. Zane le lanzó una mirada furiosa que no presagiaba nada bueno para su futuro inmediato.

—Yo podría fácilmente influenciarla, y ni siquiera se daría cuenta de que ella no me soporta—, ofreció Zane. Ella sabía muy bien que a su compañero guardaespaldas no le importaba un comino si le gustaba a alguien o no… más a menudo *no*… pero su ego estaba herido, porque había sido sacado de un trabajo que le habían asignado. Zane no era un desertor. Podrían decirse muchas cosas malas de él… demonios, Yvette tenía toda una letanía de cosas que podía recitar de un tirón en ese momento… pero ella tenía que reconocer una cosa: era leal y determinado en extremo.

—No usarás tus poderes sobre ella. No hay necesidad; Yvette puede hacerse cargo de tu trabajo, y te asignaré a alguien más.

—Por mí está bien—, respondió Yvette. —¿Qué otras cosas debería saber? — Ella no hizo caso al gruñido de Zane.

—Su nombre es Kimberly. Ella es una joven de veinte años, una actriz en ascenso. Su última película acaba de llegar a los cines, y está haciendo un gran revuelo. Es probable que haya un montón de locos alrededor que creen estar enamorados de ella. Sólo cuida su espalda de los acosadores y mantén a los paparazzi a raya. Ella no está acostumbrada a toda esa atención todavía.

—No hay problema. ¿Cuándo empiezo?

—Mañana por la noche. Hay una fiesta de estreno en el Fairmont. Te enviaré el informe a tu iPhone. Buena suerte.

—Me parece bien. Me pondré en contacto contigo mañana.

Yvette se dirigió a la puerta, la tensión de hormigueo en la nuca le decía que Zane estaba siguiéndola.

—Me voy de aquí—, se quejó Zane.

—Zane—, advirtió Gabriel, la palabra sonaba como una reprimenda.

—¿Qué? — Zane no detuvo su paso.

—¿Mis órdenes están claras?

Dando una respuesta que más parecía un gruñido que una palabra, Zane se detuvo a su lado y trató de tomar la perilla. Yvette fue más rápida y abrió la puerta principal. Entonces se detuvo en seco. Había en la escalera, un labrador dorado que estaba agachado. En el momento en que la vio, se levantó y meneó la cola.

—¿Tu perro? —, preguntó Zane por encima del hombro.

—No. Me ha estado siguiendo durante cuatro meses. No sé lo que quiere—. No era del todo la verdad. Sí, el perro la había estado siguiendo desde que ella y sus colegas habían rescatado a Maya de las garras de un vampiro granuja, varios meses antes. Lo que Yvette no reveló era que había comenzado a alimentarlo.

—Parece que es tuyo—, observó Zane.

Tenía sentido. Desde que había dejado al perro entrar en su casa, en Telegraph Hill, la bestia realmente pensaba que le pertenecía.

—¿Cuál es su nombre? —, continuó Zane sin inmutarse, obviamente disfrutando de su malestar.

—Perro—. Al oírla decir su nombre, las orejas del perro se animaron y su cola se fue a toda marcha. Maldita sea, él incluso le hacía caso.

—Sí, definitivamente es tuyo. Disfrútalo—. Y Zane se fue, caminando por la calle oscura y desierta, desapareciendo en las sombras.

Yvette miró al perro, cuyos ojos inteligentes parecían hacerle una pregunta. Él inclinó la cabeza y parecía como si le había sonreído. ¿Podrían los perros sonreír?

Ella cedió. —Está bien, vamos a casa.

3

Yvette escuchó menear la cola del perrito golpeando contra el marco de la puerta de madera y abrió los ojos. El haber instalado una pequeña puertecita en la puerta para que el perro pudiera entrar y salir al jardín cuando quisiera, había sido una bendición, sin embargo, también era una maldición. Ahora este callejero, *realmente* pensaba que pertenecía aquí. Cómo podría deshacerse de él para siempre, ella no lo sabía. Incluso había empezado a ladrarle al cartero, como si el pobre empleado postal estuviera invadiendo su territorio.

—Hola, perro—, le saludó mientras saltaba sobre la cama. Una cosa que con certeza no haría, era darle a la bestia un nombre. Una vez que tuviera un nombre, él nunca se iría.

—¿Aún no es la puesta de sol? — Era una pregunta académica, ni que el perro pudiese responderle, ni tampoco lo necesitaba en realidad. Su propio cuerpo ya le había dicho que el sol se había puesto sobre el Océano Pacífico y que era hora de prepararse para su misión.

Yvette se desperezó, y luego puso sus manos sobre su cabeza. Como cada noche, al despertar, el corte de pelo corto y puntiagudo que mostraba a todo el mundo, se había ido, y en su lugar estaban sus cabellos largos y oscuros. Durante su sueño reparador, el cabello volvía a crecer al mismo largo que cuando estaba el día en que se transformó. Al principio, ella había mantenido su larga cabellera, pero con los años, decidió que no le gustaba más ese aspecto. Parecía demasiado femenina y muy vulnerable.

Entró en su cuarto de baño y tomó las tijeras tendidas sobre el tocador. Incluso sin un espejo, había aprendido en los últimos años cómo cortar su pelo. Tomó un gran mechón en la mano izquierda, cortando con las tijeras con la derecha. En lugar de desechar el pelo en la basura, lo colocó en una bolsa de plástico que tenía enmarcado *Hospital de St. Jude, Departamento de Cáncer*. Dejaría que alguien más tuviera el cabello largo. A ella no le importaba.

Cuando levantó la cabeza sin el peso de su pelo, sintió como si el dolor de su pasado se levantara con él. Sentía lo mismo cada vez que se despertaba. El pelo largo le recordaba su vida como un ser humano, de su marido al que había amado cuando enterraba su cara en sus largos cabellos cuando hacían el amor. Robert. Su rostro no estaba tan claro dentro de su mente, como lo había estado en los primeros años después de que se habían separado. Casi cincuenta años habían pasado desde entonces. Mientras que el recuerdo de su rostro se había desvanecido en la distancia, el deseo de un hijo, no. O más bien lo que un niño representaba.

Yvette puso su mano sobre su estómago plano. Mientras fue humana, una vida había crecido allí, y no sólo una sino dos veces. Se sentía como una mujer entonces, una mujer que podía darle a su marido lo que él deseara por encima de todo. Durante los breves meses de su embarazo, ella se había sentido querida, no sólo por su marido, sino también por el niño en su interior.

Una locura. Yvette negó con la cabeza y continuó cortandose el pelo. Estaba devastada cuando había perdido el segundo bebé, y Robert no había estado ahí para consolarla. Él la había culpado. Durante un año, había vivido como si estuviera en trance, tomando cualquier droga que pudiera conseguir. El aletargamiento de las drogas, le habían impedido tomar su propia vida. Pero entonces, una noche, ella se había despertado en la casa de un desconocido, drogada hasta los huesos. Le había preguntado si quería vivir para siempre y disfrutar del sexo sin consecuencias. *Claro*, ella bromeó, todavía bajo los efectos de una potente droga.

Había luchado contra su mordida al principio, pero luego había permitido que la muerte la tomara, esperando que la próxima vida fuera más amable. Sólo cuando se despertó otra vez se dio cuenta de lo que le había sucedido. El extraño la había convertido en un vampiro… un vampiro *infértil*, un hecho que había tenido que aceptar de la manera más difícil.

Como ser humano, podría haber tenido otra oportunidad de tener un hijo y de hacer a un hombre feliz, como un vampiro, no existía ninguna esperanza. Y los hombres eran hombres, sin importar de qué manera o forma venían. La cogían, y ella los cogía. Pero cuando todo estaba dicho y hecho, incluso su padre le había dado los papeles de emancipación. *Demasiado pegajosa*, la había llamado. *Muy necesitada*.

Ya no era así. Ahora era tan fuerte como cualquier hombre vampiro, y nadie volvería a verla de otra manera. La mujer frágil que tenía por dentro, estaba muerta para el mundo.

~ ~ ~

Tal como Gabriel le había dicho, la muchacha que Yvette tenía que proteger era joven. Lo que se había olvidado de mencionar es que Kimberly también era extremadamente hermosa. Una punzada de celos golpeó a Yvette en el momento en que puso los ojos en ella. Esta muchacha lo tenía todo: una carrera próspera, belleza, y un cuerpo humano para tener hijos. La vida era cruel. Ahora deseaba que Gabriel hubiera dejado que Zane usara el control de la mente, para que la muchacha se olvidara de su aversión por él. Yvette realmente no necesitaba un recordatorio constante de lo que ella no podía tener. Ella preferiría proteger a algún ejecutivo rico, con sobrepeso y con un mal corte de pelo, olor corporal, y una panza cervecera.

Su consuelo era que la asignación duraría sólo una semana antes de que Kimberly regresara a Los Ángeles para trabajar en su próxima película.

—Esto es mucho mejor—, dijo la muchacha. —Francamente, ese otro hombre, Zane, o como sea su nombre, era realmente muy extraño. No me gustaba en absoluto. La forma en que me miraba, te digo, él me ponía muy nerviosa. Y realmente no me pongo nerviosa. Normalmente. La única vez que realmente me puse nerviosa fue cuando tuve que hacer una audición para...

Yvette giró su cabeza para evitar la charla de Kimberly y miró hacia afuera por la ventana polarizada de la limusina. Grandioso. No sólo Kimberly tenía todo lo humanamente posible, sino que también hablaba constantemente. Sólo esperaba que la joven no contara con que escucharía su charla y le respondería. Juraba que haría que Gabriel le diera un gran cheque como bono por este servicio.

—... Así que le dije, "cuando estaba en el orfanato teníamos ese juego...

Yvette le mostró una falsa sonrisa y asintió con la cabeza como si escuchara atentamente, mientras examinaba lo que ocurría en el exterior. La limusina estaba atrapada en el tráfico en la calle California y avanzaba lentamente en el trayecto hacia el Hotel Fairmont.

—...pensaron que tenía sólo diecinueve años, cuando en realidad tengo ya veintidós, pero no importaba, porque querían a alguien maduro para el papel...

Unas cataratas no podrían haber producido un flujo más constante de palabras. Yvette le dio otra mirada de reojo. Situada en el asiento de cuero, Kimberly llevaba un vestido de noche color rosa. Le quedaba bien. Su cabellera rubia como trigo, caía sobre sus hombros desnudos y parecía perfectamente natural. Sólo el leve olor a productos químicos que llegaban a las sensibles fosas nasales de Yvette, le daba a entender que su rubia cabellera no era el color del pelo natural de Kimberly.

Por primera vez en mucho tiempo, Yvette llevaba un vestido. Le molestaba, pero Kimberly había insistido, diciendo que, si ella se presentaba con un traje de pantalón, sobresaldría como un hongo en un rosal, y todo el mundo pensaría que era de la CIA.

Así que Yvette había hurgado en su placard y había encontrado un pequeño vestido negro que serviría. Era un viejo vestido halter, con un escote y la espalda desnuda. Si alguien se fijaba detenidamente en el vestido, se daría cuenta de que era antiguo. Bueno, no lo llamaban antiguo cuando lo había comprado en los años 60. Por qué se había aferrado a esa cosa inútil que no había usado en casi cincuenta años, no lo sabía.

Tendría que haberlo donado hace años a Goodwill. No se había puesto un vestido o una falda en las últimas décadas, los pantalones de cuero eran su atuendo favorito. Junto con los mismos tacones altos que adornaban sus pies ahora, ella siempre estaba lista para la acción en sus pantalones de cuero. En el vestido halter, aunque de tono negro... el único color con el que se sentía realmente cómoda... no se sentía bien. Como si estuviera fingiendo. Y tal vez lo estaba. Por el bien de su cliente, tenía que fingir que el vestido era un atuendo perfectamente normal en su guardarropa, cuando en su interior la hacía sentir vulnerable. Y a la vista.

—Señora—, interrumpió el conductor su pensamiento. —Yo no creo que podamos ir más lejos. El tranvía parece que se ha averiado y está bloqueando el camino.

Instantáneamente en alerta, Yvette miró a través de los vidrios polarizados, explorando la calle hacia adelante para identificar cualquier peligro inmediato. —Espera aquí—, ordenó a Kimberly y salió del coche. Ella miró hacia la calle y se dio cuenta de que el siguiente cruce estaba bloqueado por el tranvía que subía por Powell Street. Nada parecía estar fuera de lugar. Se había acostumbrado al hecho de que los tranvías viejos sufrían desperfectos de vez en cuando.

El hotel Fairmont estaba a tan sólo una cuadra. Mirando hacia ambos lados de la calle y evaluando los peatones que pasaban rápidamente, determinó que todo se veía como debía ser. Era poca la gente a pie. Yvette bajó la cabeza hacia el coche.

—Vamos a caminar desde aquí. Estará bien.

—¿Estás segura? — preguntó Kimberly, su voz sonó por primera vez entrecortada.

Yvette le ofreció la mano a la joven y la sacó del coche. —Estoy segura. Vamos. No querrás llegar tarde a tu propia fiesta—. Ella cerró la puerta y tocó en la ventana del pasajero, con la otra mano sobre el brazo de su protegida. El conductor bajó la ventanilla al instante. —Te llamaré cuando estemos listas para que nos recojas.

La colina era empinada, pero Yvette sabía que el hotel tenía una entrada lateral, estaba a mitad de la cuadra, y en cuestión de segundos llegaron hasta ella. Prefería las entradas laterales de todos modos… era una de las mejores maneras de escapar a la atención, y de seguro la entrada principal del hotel, estaría llena de cazadores de autógrafos y fotógrafos.

—Aquí—. Ella guio a Kimberly por la puerta lateral a lo largo de un estrecho pasillo hasta que se amplió en un hall de entrada opulenta, lo que mostraba que el hotel era de los finales del siglo XIX.

Los ojos de Yvette examinaban a su alrededor. Camareros y camareras pasaban por la zona, al igual que personas bien vestidas. Se dio cuenta de las miradas que Kimberly recibía y sabía que la gente la había reconocido. A los oídos de Yvette llegaban susurros mientras pasaban.

Cuando encontró la sala donde se llevaría a cabo la fiesta, se dio cuenta de la seguridad que había en la puerta y dejó escapar un suspiro de alivio… por lo menos el estudio de cine había proporcionado una seguridad adicional para revisar a los huéspedes que llegaban y revisar sus identificaciones.

Yvette mostró su identificación de Scanguards.

El guardia asintió y luego sonrió a Kimberly. —Señorita Fairfax, puedo simplemente decir cuánto me gustó la película. Es tan talentosa. ¿Cree que podría darme un autógrafo?

Metió la mano en el bolsillo de su chaqueta, al instante Yvette se puso en alerta mientras se cambiaba en posición de combate, lista para derribarlo. Cuando entonces él sacó una tarjeta postal con el rostro de Kimberly impresa en ella, Yvette se relajó ligeramente.

—Por supuesto—, dijo Kimberly y autografió la imagen antes de volverse hacia la puerta.

La sala estaba llena con varios centenares de personas. Por el aspecto de las cosas, no se había escatimado en gastos. La habitación estaba decorada con imágenes fijas de la película, fotografías gigantescas de Kimberly y su co-protagonista masculino, un muchacho de veintitantos años, sumamente atractivo, y fuentes de champagne por todas partes.

Camareros circulaban con *hors d'oeuvres* y bandejas con bebidas diferentes. Yvette declinó el ofrecimiento de una copa al mismo tiempo que Kimberly tomó una copa de champagne de una de las bandejas.

—¿No quieres una?

—Te olvidas de que estoy trabajando—. Además, el champagne no era su bebida preferida. Mientras que ella podía ingerir líquidos, si era necesario, a ella le gustaba algo mucho más oscuro y más rico a la vez.

—Sí, pero no hagas que se vea así. Mézclate. No quiero que la gente sepa que tengo un guardaespaldas. Se ve tan desesperado. La gente puede pensar que soy demasiado importante y poderosa, quiero ser vista como accesible. La gente debe amarme.

Yvette se abstuvo de voltear los ojos y se encogió de hombros. —Que piensen lo que quieran. Yo estoy aquí para protegerte.

—Estoy muy agradecida, de verdad lo estoy, pero necesito un poco de espacio.

Yvette se tragó el siguiente comentario. —Bien—. Ella podía observar desde lejos. Con su visión y oído superiores, podía sintonizar cualquier conversación en la habitación y buscar al que se acercara a Kimberly. Así que cuando la muchacha a su cargo se apartó de ella para saludar a uno de sus muchos amigos, Yvette no la siguió, sino que se puso de pie a un lado, desde donde podría ver lo que sucedía en el salón de baile.

La elegancia de las personas en la habitación era impresionante. Todo el mundo se había esmerado, casi como en los Óscar. Por primera vez, Yvette estaba agradecida por la insistencia de Kimberly en que usara un vestido. Comparando su atuendo con el de las otras mujeres en la habitación, se daba cuenta que encajaba, por lo menos nadie se daría cuenta de ella.

Lentamente, sus ojos examinaron la multitud, con la intención de descubrir a alguien que pudiera convertirse en un peligro para Kimberly, cuando algo a su costado captó su atención. Giró la cabeza. El hombre que acababa de entrar en la habitación y que ahora miraba a su alrededor como si buscara a alguien, no encajaba. A pesar de que llevaba un elegante traje, parecía como si se lo hubiese puesto en contra de su voluntad. Parecía más tosco que guapo, y su amplia silueta hablaba de su fuerza y poder. No era un actor, definitivamente no.

Su pelo oscuro era un poco más largo de lo que estaba de moda en ese entonces, la camisa con el cuello abierto, parecía que se había puesto una corbata antes. De hecho, el elemento en cuestión se le salía del bolsillo de su chaqueta. No era un ejecutivo de las películas tampoco… hubiera estado acostumbrado a usar corbatas.

Su rostro y cuello estaban bronceados, así como sus manos. Incluso la piel que estaba expuesta en la parte superior de su camisa de vestir, le indicaba que pasaba una gran cantidad de tiempo al aire libre. No era alguien de oficina y, ciertamente, no un contador. Yvette barrió la mirada sobre él una vez más, y luego se concentró en sus manos. Cicatrices. Muchas de ellas: cortes, contusiones y quemaduras. Un doble, posiblemente. No encajaba en el lugar, a pesar de que, al mismo tiempo, parecía pertenecer.

La película de Kimberly era de acción... y ella era la proverbial doncella en apuros… y había habido más de una escena que necesitaba de un doble para sustituir al héroe. Yvette había bostezado durante todo el espectáculo en el teatro y se alegró cuando la película sin sentido había terminado. Este fácilmente podría ser el hombre que había doblado a la estrella masculina. A pesar de que parecía imposible ocultar su voluminoso y musculoso cuerpo, nadie creería que él era el joven héroe de la película. Era por lo menos diez años mayor... de unos treinta años... y mucho más maduro que el actor principal. Yvette pensó que los gráficos y la aerografía podían hacer mucho para hacer creer a la gente cualquier cosa. En todo caso, tendría que mirarlo más a fondo para asegurarse de que sus suposiciones estaban en lo correcto, simplemente por razones de seguridad de Kimberly, por supuesto, y no su propia curiosidad inexplicable sobre el hombre.

Cuando alzó la mirada para estudiar su rostro, sus penetrantes ojos azules la saludaron. ¿Cuánto tiempo había estado mirándola?

4

Haven exhaló. La mujer era impresionante. Una actriz con seguridad, a pesar de que nunca la había visto en una película. ¿Qué otra cosa podría ser con esa piel de porcelana y ese pelo corto y negro, que estaba recogido hacia atrás de su cara perfecta? Sus pómulos altos acentuaban sus ojos verdes, y sus labios rojos eran tan gruesos y tan deseables, que sintió que su pene le dolía ante el pensamiento de su boca en él...

Haven trató de sacudirse la visión erótica que caía en su mente. Él no era como su hermano, que caía con cada cara bonita sin pensarlo. Pero a medida que barría la mirada por encima de su cuerpo perfecto, apreciando las curvas exuberantes escondidas bajo su vestido negro, se preguntó por qué siempre había criticado a Wesley por su debilidad. En esos momentos, sentía el mismo tipo de debilidad por la que siempre había reprendido a su hermano.

El pene de Haven creció bajo su traje formal y demasiado apretado que había alquilado en una tienda de esmoquin cerca de ahí. No era que fuera a usar ese tipo de vestuario de nuevo. No tenía sentido comprar dicha prenda tan inútil. Pero por más que trataba de concentrar sus pensamientos en su inusual atuendo, inmediatamente regresaron a la belleza al otro lado de la habitación y a la forma en que ella hacía que su pene palpitara con lujuria.

Claramente, eso era todo: lujuria. Su vida se había vuelto demasiado determinada en los últimos años... sólo se concentraba en cazar vampiros y en la búsqueda de su hermana… y no se había permitido disfrutar de la compañía de las mujeres durante demasiado tiempo. No le gustaba ser distraído por ellas. No tenía tiempo para una familia y el amor cuando lo único que quería, era recuperar la familia que había perdido.

No debería importarle que aquella desconocida, que no se escondía de la intensidad de su mirada, inspiraba toda clase de deseos, ninguno de los cuales eran adecuados para una exhibición en un salón de baile público con cientos de invitados observando. Las imágenes que en ese momento inundaban su mente, eran más adecuadas para un armario oscuro por el pasillo, donde podría presionar a la mujer contra la pared y cogerla hasta haber saciado su sed y se sintiera normal de nuevo. Ya en este momento, sabía que iba a tener algo más que una cogida rápida. Tal vez tendría que tenerla debajo de él por unas cuantas horas para conseguir liberarse de esta sensación. Y si era buena, bueno, podría disponer de toda una noche, pero sólo después de que hubiera tenido el cuidado de hacer lo que había venido a hacer. Sin embargo, eso no quería decir que no pudiera llegar hasta allí y obtener su número de teléfono.

Antes de que pudiera cambiar de opinión, Haven se acercó a ella, sólo se detuvo cuando estuvo a unos treinta centímetros de distancia de ella. Para su sorpresa, ella no retrocedió, pero se mantuvo firme: el signo de que era una mujer segura de sí. ¿Y por qué no iba a estar segura? Con su seductora apariencia, podría tener a cualquiera de los hombres en esa sala jadeando a sus pies. Incluso lamiéndolos.

—Soy Haven—. Encendió su encanto y empezó a contar. Treinta segundos era todo lo que necesitaba para obtener su número. Y no un falso 5-5-5 número cualquiera.

—Raro nombre.

Respiró su olor. Tenía poco perfume. Más bien parecía como si su piel oliera a naranjas. No sabía si había algún perfume comercial con ese olor. —A mi madre le gustaban las cosas raras.

Ella asintió con la cabeza como si supiera lo que significaba. —¿Estás trabajando en la película?

¿Estaba tratando de averiguar si él era un gran productor que podría ayudarla en su carrera? No le daría esa satisfacción. No, cuando se sometiera a su caricia, lo haría por ser *quien* era, no lo que era. —Un doble—, mintió. Era un trabajo sin ser lo suficientemente importante para una mujer como ella, sin embargo, resaltaría su destreza física. Y ser un cazador de recompensas, no era muy diferente de ser un doble. Sólo que el peligro era más cercano y personal, estaba más que garantizado. Para él, no existían las redes de seguridad. No habría ambulancia esperándolo cuando se lesionará. No habría personal para ayudarlo a salir, si caía muy profundo.

Ella le dio una sonrisa de satisfacción, sus ojos viajaban por encima de su cuerpo. Y vaya si a él no le encantaba la forma en que se humedecía los labios al mismo tiempo. —Me lo imaginé.

¿Estaba haciendo calor allí? —¿Y tú?

—Yo no soy un doble—, dijo ella fingiendo a propósito haber malentendido su pregunta. No importaba. No le importaba lo que fuera. Todo lo que importaba era *dónde* estaría ella muy pronto: bajo su cuerpo.

—No lo había pensado—. Lanzó una mirada apreciativa sobre su cuerpo, permaneciendo en sus redondos senos más tiempo del necesario. Cuando la miró a los ojos nuevamente, se notó en su rostro que ella era consciente de que él había estado evaluando sus atractivos femeninos, sin embargo, no se apartó ni lo miró con asco.

—¿Crees que tienes lo que se necesita? — Las palabras salieron de sus labios de una forma seductora. Sacó ligeramente su lengua rosada, humedeciendo sus labios. —Muchos lo han intentado. Ninguno ha tenido éxito.

Mierda, la visión de esa lengua creaba cosas en él. Su temperatura corporal se elevó varios grados. Tiró del cuello de la camisa, dándose cuenta de que ya se había quitado la corbata antes. No podía quitarse la camisa.

—Estoy dispuesto a intentarlo.

Ahora era su turno para mirarlo de arriba hacia abajo de su cuerpo. No se le escapó que ella sostuvo su mirada en la ingle, evaluando a su cada vez mayor protuberancia. Y no iba a esconderlo de ella. Debía asegurarse que ella también supiera lo que le esperaba.

—Podría funcionar.

Nunca había conocido a una mujer que estuviera tan abierta a las proposiciones. ¿O estaba simplemente respondiendo a su oferta? No importaba. Todo lo que importaba era que estaban en medio de la negociación de los términos de su encuentro sexual. El *sí*, ya había sido confirmado. Ahora era sólo cuestión de averiguar el *momento* y el *lugar*. Así como el *tiempo*.

Haven dio un paso para acercarse más, con lo que hizo ruborizar su cuerpo. Una gota de sudor corrió por la parte posterior de su cuello y desapareció debajo de su camisa. ¿Podía sentir su calor de la forma en que él sentía el de ella? Inclinó la cabeza a su oído. —Oh, funcionará de lo mejor, te lo prometo—. Apenas podía reprimir el impulso de presionarla contra la superficie plana más cercana, levantar su vestido, liberar su pene y penetrarla.

—No hagas promesas que no puedas cumplir—. La voz ronca en su oído, casi lo hizo delirar. Maldita sea, podía encenderlo, como si se tratara de un interruptor de luz.

—Dime la hora y el lugar—, dejó salir, apenas aferrándose a su control. Unos segundos más de esto y podía hacer algo que pudiera llevarlos a ambos a ser expulsados y arrestados, por cometer actos indecorosos en público. O como fuera que la policía lo llamara en esos días.

—Por la forma en que jadeas en este momento, yo diría que de inmediato, pero entonces no podrías llegar a imaginar lo que es coger conmigo, ¿verdad? Y yo no llegaría a imaginar lo que estás haciendo mientras lo estás imaginando y esperando por él. Así pues, toma—. Ella le puso una tarjeta de presentación en su bolsillo. —Llámame una vez que te hayas encargado de la erección en tus pantalones, porque así no me durarías más de diez segundos cuando cojamos.

Un momento después, se quedó solo. Ella había desaparecido entre la multitud. Fulminado por sus contundentes palabras, no podía dejar de aplaudirle. Ella se había hecho cargo de la situación, de la forma en que un hombre normalmente lo haría, y mientras él odiaba a las mujeres mandonas, no podía dejar que su pene creciera aún más. Probablemente le patearía en el culo en más de un sentido, pero no daría marcha atrás con el desafío que le había entregado.

Haven llevó la mano al bolsillo de su chaqueta y sacó la tarjeta que le había dado.

Yvette. A continuación, un número local. Eso era todo lo que había. No había ninguna dirección. Nada.

La mujer tenía clase.

~ ~ ~

Yvette se abanicaba mientras observaba su encargo desde lejos. Durante todo el intercambio de palabras con Haven, no se había olvidado de su trabajo ni por un solo segundo. Sin embargo, no le había impedido estar toda excitada y mojada. Había tratado de jugar a ser fría, cayendo en su muy gastado traje de seductora, un atuendo que había llevado durante demasiados años. Siempre le había servido muy bien para mantener a raya a los hombres. La mayoría de los hombres habían eludido su personalidad dominante, justo como lo había previsto.

Haven no era así; el hombre estaba preparado para el reto. ¿Lo estaba *ella*? Sí, ella había tenido sexo hace unos meses... no es que pudiera recordar el nombre del tipo. ¿Para qué estaban los encuentros de una noche? Y eso era exactamente en lo que se convertiría Haven: una aventura de una noche. Probablemente sería mejor si lo cogiera en donde se sintiera más anónima. Ciertamente, no en su casa, y si ella pudiera elegir, ni siquiera sería en una cama.

Una frenética cogida rápida sobre una mesa, funcionaría. Nada más íntimo que eso. Permitirle a un hombre como él acercarse más, podría ser peligroso. Claro, él era un ser humano, y lo podría vencer en un instante. Ni siquiera su actitud de chico doble malo, podría ser un gran reto para ella. No, el reto consistía en esos ojos azules que habían tratado de mirarla profundamente. Y cuando él se había acercado y susurrado al oído, el olfato la había envuelto y cubierto con una ola de deseo que no podía explicar.

Tendría que cuidarse de este hombre… antes de que se acercara demasiado.

Yvette se mostró agradecida cuando su atención fue capturada de pronto, con el hombre con el que Kimberly hablaba. Acababa de colocar su regordeta mano en el brazo de la joven. Mal movimiento. Inhaló mientras se acercaba, Yvette sintió el olor de la transpiración saliendo de ella. Kimberly se sentía incómoda. Tiempo de crear interferencia.

—Kimberly, hay alguien que pregunta por ti—, dijo Yvette cuando se acercó y la tomó del brazo. Luego giró hacia el hombre corpulento y le dio una gran sonrisa revoloteando sus pestañas. El rostro del hombre se sonrojó. —¿Nos disculpa un momento, por favor?

Antes de que el hombre pudiera protestar, había llevado a Kimberly hacia otro rincón del salón de baile. —¿Quién era? — Yvette necesitaba saber si podía ser la amenaza de la que estaban tratando de proteger a Kimberly.

Kimberly hizo un gesto de indiferencia con la mano. —Oh, ese es Charles. Él es el sobrino del productor… y un total idiota. Si no me hubieras rescatado, me habría muerto de aburrimiento. En realidad— y afloró nuevamente su ser normal —apenas podía decir una palabra.

Bienvenida al club. —Sí, totalmente molesto, ¿no? — Yvette tenía dificultades para mantener el tono sarcástico en su voz.

—No tienes *ni* idea. ¿Qué es lo que piensa esta gente? Ellos no escuchan. Hablan constantemente como si fueran las personas más importantes del mundo. Es tan agotador. ¿Te imaginas tener que soportar a alguien así por más de diez minutos? Pensé que me moría allí mismo.

Pobre niña rica. —Gracias a Dios que me tienes a mí para que te rescate—, intervino Yvette, tratando de no voltear los ojos. De ninguna manera Zane habría sido capaz de sufrir una noche como esta, sin matar a alguien. Ella sospechaba que había intimidado a propósito a Kimberly para que lo dejaran fuera del caso. Tal vez incluso había utilizado el control de la mente en ella para sembrar la idea en su mente, que era ella la que quería que se fuera. Y Gabriel había caído en la trampa e inmediatamente se la había asignado a ella. Maldita sea, Zane era demasiado inteligente y un imbécil.

—Necesito otra copa. ¿Quieres un poco?

—Aún estoy en servicio, ¿recuerdas? — Yvette forzó una sonrisa. Podía pensar en mejores cosas que pasar el próximo par de horas cuidando a una pequeña niña mimada, a la que nunca le habían dicho que se callara. Su único consuelo era que podía desconectarse de la estúpida charla de la gente a su alrededor y dejar que sus sentidos de vampiro la alertaran de las cosas que necesitaba saber. Esto ayudaba a mantener el resto de su cerebro libre para proseguir con su propia diversión. Y la única diversión que valía la pena recordar en ese momento era la forma en que Haven se veía, se sentía y olía. E imaginar lo que sentiría cuando estuviese debajo de ella, desnudo, jadeante, y pidiendo acabar.

5

Quienquiera que fuera el apestoso vampiro que estaba protegiendo a Kimberly Fairfax, era bueno. Haven no lo había visto todavía. Esa era otra razón por la que odiaba a los vampiros: eran demasiado cautelosos.

No importaba. Haven sabía que con el tiempo Kimberly dejaría la fiesta con el guardaespaldas a su lado. Estaba preparado para el encuentro: una estaca estaba escondida en el bolsillo interior de su traje, y la poción de la bruja estaba fácilmente accesible en su bolsillo derecho. Y sólo para estar seguro, había preparado otra cosa para defenderse: una cadena sólida de plata con pequeñas pesas en cada extremo, que estaba en su otro bolsillo por si todo lo demás fallaba, podría lanzarlo alrededor del cuello del vampiro; el metal ardería quemando su piel, sería una distracción temporal, lo incapacitaría y le daría tiempo suficiente a Haven para sacar la estaca o la poción.

Durante años de cazar vampiros y buscar a su hermana pequeña, había aprendido mucho acerca de los chupadores de sangre… mayormente sobre la forma de lastimarlos o matarlos. Su carne chisporroteaba y se quemaba cuando se ponía en contacto con la plata, y no importaba lo mucho que lo intentaran, no podían romper el metal. Lo que hacía difícil estar preparado para un vampiro, era que ni él ni su hermano habían heredado la habilidad de su madre para reconocer a un vampiro por el aura que lo rodeaba.

A pesar de su falta de poderes, Haven se enorgullecía de haber eliminado a más de dos docenas de vampiros en los últimos años. Ninguno de los que había matado, lo había llevado más cerca de encontrar al vampiro que había secuestrado a su hermana, sin embargo, les había quitado la vida. Demonios, ellos ya estaban muertos. Cómo *despreciaba* a esas criaturas que tomaban de los seres humanos, sin preocupación, sin piedad. Así que él tampoco les había mostrado misericordia. Se había convertido de manera implacable en asesino de vampiros. Cada vez que convertía a otro en polvo, su necesidad de venganza quedaba apaciguada por un corto tiempo. Pero nunca duraba mucho.

Haven se decía a sí mismo que una vez que hallara a su hermana, iba a encontrar la paz y, finalmente, podría pensar en una vida normal, pero hasta entonces, la venganza era lo que lo impulsaba.

Esperando en la oscuridad de una de las puertas de la entrada, Haven esperó su momento. El sonido de una puerta le hizo girar la cabeza. Kimberly era inconfundible con su vestido rosa y cabellera rubia. Ella salió del edificio y entró en el callejón oscuro con otra persona. Haven se había asegurado que estuviera oscuro, golpeando el farol con una piedra.

A pesar de la oscuridad, Haven reconoció el rostro de la otra persona. Tomó aire sorprendido, involuntariamente: Yvette estaba al lado de Kimberly. ¿Era esta una coincidencia? Tal vez ambas habían estado trabajando juntas en la película. Estiró el cuello para mirar a su guardaespaldas, pero nadie salió. La puerta se cerró detrás de ellas, el sonido del eco en las paredes altas, reflejaba el sonido hueco en su corazón.

 Haven maldijo en silencio al ver que las dos mujeres se acercaban a una limusina oscura. Ahora que las observaba muy de cerca, se dio cuenta de cómo Yvette escaneaba su entorno, escuchando apenas la charla de Kimberly y parecía que evaluaba cada entrada y cada transeúnte.

Bajo el vestido halter sexy que le quedaba como una segunda piel, su cuerpo tonificado estaba tenso y en guardia, podía verlo en la forma en que los músculos de sus brazos se flexionaban. ¿Lo había sentido ya?

¡Mierda! Eso no era lo que había esperado. ¿Acaso se había equivocado la bruja? ¿Sería que la joven no estaba protegida por un guardaespaldas vampiro después de todo?

Había hablado con Yvette en el interior del salón de baile, y nada en su comportamiento había sugerido que era algo más que una mujer hermosa. Había sentido el calor que su cuerpo emanaba, la pasión que irradiaba a través de ella y que había encendido a su propio cuerpo. ¿Cómo podría haber reaccionado así si ella fuese un vampiro? Todo lo que siempre había sentido por los vampiros, era repugnancia y odio. Era imposible que su cuerpo se equivocara, que reaccionara a un ser despreciable, como lo había hecho.

Pero cuanto más la miraba, los signos de un vampiro estaban más presentes: la fluidez con la que se deslizaba por la calle, la agudeza de sus ojos que parecían registrar todo a su alrededor, la forma en que parecía recoger todos los sonidos, tal como lo hizo ahora, cuando levantó la cabeza hacia arriba para ver una ventana que alguien había cerrado. Oh, sí, estaba alerta. Y sólo podía significar una cosa: que era guardaespaldas de Kimberly. Tenía que ser el vampiro del que la bruja le había hablado.

Maldito sea el infierno si no se sentía una punzada de pesar por lo que tenía que hacer. Si era el vampiro guardaespaldas, ella tenía que morir, estuviese atraído o no. No debería sentir los escrúpulos que empezaba a sentir al pensarlo. Nunca antes había tenido dudas acerca de lo que tenía que hacer. Su misión siempre había estado clara: matar a todos los vampiros que encontrara, hasta dar con él que le había robado a su hermana.

Tragando sus escrúpulos fuera de lugar y tratando de enterrarlos en los oscuros y profundos recovecos de su mente, Haven salió de la puerta de entrada donde había estado escondido y lentamente se dirigió hacia las dos mujeres. Dibujó una falsa sonrisa en su rostro y levantó la mano en señal de saludo. —Señorita Fairfax, un autógrafo por favor.

La cara de Yvette sólo mostró sorpresa momentánea cuando lo reconoció, y luego volvió a su máscara profesional de indiferencia. El estómago de Haven se torció. Se obligó a pensar nuevamente en el día que su madre fue asesinada, sabiendo que el odio que sentía por los vampiros le ayudaría a llevar a cabo su tarea y a olvidar la otra cara que había visto de Yvette: la mujer sensual dispuesta a reunirse con él para una cogida sin inhibiciones.

Kimberly sonrió ampliamente mientras se detenía y esperaba a que Haven se acercara. Yvette inclinó la cabeza hacia ella y dijo algunas palabras. ¿Lo único que Haven escuchó al final de la misma fue —...doble del set de la película?

Cuando Kimberly le dio a Yvette una mirada confusa y sacudió la cabeza, sabía que su tiempo había terminado. Yvette sabía que él no pertenecía al elenco y le había mentido. Pero él no necesitaba mucho tiempo. Estaba a sólo unos metros de distancia cuando Yvette emitió su orden.

—¡Métete en el coche, Kimberly, ahora!

Sin embargo, Kimberly no se movió. Ella simplemente le dio a Yvette otra mirada confusa. —Pero él sólo quiere un autógrafo. No deberías ser tan grosera…

Yvette la empujó a un lado hacia la limusina, su cuerpo estaba ahora en posición de ataque. —¡AHORA, Kimberly!

Entonces Yvette saltó hacia él. Haven apenas tuvo tiempo de reaccionar. La anterior mujer seductora, se había ido. Lo que quedaba era una letal máquina de combate. Si alguna vez había tenido alguna duda de que ella era un vampiro, se borró con el impacto… ninguna mujer podía ser tan fuerte.

Yvette lo tiró al suelo de un solo golpe. Él aterrizó de espaldas. Pero no era fácil de vencer. Él la capturó entre sus piernas y la retorció, por lo que ella se fue hacia abajo sobre el pavimento. Pero no había contado con su agilidad. Como una gacela, se levantó de un salto y le dio una patada en el costado justo mientras él se levantaba del piso. Sus patadas de karate eran altas y elegantes. Una costura a lo largo de su muslo rasgó varios centímetros de su vestido cuando ella pateó más alto, lo que le permitía un mejor movimiento. Y demonios, tenía que admirar la forma en que luchaba con sus piernas poderosas y sexis.

En el fondo, se escuchó el grito de Kimberly. Si no hacía esto rápido, la joven atraería la atención y pediría ayuda.

Haven metió la mano en su bolsillo y sacó la estaca.

Los ojos de Yvette se redujeron, mientras ambos se movían en círculos. —Yo hubiera dejado que me atravesaras con tu pene, pero no con esa cosa.

Sus palabras le hicieron bajar la guardia. Contaba con eso para pelear sucio. Perra. —No hay manera en el infierno que ensucie mi pene metiéndolo dentro de ti—. Su pene lo llamaba mentiroso.

Él vio la ira en sus ojos, pero también había algo más allí. ¿Su observación había herido sus sentimientos? Haven se sacudió el estúpido pensamiento. Como si los vampiros tuvieran sentimientos. Bastardos insensibles… y perras.

Yvette atacó con más fuerza en ese momento. Ellos luchaban golpe tras golpe. Sus patadas en su mitad inferior, estaban haciendo efecto. Por desgracia, no podía acercarse lo suficiente con su estaca para hacerle algún daño.

Otra dolorosa patada en el estómago, y se tambaleó. Ella lo golpeó contra el coche. Haven se apretó la mano contra su estómago para evitar la sensación de náuseas. Su mano sintió el pequeño frasco que la bruja le había dado. Él lo sacó de su bolsillo y se volvió, justo cuando Yvette lo agarraba por el cuello.

—Toma esto, chupasangre— lo presionó hacia afuera, tiró el frasco al suelo y lo aplastó con su zapato.

Al instante, el vapor rosado salió del mismo. Yvette giró su cabeza hacia el objeto, pero sus movimientos ya se habían frenado.

—¡Mierda! — gritó ella, sus ojos como dardos a un lado. —¡Kimberly!

La joven estaba a tan sólo un par de metros de distancia de ellos, aún estaba congelada de pie en el mismo lugar donde el ataque se había iniciado. Con visible esfuerzo, Yvette lo soltó y llegó hasta Kimberly, puso su mano sobre la muñeca de la muchacha antes de desplomarse en el pavimento, tirando a Kimberly con ella.

—¡Yvette! —, gritó la joven.

Bien, ahora la actriz se ponía histérica. Cómo odiaba eso.

—¡Cállate!

Los gritos de la muchacha se tranquilizaron hasta llegar a un quejido, mientras sacudía a Yvette, tratando de despertarla.

Haven miró a Yvette, que yacía inmóvil en el suelo. Sabía que no estaba muerta, sólo inconsciente. Ahora era el momento de matarla. Apretó fuertemente su estaca y la suave madera rodó entre los dedos. Luego se arrodilló junto a ella y la rodó sobre su espalda. No debería haberlo hecho. Simplemente debería haber enterrado la estaca en su espalda.

La patada de Kimberly en su costado, lo golpeó con sorpresa. —¡Déjala en paz!

Haven le lanzó una mirada de enojo y al mismo tiempo agarró su tobillo, con lo que le hizo perder el equilibrio y caer contra el coche detrás de ella, sacudiendo a Yvette, cuya mano todavía estaba alrededor de la muñeca de Kimberly.

—¿Qué parte de, "cállate", no entiendes?

En respuesta a la tácita amenaza, sus ojos se convirtieron en la de una cierva asustada. —¡Ay!

Bueno, al menos la muchacha podía actuar. Pero, maldita sea, cómo odiaba atemorizar a los inocentes. Si su madre estuviera viva, ella lo golpearía por eso.

Haven centró su atención en la inconsciente Yvette. Lo que veía en su rostro eran las características perfectas de la mujer que lo sedujo tan fuertemente hace unas cuantas horas antes en el salón, los labios rojos de la mujer que le había desafiado, las gloriosas curvas y pechos de la sensual mujer, que le había ofrecido tan descaradamente una noche de sexo.

Por primera vez le temblaba la mano cuando tenía una estaca. Nunca había tenido algún reparo en matar a un vampiro, ¿por qué no podía hacer que su mano descendiera y llevara la estaca hacia su corazón?

En su lugar, se levantó y miró a Kimberly, que se había apoyado contra el maletero del coche, asustada y llorando. Haven miró a su alrededor. Todavía estaban solos en el callejón, y la puerta del conductor de la limusina estaba abierta como si el conductor hubiese huido, abandonando el coche en medio de la lucha. Aún mejor.

—Vamos. ¡Tú vienes conmigo! —, le ordenó.

Él agarró el brazo de la muchacha y trató de llevarla hacia la parte delantera del coche, pero puso resistencia. —Te dije, vamos.

—No puedo—, se lamentó Kimberly.

Haven miró hacia atrás y vio cómo Kimberly trataba de aflojar la mano de Yvette de su muñeca, pero no podía hacer palanca con los dedos separados. Se detuvo y tomó la mano de Yvette, pero su intento fue tan infructuoso como el de Kimberly. Como un candado, los dedos de Yvette se habían cerrado alrededor de la muñeca de Kimberly y se había congelado en su lugar.

—¡Mierda!

—¿Qué está pasando? —, exclamó Kimberly. —¡Ayuda! ¡Que alguien me ayude! — Frenéticamente, miró a su alrededor en el callejón, pero no había transeúntes. No se quedaría de esa manera, Haven estaba seguro. Tenía que salir de ahí rápidamente.

—¡Métete en el coche, ahora! ¡Y ni una palabra!

Odiaba lo que ahora tenía que hacer. Si él podía haber dejado a Yvette justo donde estaba, por lo menos podría haber cerrado ese capítulo de su vida, pero las circunstancias eran lo que eran. Tenía dos opciones, ninguna de las cuales le parecían en lo más mínimo atractivas, una de ellas ya la había intentado sin éxito: por alguna razón, no podía enterrarle la estaca. Y sólo quedaba una opción.

Haven condujo a la muchacha hacia la puerta del coche y levantó el cuerpo inerte de Yvette en sus brazos, llevándola y colocándola en el asiento de atrás de la limusina, mientras Kimberly entraba. Sólo esperaba que ella se quedara inconsciente durante el viaje en auto, de lo contrario tendría que recurrir a la primera opción. Por supuesto, si se quedaba inconsciente mientras él la llevaba hacia la bruja, significaba que tendría que llevarla de nuevo y sentir su cuerpo cerca del suyo. Y se presentaba un asunto completamente diferente: uno que su cerebro quería evitar y su pene esperaba ansioso.

—Un grito más, y vas a terminar como ella.

Con ojos asustados, Kimberly asintió con la cabeza, puso un brazo alrededor de su cintura, y el otro extendido hacia Yvette. —¿Por qué no me suelta la muñeca?

Haven no sabía a ciencia cierta, pero pensó que tenía algo que ver con los poderes de vampiro. —Odio decirte esto a ti, niña, pero tu guardaespaldas es un vampiro.

6

—¡Eres un idiota, debiste haberla matado de inmediato! — Siseó Bess, su boca se distorsionaba en una fea mueca.

Haven estaba de regreso en su sala de estar improvisada, de nuevo entre los olores desagradables y las visiones de su brujería.

—¿Frente a la muchacha? —, preguntó, sabiendo que era una excusa débil. Pero él no podía admitirle que había tenido escrúpulos, a la hora de tomar la vida de Yvette. Si no la hubiera conocido y hablado con ella en la fiesta, él nunca hubiera desarrollado una conciencia al respecto. ¿Y ahora? Maldita sea, ¿cómo iba a matarla?

—Ella lo superará. Hazlo ahora, mientras todavía está fuera de combate.

Haven negó con la cabeza, su mente frenéticamente luchó por otra excusa. —No sabemos qué va a suceder. Su mano aún está unida a la muchacha. ¿Qué pasa si afecta a Kimberly? ¿Y si ella se lesiona o muere? Estoy asumiendo que quieres a la muchacha con vida...

—Mm—. La cara de la bruja se distorsionó, frunció el ceño sobre la base de la frente. Bueno, lo estaba contemplando. Tan descabellado como su declaración era, tal vez Bess era demasiado supersticiosa para tomar algún riesgo. Él seguramente no quería más sangre en las manos, de lo que ya tenía. Ni siquiera la sangre de un vampiro. Ya era bastante malo haberle entregado a ambas a la bruja. Una vez que tuviera a su hermano, los dos podrían encontrar la manera de liberar a la muchacha inocente antes de que la bruja pudiera lastimarla. ¿En cuanto a Yvette? No tenía idea de qué hacer con ella. Ni siquiera debería gastar un solo pensamiento en ella.

—Bien—, ella finalmente aceptó.

Haven dejó escapar un suspiro de alivio. Un obstáculo había sido dejado atrás. Ahora al siguiente. —Bueno, así que tienes todo lo que querías.

—Ciertamente.

—Ahora, regrésame a mi hermano, y nos saldremos de tu camino.

Y regresaremos tan pronto como podamos encontrar la manera de arrebatarte a Kimberly de tus malvadas garras.

Ella le dio una sonrisa. —Como dijiste, ahora tengo todo lo que quiero.

Su discurso lo hizo poner atención. Algo no estaba bien. La sospecha hizo que los vellos en sus brazos se pararan en alerta.

—Kimberly, tu hermano, y tú. Los tres.

Haven tragó saliva, no le gustaba hacia dónde la conversación se dirigía. —Me diste tu palabra.

—Mentí.

Dio un paso hacia ella, dispuesto a estrangularla. Con su mano levantada, empujó un escudo invisible hacia él, manteniéndolo en su lugar. ¡Dios, cómo odiaba a las brujas! Por lo menos con un vampiro podía pelear en un combate cuerpo a cuerpo. No había planeado en luchar contra ella esta vez. Todo lo que había imaginado era tratar de sacar a su hermano, y luego volver con toda su fuerza como un equipo. Uno de ellos la distraería mientras el otro atacaba. Por su cuenta, él sabía que no tenía ninguna posibilidad. Él era impotente frente a su magia… siendo el hijo de una bruja, él sabía exactamente lo impotente que era.

—¡Devuélveme a mi hermano y déjanos ir!

—Lo siento, no puedo hacer eso. Necesito a los tres.

Odiaba ser superado. —¡Maldita perra!

Ella hizo un movimiento de la mano desdeñosa. —Puedes llamarme como quieras. Realmente no me importa lo que pienses.

—¿Qué quieres con nosotros? — Tal vez si podía averiguar lo que estaba pasando, él podría encontrar una manera de escapar y sacar a su hermano con vida.

—Ahora eso sería compartir, ¿no? No estoy de humor para compartir hoy. Pero estoy agradecida… por eso voy a dejarte mantener tu estaca cuando te encierre con el vampiro.

¡Doble mierda!

Tan pronto como Yvette se despierte, ella lo atacaría. Y entonces él no tendría más remedio que matarla después de todo.

—¡No puedes hacer eso!

—¿En serio? Mírame.

—Escucha, la perra me va a matar—. De eso estaba seguro. Luego se atrevió a adivinar. —Y me imagino que quieres que yo viva—. Así lo esperaba, de lo contrario, ¿no lo hubiera matado ya?

—Es cierto, pero como un gran cazador de recompensas y dc vampiros, cuento con tu ingenio. Deberás de matar al vampiro antes de que ella te mate a ti.

¡Bruja manipuladora!

Eso es lo que estaba haciendo, conseguir que él hiciera el trabajo sucio por ella. Al encerrarlo con Yvette, estaba obligándolo a matar a la perra vampiro para salvar su propio pellejo, antes de que ella lo mordiera. Ahora la odiaba aún más.

—He hecho todo lo que pediste.

—Lo siento. ¿Querías una nota de agradecimiento? Aquí tienes: gracias —Luego empujó más poder en su contra, presionándolo contra la pared detrás. —Es hora de unirte a tus amigos.

Menos de un minuto más tarde, ella lo había forzado a una habitación grande, con pocos muebles. Tres catres se alineaban a lo largo de una de las paredes, algunas almohadas y mantas esparcidas, un pequeño refrigerador y una mesa con unas sillas en la otra esquina. Una puerta abierta en la esquina opuesta, mostraba un baño rudimentario y un pequeño lavabo.

Kimberly yacía en una cama e Yvette en la siguiente junto a ella, su mano todavía sujetaba la muñeca de Kimberly. Ella todavía estaba inconsciente. Kimberly estaba acurrucada como una pelota, llorando. Él buscó en el resto de la habitación.

—¿Dónde está Wesley? —, gritó.

—Lo verás cuando haya terminado con él—, contestó Bess desde el otro lado de la puerta ya cerrada.

Kimberly se levantó de su posición y se apretó contra la pared detrás de ella. —¡Tú!

Se encogió de hombros. —Bueno, cariño, parece que estamos todos en el mismo barco ahora—. Y él había sido el que los había entregado a todos en las manos de la bruja. Lo que significaba que él era el responsable de sacarlos.

—¡Hijo de puta! Me secuestraste. ¡Fuera! No quiero verte aquí. ¡Déjame en paz! — Kimberly lanzó su cabeza en la dirección de Yvette, su mirada cansada.

—No puedo hacer eso. Estoy encarcelado como tú.

—¡Eso es un truco! ¿Qué quieres? ¿Dinero?

Hizo caso omiso de su pregunta. —Oye, tenemos que trabajar juntos ahora para salir de aquí.

Kimberly negó con la cabeza. —¿Por qué debería confiar en ti? Me trajiste aquí, en primer lugar. Nos atacaste, y noqueaste a mi guardaespaldas.

—Tu guardaespaldas es un vampiro.

Echó un vistazo a Yvette, una vez más. —Sí, ya dijiste eso en el coche. Te escuché. No hay necesidad de tratar de confundirme. No soy una rubia tonta, ya sabes. Ni siquiera soy una rubia. Los vampiros no existen, no sé a lo que estás jugando. Quiero irme a casa ahora.

Haven suspiró. Tendría mucho trabajo que hacer. —Todos queremos ir a casa. Pero eso no va a ocurrir ahora. Por lo tanto, escúchame, esto es lo que pasa...

~ ~ ~

Zane utilizó su llave de la casa de Gabriel cuando nadie respondió a sus golpes. Al parecer, el timbre de la puerta aún no se había reparado. Pisoteó en el vestíbulo y esperó a ver si escuchaba voces. La casa estaba en silencio excepto por las voces apagadas procedentes del sótano, donde Maya había establecido su práctica médica hace unos meses.

Odiaba entrometerse, pero lo que tenía que informar era urgente.

Él se escabulló por las escaleras con el mismo sigilo de siempre. Se había convertido en un hábito que incluso ahora, cuando él estaba de visita en casa de su jefe, se acercaba en silencio como si se estuviera aproximando a una presa. Era extraño cómo algunos hábitos estaban tan arraigados en su psique, que incluso conscientemente no podía deshacerse de ellos. Sabía que asustaba a sus colegas con ello. Pero bueno, todo el mundo tenía una reputación que mantener.

Zane escuchó las voces claramente. Venían de la sala de examen de Maya.

—No, este es el pie, y ese es el cordón umbilical—, explicó Maya.

¡Genial! Eso significaba que Delilah y Samson estaban aquí para la ecografía de Delilah. Tenía que haberlo adivinado. Delilah estaba embarazada de siete meses, y cuando la había visto la semana pasada, parecía que estaba a punto de dar a luz al bebé ahí mismo. —Ella se ve grande—, comentó Samson.

—Lo está. Entonces, por favor díganme, ¿cómo saben que es una niña? No recuerdo que alguna vez les dijera el sexo—, dijo Maya.

La sonrisa en la voz de Delilah se hizo evidente cuando ella le respondió. —Ella me habla. Creo que tiene un don.

—¿Telepatía? —, preguntó Maya.

—Yo creo que sí.

—¡Felicitaciones! Eso va a hacer un montón de cosas más fáciles para ustedes. Todas las madres te envidiarían por comprender a tu hijo, incluso cuando aún no pueden hablar. Supongo que ella aún no te ha dicho cuándo estará lista, ¿verdad? Creo que podrías dar a luz antes que un embarazo humano. Todas las señales muestran eso.

—Menos mal—, respondió Delilah.

—Sé que es duro para ti—. La voz de Samson era reconfortante, y Zane sacudió la cabeza. No podía entender cómo todos esos vampiros malos se convertían en conchas, una vez que se unían. ¡Qué disparate! Seguro que esto no iba a pasar con él.

—No estoy preocupada por mí. Estoy preocupada por ti. Apenas te alimentas de mí últimamente.

Delilah tenía un punto. Samson se estaba viendo un poco peor por el desgaste de esos días, y Zane había sospechado que había reducido su consumo de sangre. Como un vampiro vinculado con un ser humano, sólo podía beber de su compañero, y parecía que quería ser consciente del embarazo de Delilah. Era diferente para los vampiros vinculados con otros vampiros, como era el caso de Maya y Gabriel. Si bien pueden alimentarse mutuamente, uno de los cónyuges tenía que seguir alimentándose de sangre humana con el fin de mantener la fuerza de la pareja.

—Estoy bien, dulzura.

Antes de que él lanzara toda esa basura acaramelada, Zane llamó a la puerta y entró.

—Perdón por molestar.

Samson al instante cubrió el vientre desnudo de Delilah con una manta y se levantó para bloquear la visión de Zane de su esposa. —Es mejor que tengas una buena razón para irrumpir aquí.

Los vampiros y sus sentimientos posesivos sobre sus compañeros… Dios, cómo odiaba eso. —La tengo. ¿Dónde está Gabriel?

—En una reunión con el alcalde—, respondió Maya mientras apagaba la máquina de ultrasonido y escondía sus instrumentos.

—Llámalo. Tenemos una situación.

—¿Qué ocurre? — Samson estaba ahora atento, y a pesar de su aspecto cansado, había determinación en sus ojos color avellana.

—Yvette no se reportó.

—¿Y qué hay de su localizador?

—No hay respuesta.

—¿Su celular?

—Va directamente al buzón de voz.

—Has que Thomas vea si puede activar el chip GPS en su celular de forma remota.

Zane no era un novato, ya había llamado a Thomas en su camino hacia ahí. —Él ya está trabajando en ello.

—Bien.

—Su cliente no se presentó en su hotel tampoco.

—Por lo menos, probablemente significa que todavía están juntas—. Samson pasó la mano por el cabello grueso y oscuro. Por un momento, Zane estaba distraído. Echaba de menos tener pelo y ser capaz de acariciarlo. Cuando él era un ser humano, había quedado calvo por los experimentos que habían llevado a cabo en él, y puesto que su cabello aún no había crecido de nuevo cuando lo habían convertido en un vampiro, estaba atrapado para siempre con una cabeza como Yul Brunner. Sí, la vida apestaba de esa manera.

—La limusina que se suponía que debía recogerlas después de la fiesta, también ha desaparecido.

—¿Crees que el conductor podría haberlas secuestrado?

—Yo no eliminaría esa posibilidad.

—Vamos a ver si podemos rastrear la limusina. Averigua si estaba equipado con un sistema Lo-Jack y podremos seguirla de esa manera. Si no, haz que los muchachos revisen la ciudad para encontrarla—, sugirió Samson. —Voy a hablar con Gabriel y haré que monte una operación de búsqueda. No es propio de Yvette el no responder. Algo huele mal.

—Estoy de acuerdo.

Por mucho que Zane no pudiera soportar a la perra irritable, Yvette era parte de su familia, la única familia que tenía. Y él movería cielo y tierra para mantener a su familia unida. Él no iba a perder a esta también. Había tenido que ver morir a su familia en primer lugar bajo circunstancias terribles. La herida había sido muy profunda, el dolor todavía se sentía, incluso después de más de sesenta y cinco años. —Voy a ver su casa mientras tanto.

7

Lo primero que Yvette sintió cuando despertó fue el pelo largo acariciando su cuello y hombros. En el acto le dijo que ella había estado dormida por más de dos horas, el mínimo de horas de sueño reparador necesario para que su pelo vuelva a crecer. La segunda cosa que notó fue el hecho de que su mano estaba sujeta alrededor de la muñeca de alguien.

Todavía un poco descompuesta y mareada, Yvette obligó a sus pesados párpados a abrirse y se levantó desde su posición acostada, liberando la muñeca de Kimberly con su siguiente respiración. Su movimiento brusco hizo que su vista se nublara y se tomó un segundo para mantener el equilibrio. La sangre tronaba por sus venas, el ruido no era menos irritante que el de un tren de carga que pasaba, callando cualquier otro sonido en el cuarto.

Yvette inspiró, llenando sus pulmones con aire, pero su cerebro no podía procesar los olores que la asaltaban… una secuela de lo que la había noqueado, por supuesto.

Yvette miró a Kimberly, quien de inmediato se alejó de ella, asustada e intimidada.

¿Estaban sus ojos brillando de color rojo o se mostraban sus colmillos? Ella deslizó su lengua por los dientes, dándose cuenta para su alivio de que sus colmillos no habían emergido involuntariamente; sin embargo, ¿cómo le explicaría su pelo de repente alargado? —¿Estás bien, Kimberly? ¿Te hizo daño?

La muchacha negó con la cabeza. —Tú eres un vampiro. No quería creerlo—. Sus ojos manchados por las lágrimas estaban muy abiertos por el miedo.

¡Mierda! ¿Cómo lo había descubierto? La mente de Yvette trabajó extra, tratando de reconstruir los recuerdos de la lucha con su agresor. ¿Había mostrado sus colmillos durante la lucha? Yvette negó con la cabeza y miró hacia la muñeca de Kimberly donde su mano había dejado una huella roja. Era un mecanismo de supervivencia: un vampiro podría bloquear sus manos alrededor de un objeto para aferrarse, congelándose en su lugar al canalizar toda la energía hacia la misma. Al ser noqueados por una fuerza desconocida, se asegurarían de no ser arrastrados o llevados a otro lugar. En este caso, se había asegurado de que Yvette no pudiera ser separada de su encargo. No sabía muy bien cómo le explicaría esto a Kimberly.

—Lo siento mucho. No era mi intención hacerte daño, pero *tenía* que protegerte.

Kimberly continuó sacudiendo la cabeza, como si negarlo haría por arte de magia que no fuera cierto o real. La realidad era una mierda, pero Yvette no podía darse el lujo de creer que podría ser deshecho. La muchacha ya había visto demasiado, lo mejor era dejar todo claro en este momento. O tal vez debería borrar su memoria, hacerle olvidar lo que había visto… pero sólo si ella no podía soportar la verdad.

—Escúchame. Todavía estoy aquí para protegerte, sin importar otra cosa. Lo que soy, no importa. No te haré daño.

La muchacha resopló. ¿Dónde se había ido toda su personalidad burbujeante? En ese momento, a Yvette no le importaría su charla interminable, al menos, le diría que su encargo estaba bien. Ella respiró profundamente, tratando de pensar con claridad acerca de cómo asegurarle que ella no era ninguna amenaza, cuando un olor demasiado familiar le hizo cosquillas en la nariz.

Yvette salió disparada de la cama y se abalanzó sobre la persona apoyada contra la pared por encima de su hombro izquierdo: Haven, el pendejo de mierda que les había atacado. Ella lo golpeó contra el concreto, aplastándolo.

—¡Te voy a matar, hijo de puta!

Con los dientes apretados, el susurró, —Estamos en el mismo maldito barco.

Ella obvió sus palabras. Un cobarde y un mentiroso… seguro sabía cómo elegirlos. Los colmillos de Yvette le picaban, y no hizo ningún esfuerzo para disimularlos. A medida que descendían y se abrían paso entre sus labios, ella le gruñó. Pero en lugar de ver miedo en sus ojos, vio desafío, brillante y caliente.

—¡Libéranos, ahora!

—No puedo: Estoy atrapado al igual que ustedes… así que suéltame.

Las cejas de Yvette se juntaron mientras fruncía el ceño. ¿De qué mierda estaba hablando?

Sin aflojar su agarre, sus ojos recorrieron la habitación. Había estado demasiado aturdida hasta el momento para observar su entorno. Pero no había tiempo como el presente. Había una puerta construida en una pared y una ventana cerrada con tablas en otra. Ninguna ofrecía un obstáculo insuperable para escapar. Otra puerta en el otro extremo de la habitación estaba abierta, vio un inodoro detrás.

¿Podría haber dicho la verdad? Yvette se sacudió el pensamiento. No, él era un mentiroso.

—No te importa si me parece difícil de creer—, bufó ella. —La última vez que vi, tú fuiste el que nos atacó.

—Él está diciendo la verdad—, dijo la voz de Kimberly detrás de ella.

Yvette miró a su encargo, tratando de evaluar si Kimberly estaba en shock. ¿Qué clase de mierda le había dicho Haven, mientras Yvette estaba inconsciente? Volviendo al hijo de puta, ella entrecerró los ojos.

—Yo debería matarte aquí mismo, ahora mismo. ¿Sabes por qué no lo haré?

—¿Porque todavía quieres mi pene?

Ella le dio una bofetada en la cara. ¿Cómo se atrevía a jugar con ella? —Todavía estás vivo, porque no voy a someter a Kimberly a tal derrame de sangre. Pero en el momento en que esté a salvo, iré tras de ti.

—Me imaginé que guardarías algún rencor contra mí—. Se encogió de hombros, su rostro no mostraba expresión alguna.

Yvette ignoró su comentario. —¿Dónde estamos?

—En un almacén en las afueras de San Francisco.

—¿Dónde exactamente? — Ella presionó su brazo con más fuerza sobre su pecho, sacando el aire de sus pulmones.

—Al sur de San Francisco, fuera de la 101.

—¿Cómo llegamos aquí?

Haven visiblemente luchaba por aire, y con el interés de obtener una respuesta a su pregunta, ella lo soltó por una fracción de segundo. Cuando obtuvo un par de respiraciones, ella posicionó la rodilla hacia arriba, apuntando hacia sus bolas. Para su sorpresa, la bloqueó al inclinar su cadera hacia un lado para que su rodilla simplemente golpeara en el muslo. Ella estaba más lenta de lo habitual… un hecho que lo atribuía a la sustancia que la había dejado inconsciente. Pero, así como su sentido del olfato había regresado, estaba segura que sus otros sentidos regresarían pronto.

La ira surgió dentro de ella. —¿Cómo?

—Tomé la limusina.

—¿Y el conductor? ¿Dónde está? ¿Lo mataste?

—¡No! Salió corriendo, supongo.

Fue la primera buena noticia en mucho tiempo. Sus colegas lo rastrearían una vez que se dieran cuenta de que ella y Kimberly no estaban. Y con un poco de suerte, él podría decirles lo que había sucedido. Rastrear la limusina no sería demasiado difícil tampoco. Estaba segura de que contaba con un dispositivo antirrobo que llevaría a sus colegas directo a su ubicación.

—¿Dónde está la limusina ahora?

Los músculos de Haven se retorcieron como si estuviera tratando de encogerse de hombros. Pero todavía lo tenía atrapado contra la pared, sin darle espacio para moverse. —La estacioné afuera.

Las cosas estaban mejorando.

—¿Qué hora es?

Haven le dio una mirada de sorpresa. —Las tres.

—¿Noche o día? — Cualquiera que fuera el vapor que había inhalado, había arruinado su sentido del tiempo. Impaciente por su retraso en la respuesta, ella le dio una patada en la espinilla, cuando en realidad quería apuntar a algo un poco más alto, y un poco más suave.

Apretó los dientes. —¡Perra!

—Te pregunté, de noche…

—Es de noche.

Yvette lo soltó. Otro segundo más, y ella se habría frotado sobre él como una gata en celo. Maldito sea el hombre por la forma en que olía: todo masculino y sexual. ¿Cómo iba una mujer vampiro a mantener su cordura, al estar en un lugar tan cercano con un hombre viril como él? Mientras más rápido ella y Kimberly escaparan de allí, mejor. Por supuesto, sus colegas las rescatarían en cuestión de horas, pero no tenía horas. Tenía que salir de ese lugar antes de que hiciera algo que lamentaría más tarde.

Lo que pasara con Haven, no le importaba. Lo cual todavía dejaba una pregunta abierta.

—¿Por qué estás aquí con nosotras?

Haven enderezó su camisa y chaqueta y la miró. —Porque tenía un trabajo que hacer.

—Eso no es una respuesta. Si estás aquí con nosotras, ¿quién nos mantiene cautivos?

Haven dio un paso hacia ella, poniendo su cuerpo tentador en una proximidad muy cercana a la suya. Como brazas de fuego, el calor de su cuerpo saltó de su piel y aterrizó en la de ella, intentando hacerla arder con su intensidad.

—Aquí está tu respuesta: fui traicionado por la persona que quería secuestrar a Kimberly, ¿de acuerdo? ¿Estás feliz ahora?

Enojado, era incluso más sexy que cuando ella había jugado con él en la fiesta. ¿Qué tan patético era eso?

—Asesino a sueldo. Despreciable.

—Tú no eres mejor que yo.

—¡Yo no secuestro a la gente por dinero! Que te sirva de escarmiento que tu jefe te haya dado la espalda. No esperes que te ayude ahora.

~ ~ ~

Haven sentía hervir la sangre. Yvette lo hacía encabronar aún más rápido de lo que su hermano menor podía hacerlo, y eso era todo un logro. Pero no la dejaría meterse en su cabeza.

—Me temo que vamos a fracasar si no trabajamos juntos.

Ella lo miró con desdén en los ojos. —Tu objetivo era secuestrar a Kimberly... supongo que tu trabajo está hecho. Ahora hare el mío… y el mío es liberarla. Y eso es exactamente lo que haré.

—¿Cómo propones hacerlo ya que estamos encerrados aquí?

Ella hizo un gesto hacia la puerta. —¿Realmente crees que una puerta endeble como ésta me va a detener?

Él debía decirle en contra de qué estaban. Era justo. —Mira, no hay manera...

—¡Tonto incompetente! — Dijo entre dientes y se alejó.

Pensándolo bien, tal vez la dejaría que se diera cuenta por sí misma. La mujer claramente necesitaba ablandar su actitud. Nadie lo llamaba incompetente. Tampoco le gustaba ser llamado tonto. Menos por una mujer... más bien una mujer *vampiro*... que lo ponía duro como una piedra sólo por estar a un par de metros de él. —Adelante.

De repente, se sintió como Harry el Sucio, e Yvette sólo podría alegrarle su día por todo lo que le importaba.

Sin que ella o Kimberly se dieran cuenta, Haven ajustó su pene y deslizó sus ojos sobre la espalda desnuda de Yvette. Oh, hombre, ese vestido le quedaba como una segunda piel, y la abertura al costado exponía su pierna desde el tobillo hasta el muslo para su hambrienta mirada. Sus piernas eran tonificadas y fuertes, no demasiado musculosas, pero de formas perfectas. Perfectas para envolverlas alrededor de sus caderas al...

Dio un gruñido inaudible y agitó la cabeza. Pensar de esa forma no le ayudaría a bajar su erección.

Pero él no podía dejar de mirarla. Estaba fascinado con ella. Y una cosa era totalmente diferente de ella ahora. Mientras había estado inconsciente, literalmente había sido capaz de ver crecer su pelo. Ahora su espesa melena caía en cascada sobre su espalda. Aunque ciertamente había creído que era atractiva con su pelo corto, la forma en que el pelo largo le acariciaba la cara y los hombros era una distracción total. No tenía idea de por qué de repente era largo, seguro, se trataba de algún rasgo extraño de vampiro. Y él no estaba interesado en absoluto en saberlo. Es cierto. No le importaba un comino.

Al igual que Kimberly, ahora observaba a Yvette mientras se acercaba a la puerta, la probó con la mano, la olió quién sabía por qué, y luego dio un paso atrás. Un segundo más tarde, dio una patada de karate alta contra el cerrojo. Pero en lugar de que la puerta se quebrara bajo su contundente movimiento… y nunca había visto una mujer tan fuerte… ella fue impulsada hacia atrás y se estrelló contra el muro de hormigón a seis metros detrás de ella. Haven hizo una mueca instintivamente, preguntándose cuánto dolor podía aguantar.

—¿Qué mierda? — Gruñó.

Pero ella ya se había levantado y se abalanzó hacia la puerta de nuevo. Haven sabía que sería inútil e intercedió en su camino. —No sirve de nada.

—¡Fuera de mi camino!

—La puerta está protegida por hechizos.

—¿Hechizos? — Al saberlo, lentamente se hundió en sus facciones. Entonces ella lo empujó hacia atrás, lejos de su tentador cuerpo y embriagante aroma. —¿Hiciste un trato con una bruja?

Haven cruzó los brazos sobre su pecho, sintiendo la necesidad de defenderse. —No tuve otra opción—. Tenía que salvar a su hermano, a quien todavía no había visto desde que había sido encarcelado ahí. Se sentía cada vez más inquieto por los acontecimientos. Si sólo pudiera entender lo que la bruja quería de todos ellos, entonces quizá podría elaborar un plan de cómo salir de ese lío. Pero sin eso...

—Siempre hay una elección. Has elegido mezclarte con una bruja. No es de extrañarse por qué fuiste capaz de noquearme. Debería haberlo sabido. Todo lo que eres es un ser humano débil, y mira dónde terminaste.

¿Su sentido del oído le estaba fallando? —¿Me estás diciendo que soy inferior a ti?

—¿Qué pasa si lo dije?

Haven apretó los dientes, dispuesto a estrangular a la mujer.

—¡Basta! — La voz determinada de Kimberly, hizo que su cabeza girara con rapidez hacia su dirección. —¡Los dos están actuando como niños malcriados!

Él arqueó una ceja. ¿La tetera acababa de llamar a la olla negra? Tal vez la muchacha no era tan inmadura como aparentaba. Dio un paso para alejarse de Yvette. —Puedo entender una indirecta.

—Si es entregada a golpes…—, murmuró en voz baja Yvette.

Él la miró por encima del hombro. —Te escuché.

—Se suponía que lo hicieras.

—Maldita sea, ¿no acabo de decirles que paren? — Kimberly lanzó sus manos en señal de derrota. —¿Qué edad tienen? ¿Doce?

Ella tenía razón.

—Dado que ambos se consideran grandes luchadores, ¿por qué no usan su energía para sacarnos de aquí? Francamente, no tengo ninguna intención de permanecer aquí más tiempo. No me gustan las excursiones, y necesito una ducha—. Suspiró, revisando sus uñas. —Y una manicura.

Antes de que Haven tuviera la oportunidad de hacer un comentario sarcástico acerca de las últimas palabras de Kimberly, la puerta se abrió. Wesley tropezó hacia adentro, o más bien fue empujado por la bruja que permanecía al otro lado del umbral.

—¡Wesley! — Haven se apresuró hacia su hermano y lo abrazó. Él se veía un poco en shock, pero parecía recuperarse rápidamente.

—Oh, mierda, Hav, lo siento—. La murmurada emoción se reflejaba en su mirada hacia el suelo.

—Veo que no has matado al vampiro todavía—, murmuró Bess.

Haven giró su cabeza hacia ella y luego a Yvette, que estaba en el centro de la habitación lista para atacar. —No, Yvette. Ella es demasiado fuerte.

—¿Un vampiro? Wesley echó una mirada de enojo a Yvette. —¡Oh, me gustaría tener una estaca!

—¡Ahora, estamos hablando! — Dijo Bess. —Tu hermano tiene una.

Haven llevó una mano contra el pecho de Wesley, tratando de detenerlo de hacer algo estúpido, lo que se dio cuenta era *exactamente* lo que su hermano estaba a unos dos segundos de hacer. —Ella no nos hará daño.

—Espera hasta que tenga suficiente hambre—, respondió la bruja, revolviendo las cosas como una poción en un caldero.

Haven miró a Yvette en ese momento y se dio cuenta cómo se estremecía. Bess había dado en el clavo justo en su cabeza. Mierda, él no había pensado en eso. —¿Cuánto tiempo planeas mantenernos aquí? —, preguntó, sin apartar los ojos de Yvette.

—Lo suficiente—. Su sonrisa malvada era evidente en su voz y confirmó que había entendido su línea de pensamientos. Tarde o temprano, Yvette tendría hambre… de sangre.

La desafiante mirada de Yvette le dijo que era una luchadora, y la forma en que había protegido a Kimberly indicaba que ella era leal. Pero si había aprendido algo sobre vampiros mientras luchaba con ellos en los últimos años, era que cuando su sed de sangre se volvía muy fuerte, perdían el control, y nadie estaba a salvo. Yvette podía controlarse por su comportamiento civilizado ahora, pero ¿qué pasaría cuando su instinto de supervivencia la controlara? ¿Podía él permitir que sus escrúpulos se entrometieran en su pensamiento racional?

—Supongo que tendrás que matarla, después de todo—. La voz de la bruja le crispaba sus nervios. Demonios, sólo para desafiarla, dejaría a Yvette vivir… y *sólo* por esa razón. No porque su cuerpo se revolviera cada vez que tratara de encontrar un motivo para matarla. ¿Desde cuándo necesitaba incluso una razón para matar a un vampiro? El asesinato de su madre y la desaparición de su hermana pequeña, sería justificación suficiente para atravesarla con la estaca sin pensarlo dos veces.

—Dame la estaca—, exigió Wesley. —Lo haré yo si tú no puedes.

—¡No, no lo harás! — El grito determinado de Kimberly lo sorprendió. Ella saltó de su catre y se puso por delante del cuerpo de Yvette, extendiendo sus brazos para proteger a su guardaespaldas. —¿Creen que quiero estar encerrada con ustedes dos solos? Como que no sé lo que gente como ustedes desean de una muchacha bonita como yo.

Detrás de ella, incluso Yvette no fue capaz de controlar su sonrisa a pesar de la gravedad de la situación. Haven volteó los ojos, ni siquiera le había pasado por la cabeza tocar a la muchacha inapropiadamente. Por alguna razón, si bien ella era sin duda bonita, no sentía nada cuando él la miraba. Ahora, no se podía decir lo mismo de la forma en que su cuerpo reaccionaba a Yvette.

—Gracias, Kimberly. Me alegro de que pensemos lo mismo, porque no tengo intención de dejarte a solas con esos dos—. Yvette lanzó una mirada señalando hacia él. Pero había poco fuego tras sus palabras, no el fuego que había visto en ella cuando se había despertado después de estar inconsciente. El fuego que había disparado de su boca entonces había sido más caliente y más potente que el aliento de un dragón. Y a pesar de la explosiva situación en la que se encontraba cuando lo tenía clavado contra la pared, casi ansiaba ser quemado por sus llamas. Lo que era estúpido y totalmente fuera de lugar para él; él no era el impetuoso de la familia: Wesley lo era.

—Dios, esto es molesto. Debiste haberla matado cuando ella estaba inconsciente—, fastidió Bess, dejando escapar un suspiro exasperado. —Bueno, no importa. Estoy segura que entrarás en razón, pero por ahora, tú, Haven, eres el siguiente.

Ella cruzó el umbral y torció el dedo. Como si estuviera tirando por cuerdas, el cuerpo de Haven se acercó a ella. —¿Qué dem…?

—No luches contra ella, Hav—, advirtió Wesley. Entonces se acercó a él. —Y déjame la estaca.

Haven torció el cuerpo y se apoderó de la estaca. No había forma en el infierno que él se fuera sin la estaca.

8

Escondido detrás de una hilera de arbustos y apartado de la tranquila calle lateral que habitaba, el lugar parecía sin pretensiones. Zane giró la llave de repuesto en la cerradura y entró a la casa de Yvette. No había sonido. Dejó que sus sentidos remolinearan para inspeccionar todo el lugar, buscando algo que estuviera vivo, pero todo lo que detectaba era el débil olor de Yvette y el perro. Que no era su perro, le había dicho. Cierto.

¿Por qué no admitiría que había recogido al callejero, y lo había adoptado? Todas las pruebas apuntaban a eso: platos con alimento seco y agua, y la puerta para perros hacia el patio trasero. Era ridículo cómo alguien podría estar en tal negación sobre el deseo de entablar una relación a algo o a alguien.

Zane exploró la pequeña casa de dos dormitorios. Su decoración parecía cálida y reconfortante, y contrastaba con la capa exterior que proyectaba Yvette... no era para nada lo que había pensado que iba a encontrar. De alguna manera había esperado una casa moderna con todo blanco y negro, y con pocos muebles. Lo que veía a su alrededor era por excelencia de pueblo y de campo: almohadas, colores cálidos, adornos y un montón de cortinas volantes.

No era de extrañarse que nunca hubiera invitado a ninguno de sus colegas a su casa, a pesar de que todos la habían molestado con que hiciera una fiesta de inauguración en ella, después de que había comprado su casa un par de meses antes. Si supiera que estaba merodeando por su casa ahora, probablemente le atravesaría una estaca sin ceremonia. No es que la pudiera culpar, él haría lo mismo a cualquier persona que se presentara sin invitación en su casa y asomara la nariz en sus cosas.

—¿Perro? — gritó, pero el animal no respondió. Zane no podía sentirlo en ninguna parte. ¿Yvette se lo había llevado con ella, o el animal había escapado? Justo cuando pensaba que el perro podría ser útil, como tal vez ser capaz de olfatear donde Yvette había desaparecido. Parecía ser capaz de seguirla por toda la ciudad. Tal vez si podía localizar al perro, Yvette no estaría muy lejos.

Zane giró en una esquina y abrió la próxima puerta. El cuarto de baño.

Él encendió el interruptor de luz y miró a su alrededor. No era lo que había esperado tampoco. En lugar de una colección de maquillaje, lápices de labios y cremas, en la cubierta de granito mantenía un solo cepillo de dientes, pasta de dientes, un par de tijeras y una bolsa de plástico.

Examinó la bolsa de plástico. Decía: *Hospital St. Jude, Departamento de Cáncer.*

¿Qué demonios? Los vampiros no podían enfermarse, y de seguro no podían contraer cáncer, ¿por qué Yvette tendría una bolsa del departamento de cáncer de un hospital en su cuarto de baño? La abrió y miró adentro. Mechones de cabello negro y largo estaban en su interior. Metió la mano en la bolsa, sacó un poco y lo olió. No era el cabello de cualquiera: era el cabello de Yvette.

Ahora bien, ese era un descubrimiento que no hacía todos los días: ¡Yvette tenía el pelo largo! Maldita sea si no le sorprendió un poco.

Eso significaba que había tenido el pelo largo cuando se había transformado. Siempre había asumido todo lo contrario. Así que por qué iba a darse la molestia de cortarlo tan corto, lo que claramente había hecho cada día desde que la había conocido. ¿No se suponía que las mujeres amaban el pelo largo? ¿Cuál era el punto de cortarlo? Y lo más importante, ¿qué más escondía Yvette de sus colegas?

~ ~ ~

Yvette miró nuevamente a Wesley, la postura de su cuerpo apestaba con abierta hostilidad. —Como te dijo tu hermano: no te lastimaré—. Luego sonrió, el pequeño diablo en su hombro hizo que su cabeza se inclinara y haciendo que sus labios se abrieran una vez más. —Todavía no.

El intento de Wesley para ocultar su flaqueza, no tuvo éxito.

Dios, cómo le gustaba molestar al estúpido cachorro. Claro, era casi tan alto como Haven, y el parecido de familia era evidente en el cabello oscuro y ojos azules, pero ahí era donde terminaba. Mientras Haven parecía estar en control, Wesley era todo lo contrario. Un joven fanfarrón. Tendría que observarlo, de lo contrario, haría estragos y destruiría sus posibilidades de escapar. O mejor aún, asustarlo a que se rinda para que no se atreviera a hacer nada estúpido.

—¿Así que tú eres su hermano? — preguntó Kimberly, ahora de pie junto a ella.

En los últimos minutos, la estimación de Yvette sobre la muchacha había ascendido un poco, a pesar de su comentario de que tenía miedo de que los dos hombres podrían violarla si se quedaba a solas con ellos. Dudaba que cualquiera de los dos tuviera esa inclinación. Ellos simplemente no parecían ser de ese tipo… con sus apariencias no tenían necesidad de forzar a una mujer. Encender su encanto era todo lo que necesitaban. Había estado en el extremo receptor de los mismos, cuando Haven había desatado dicho encanto en ella.

A Yvette le gustaba el hecho de que Kimberly la había defendido. Era un paso hacia la dirección correcta. Tal vez la muchacha era mucho más resistente de lo que había supuesto al principio. Después de haber llegado tan lejos en el mundo de la actuación, tenía que significar que tenía resistencia y, con suerte, agallas.

—Sí, soy Wesley. Haven es mi hermano mayor—. Luego inclinó la cabeza y esbozó una sonrisa encantadora hacia ella. Al instante Kimberly se ruborizó. —Me pareces familiar. ¿Nos conocemos?

Yvette caminó hacia el catre y se estiró, apoyó la parte superior del cuerpo contra la pared detrás de ella. No estaba interesada en tener una charla trivial, y por lo visto, Wesley prefería hablar con Kimberly que con ella de todos modos.

—Soy Kimberly Fairfax. Yo soy...

—¡...la actriz!— completó su oración, antes de dar unos pasos para acercarse.

Yvette mantuvo sus ojos en ellos, lista para intervenir si era necesario.

—¡Guau! ¿No es *genial*?

Yvette levantó una ceja. —Sí, es genial estar encerrado por una bruja, sin saber lo que quiere hacer con nosotros. Pero bueno, al menos encontraste el lado bueno en lo malo—. Tenía un gusto por el sarcasmo, decididamente... era un *grato* sabor, siempre le había gustado.

Wesley la miró. —Yo no estoy hablando contigo. Eres un vampiro. Odio a los vampiros.

Ella apretó la mano contra su pecho. —Me heriste.

Él dio unos pasos hacia ella. —Las criaturas como tú deberían matarse al verlas—. Su voz estaba llena de veneno.

—¿Quieres probar? — Saltó Yvette, lista para enseñarle al aspirante de asesino, una lección. Hizo un gesto con las manos para que se acercara. — Adelante. Vamos a ver si puedes hacerme algo más que golpearme como una mujer *humana*.

El destello de ira en los ojos de Wesley, le dijo que estaba haciendo efecto. Hacerle saltar los fusibles era un juego de niños. —¿Qué, no tienes el coraje después de todo? ¿Sólo lo muestras en frente de tu hermano mayor?

Se dio cuenta que apretaba los puños a los costados, el pecho se le agitaba con cada respiración. Oh, sí, ella estaba entrando en su mente. Sólo otro empujón bien colocado y él se descontrolaría. Y diablos si no se necesitaba un poco de salida a su propia frustración. —¿Quieres esconderte detrás de las faldas de tu madre?

Un destello de dolor estalló en los ojos de Wesley. Con un rugido, se abalanzó sobre ella mucho más rápido de lo que esperaba. Golpeó su cuerpo contra ella y la llevó contra la pared. La superficie sólida que se conectó con la espalda hubiese dañado la columna vertebral y las costillas de un ser humano, pero el cuerpo de Yvette era más fuerte, indestructible.

—No te *atrevas* a mencionar a mi madre.

Al parecer, ella había golpeado un punto débil. Aún mejor: encontrar los puntos débiles del enemigo y explotarlos. Eso era lo que le habían enseñado durante todos esos años de entrenamiento en Scanguards. Y ella había sido una buena estudiante. En el trabajo, había perfeccionado todas las habilidades que le habían enseñado. —Voy a mencionar a tu madre todo lo que quiera—. Había una herida, y mientras ella no supiera qué tan profunda era, hurgaría en ella para tener una manera fácil de averiguarlo.

Las manos de Wesley intentaron llegar hasta su garganta, pero Yvette se lo impidió sin ningún esfuerzo con el antebrazo. —Te voy a matar. Tendrás que pagar por haber matado a mi madre. Todos ustedes pagarán.

Por un segundo, ella se quedó inmóvil. No era de extrañarse que el cachorro se agitara tanto. Ella lo miró a los ojos y vio el dolor arraigado en ellos. Podría arriesgarse a adivinar cuál era la causa de su dolor. No era reciente, pero sin embargo parecía grave. —¿De verdad crees que tienes la fuerza para matarme? —escupió Yvette con un soplo de aire, mostrándole lo mucho que pensaba de su incapacidad para luchar.

—Te voy a matar—, susurró entre dientes.

—¿Por qué? ¿Por algo que no hice?

—Todos ustedes son responsables… todos los vampiros—, espetó.

Su pelo se erizó. Odiaba ser acusada por algo que uno de sus compañeros vampiros podría o no haber hecho. —Es mejor que empieces a explicar lo que quieres decir con eso —. Yvette se mantuvo firme y no se movió. Sus cuerpos estaban presionados juntos, pero ella no sentía el calor y la excitación que había sentido con Haven. No sentía nada, todo lo que veía era al muchacho en el cuerpo de un hombre que estaba sufriendo.

—Tú la mataste.

—Tu madre. Ni siquiera conozco a tu madre—. La ira en su acusación la hizo levantar su voz. Para calmarse a sí misma, respiró estabilizándose un poco, sabiendo que no iría a ninguna parte si ella perdía el control de la situación. —

¿Qué pasó con ella? — Al igual que le habían enseñado, hizo su voz tranquila y baja. Ella podría haberlo empujado un centenar de veces y librarse de él, pero prefirió no hacerlo. Wesley lo necesitaba para mantener la apariencia de estar a cargo, porque por dentro ella podía verlo desmoronándose.

—Un vampiro—. Sus ojos se volvieron distantes.

—¿Un vampiro mató a tu madre? — Ella ya sabía la respuesta, pero tenía que hacerlo hablar. Si ella conocía las circunstancias, podría reprender sus acusaciones y hacerlo entender que no tenía nada que ver con eso. Pero él no respondió.

—¿Wesley?

Sacudió la cabeza como despojándose de los recuerdos. Entonces sus ojos la miraron, y la dureza los envolvió, el dolor estaba metido en recovecos oscuros, donde no lo podía encontrar. —Es por eso que vas a morir.

Sabiendo que había jugado su mano, lo empujó lejos de ella, lanzándolo en medio de la habitación. —Yo no soy el vampiro que estás buscando.

—No importa: voy a matarlos a todos y cada uno de ustedes hasta encontrar al correcto.

—Eso no te hace mejor que el vampiro que mató a tu madre.

—No me compares con los de tu clase. Son asesinos sedientos de sangre.

Decidió no corregir su suposición de que ella mataba. Ella no lo había hecho... bueno, defensa propia no contaba… pero era mejor si le temía. Podría mantenerlo a raya. —¿Y tú no lo eres? ¿Qué te hace pensar que cuando tú matas es diferente?

—Yo mato a criaturas despreciables como tú: criaturas sin corazón y sin alma.

Yvette soltó una risa amarga. Si fuera realmente cruel, entonces no sentiría la soledad que la había envuelto desde hace años. Ella no sentiría el anhelo de una familia, un hombre y un hijo que la amaran. Si no tuviera alma, no lloraría la pérdida de sus amigos que habían muerto en los últimos años. —No tienes idea de quién soy.

Se apartó de él, no quería que viera la tormenta en su interior. No le impidió insultarla más. —Mi hermano tendría que haberte atravesado con una estaca.

Sin volverse, ella respondió, —Tu hermano no me hará daño—. Ella estaba segura de ello, más segura de lo que había estado de cualquier cosa últimamente.

—¿Qué has hecho con él?

Sonrió para sus adentros. No era lo que había hecho con él, sino lo que *él* quería hacer con *ella*. —Él me quiere coger.

—Maldita perra. Nunca tocaría a un vampiro de esa forma.

Yvette giró sobre sus talones y lo atacó con una mirada. —No creo que conozcas a tu hermano con respecto a eso.

—Tú...

Lo que quería decir, fue ahogado por un grito de Haven. Un pánico inesperado dio vueltas a través de ella. El grito fue uno de pura agonía, un dolor tan crudo que sentía que se le metía en los huesos, donde se extendió como un escalofrío de un frío viento ártico.

—¿Qué te hizo la bruja? ¿Wesley? ¿Qué te hizo allá afuera?

Wesley corrió hacia la puerta y tiró la manija, pero no se movió. —¡Tengo que llegar a él! Maldita sea, yo le dije que no se resistiera. ¿Por qué nunca me escucha? —Pasando la mano por su melena oscura, parecía consternado.

Yvette se apoderó de su hombro y lo volvió para mirarla. Su angustia estaba pintada en su rostro. —¿Qué hizo ella contigo?

Tragó saliva. —Ella entró en mi mente para investigarla. Era como... como una corriente eléctrica que pasaba por mi cabeza, como si estuviera tratando de encontrar algo con ello.

—¿Te torturó?

Él negó con la cabeza. —No, no dolió tanto. Pero fue humillante.

Otro grito atravesó la habitación. Sus miradas se volvieron hacia la puerta.

—Entonces, ¿por qué está gritando? ¿Qué le está haciendo? — Sacudió Yvette a Wesley.

Él empujó las manos de ella como si recién en ese momento se diera cuenta de que lo estaba tocando. —Yo...yo no lo sé. Él puede aguantar más dolor que nadie que yo conozca.

—Entonces, ¿por qué? —, se preguntó ella, más para sí que para Wesley.

—Si él está gritando, quiere decir que lo está lastimando porque está poniendo resistencia. Todo es mi culpa.

—¿Por qué es tu culpa?

—Si la bruja no me hubiera atrapado, Haven no estaría en esta situación ahora. No habría tenido que rescatarme.

Haven había evitado la pregunta sobre por qué los había secuestrado, a pesar de que cuando Wesley entró en la habitación, ella había empezado a sospechar que él era la razón por la que Haven se vio obligado a hacer un trato con una bruja.

—Vamos—, Yvette le animó. Tal vez Wesley podría aclarar la situación. Se dijo que no era más que curiosidad natural lo que le hizo incitarle a decirle lo que había ocurrido en realidad y no su deseo irracional de que Haven no fuera más que otro cazador de vampiros insensible. Que tal vez había tenido una razón válida para secuestrarlas, una excusa que haría para ella más fácil el perdonarlo.

—No te diré nada.

Yvette sintió los suaves pasos detrás de ella.

—Entonces dímelo a mí— se ofreció Kimberly y dio un paso al lado de ella.

Wesley la miró y de repente su rostro se suavizó. Sin querer destruir cualquier progreso que Kimberly estuviera haciendo para que Wesley se abriera, Yvette dio unos pasos medidos hacia el costado.

—Mi hermano haría cualquier cosa por mí. Siempre lo ha hecho. Es más, como un padre para mí que un hermano.

Kimberly asintió y siguió mirándolo. Poniendo su mano en el antebrazo, le dio una sonrisa alentadora. Tal vez la actriz tenía algunas habilidades que Yvette no había notado antes. ¿Era compasión genuina lo que emanaba ahora de ella, o estaba simplemente usando sus dotes de actuación para sacar información de él? ¿Dónde estaba la muchacha que unos minutos antes, había proclamado que no quería estar a solas con Wesley y su hermano por temor a que pudieran hacerle daño físico?

Yvette le dio otra mirada. Kimberly era como un camaleón, cambiando constantemente sus colores para cualquier situación que necesitaba. Si la muchacha no tuviera ya una próspera carrera como actriz, ella le habría pedido a Gabriel que la entrenara como un mediador o negociador de rehenes. A pesar de ser un humano, una persona con su capacidad de cambiar su comportamiento, sería muy útil en muchas situaciones. Y, sorprendentemente, la revelación de que Yvette era un vampiro apenas la había intimidado.

No quería perderse nada de su conversación, Yvette puso sus pensamientos en un segundo plano.

—Hav siempre me rescató cuando me metía en problemas. Al igual que en esta ocasión. La bruja, Bess, me engañó, y yo no sabía lo que era hasta que fue demasiado tarde. Mi madre era una bruja, ya sabes, pero yo no heredé sus poderes.

Yvette puso mucha atención. ¿Su madre era una bruja? Eso hacía que tanto él como Haven fueran brujos también. ¿Podría esto ser peor? No sólo se sentía caliente por un tipo humano que la había secuestrado... oh, no, sino que también tenía que ser el hijo de una bruja, y por lo tanto un brujo. Perfecto. ¡Ella sí que sabía cómo escogerlos!

Sólo, que no había olido el aroma revelador de un brujo en él. Ni en su hermano. ¡Qué extraño!

—¿Tu madre era una bruja? — Kimberly hizo eco.

Wesley levantó la mano. —Una buena, pero no muy poderosa. Sólo unos pocos hechizos y pociones. Ella usó sus poderes más que nada, para curar a la gente, para ayudar, ya sabes. Ella era una buena mujer.

—¿Y tú? ¿Haces hechizos? — Presionó Kimberly, claramente fascinada.

Él negó con la cabeza, e Yvette pensó que podía ver el arrepentimiento en su rostro. —Yo no tengo ninguno de sus poderes. Tampoco Haven. Es por eso que yo no podía sentir que esta mujer era una bruja. Es por eso que la trampa funcionó. Ella me atrajo cerca y luego me encarceló.

Yvette arrugó la frente. ¿Cómo era posible que ninguno de los hijos de una bruja heredara sus poderes? Por lo menos con su muerte, sus poderes se tenían que canalizar hacia un depósito o a alguien más. Sabía lo suficiente acerca de la brujería para saber ese pequeño hecho. ¿Wesley estaba ocultando la verdad? Yvette se calmó y acercó su mente para sentir su aura... Ella no sintió nada que pudiera indicar que era un brujo. Ella inhaló, su olor mezclándose con el de Kimberly... era muy diferente de un aroma puramente humano. No era brujo. No era humano. Algo intermedio.

Ella sacudió la cabeza y sintió que su estómago gruñía al mismo tiempo. Tal vez su sed de sangre estaba afectándole. O los efectos de la poción que la había noqueado aún persistía. Cuando ella estuvo en la limusina con Kimberly, la muchacha había olido claramente a humano. Cien por ciento. Y cuando Yvette había estado presionada contra la pared por Wesley antes, ella había sentido su aroma... entonces había sido del todo humano.

Mierda, necesitaba sangre o su mente estaría difusa y poco clara. Ya en ese momento, estaba perdiendo sus sensibles sentidos.

—Ella dijo que sabía dónde podría encontrar a algunos vampiros para matar—, continuó Wesley y lanzó una mirada de reojo a Yvette. Ella simplemente se encogió de hombros. ¿Qué más era nuevo? Roma no se construyó en un día. Mostrarle que no todos los vampiros eran malos, tomaría más tiempo que eso.

—¿Por qué matas a los vampiros? — preguntó Kimberly, la voz transmitía la inocencia de sus años.

El desafío y la ira estallaron en los ojos de Wesley. —Porque un vampiro mató a mi madre cuando yo tenía ocho años.

Yvette miró hacia otro lado. Podía entender su odio. Pero ella no podía tolerar la matanza de vampiros inocentes. Sin embargo, no tenía sentido decirle eso: no iba a cambiar su actitud con sus palabras.

—Lo siento mucho—, susurró Kimberly.

Por un momento, hubo un silencio en la sala tan espeso que incluso *pesaba*: un peso que comprimía el aire, por lo que hacía difícil tomar aliento. Pero luego Wesley parecía estar otra vez bajo control. —Cuando Bess me capturó, envió un mensaje a Hav. Ella lo chantajeó para que te secuestrara y le dijo que ella me liberaría si te traía a ella. No tenía otra opción.

Kimberly asintió con la cabeza. —¿Qué quiere de mí? — Hubo un temblor en su voz ahora. Instintivamente, Yvette dio un paso hacia ella. Con una mirada de reojo, Kimberly hizo un gesto indicando que ella estaba bien.

—No sé. Desearía poder saberlo.

9

Haven sintió un dolor punzante mientras el látigo cortaba a través de la piel que recubría el abdomen. Un puñetazo en sus músculos entrenados del estómago podría haberlo soportado fácilmente, pero los extremos filosos del látigo de cuero, eran otra historia.

—No tendría que hacerlo si pusieras de tu parte como tu hermano menor—, engatusó Bess, la bruja.

—¡Púdrete! — Si quería meterse en su cabeza, tendría que cortarla para abrirla. Tan simple como eso.

—Deberías reconsiderarlo. Cuanto más te resistas, más te va a doler.

Los ojos de Haven estudiaron la habitación, tratando de aprender lo que pudiera acerca de ella. Esta vez, no estaba en la sala en la que ella lo había invitado la primera vez. Esta cámara de tortura parecía y olía a moho y sudor, sangre y lágrimas. Ella le había atado a un andamio de madera con enredaderas que había envuelto alrededor de sus brazos como cuerdas guiadas por manos invisibles. Cualquiera que fuera el poder que ella tuviera, era fuerte. Mucho más fuerte del que su madre había tenido.

De dónde… o de qué, sacaba ella su poder, él no podía entenderlo, pero una vez que pudiera descubrir la fuente, tal vez podría destruirla o al menos debilitar su fuente. Por lo poco que recordaba de las pociones de su madre, sabía que todos los poderes de una bruja estaban anclados en alguna parte. Si pudiera encontrar el ancla, podría empezar a mover el bote.

—¿Qué quieres?

—Que cedas.

—Eso no va a suceder—. Le escupió a sus pies, lo que subrayaba que él no era el tipo de persona obediente.

—Me imaginé que tú serías el obstinado. Pero no te preocupes, llegaré a tu mente, incluso sin tu ayuda—. Ella sacudió su muñeca, una vez más, dejando que el látigo de cuero llegara contra su pecho descubierto. Cuando había luchado contra la invasión mental de su mente, primero lo había despojado de su chaqueta, luego arruinó su camisa cortándola por la mitad. Y tanto que esperaba recuperar el depósito por el traje alquilado.

La sangre emanaba abundantemente de los cortes y descendía como arroyuelos sobre el pecho y el estómago. Había estado en peores condiciones y sobrevivió. —Sobre mi cadáver.

Hubo un destello en sus ojos, y se dio cuenta de que había dado en el clavo. No quería verlo muerto, no, por alguna razón, ella lo necesitaba vivo. Era su punto débil. Ella podía hacerlo sangrar y hacerle daño, pero no podía matarlo. Era un consuelo, aunque pequeño.

La bruja entrecerró los ojos, y un instante después sintió una corriente pasar a través de su cabeza una vez más. Lo estaba intentando de nuevo, tratando de invadir su mente para encontrar lo que buscaba. Pero él no se lo permitió. Haven apretó la mandíbula y los músculos del cuello, tratando de empujar en contra de ella. Las visiones de los últimos momentos de su madre parpadeaban frente a sus ojos, y sus últimas palabras resonaron en su cabeza. —Acuérdate de amar—, ella le había recordado con su último aliento. Haven se consoló con sus palabras y sintió una calidez extendiéndose en él. De repente, una descarga eléctrica se apoderó de su cuerpo, y sufrió un espasmo. El tiro de adrenalina que lo acompañaba, le dio suficiente energía extra para intensificar el empuje hacia afuera en contra de la violación.

No podía explicar lo que estaba haciendo, pero sabía que estaba funcionando. Los pensamientos invasores de Bess se habían retirado de su mente y lo liberaron. La corriente eléctrica retrocedió hasta que su cabeza quedó clara una vez más. —¡Perra! — Susurró.

No le permitiría conseguir acercarse de nuevo. Su mente era suya. *Nadie* tenía derecho a entrar allí. Era el lugar donde guardaba todos sus miedos y esperanzas encerradas, nadie nunca la vería, escondiéndose de la realidad, lejos de la realidad fría y dura que seguía dándole vueltas en forma persistente. Una realidad que no quería volver a encarar, y esperaba que no estuviera dispuesto a renunciar a ella, a pesar de que con cada día que pasaba, su esperanza de encontrar a Katie se volvía más pequeña. Nadie tenía derecho a ver la confusión en su mente, el dolor que ocultaba. Él ni siquiera había compartido esto con su hermano. Y *demonios*, menos lo compartiría con la bruja que los tenía cautivos.

Porque si mostraba lo que pasaba dentro de él, lo debilitaría. Y tenía que ser fuerte para salir de esta con vida.

El dolor del látigo en su piel, lo arrancó del pasado y lo trajo al presente. No había forma de escapar del dolor, mientras quemaba a través de él. Trató de bloquearlo, se encerró para no sentir nada, pero fue inútil. El fuerte dolor lo atravesaba en cada célula de su cuerpo, debilitando su determinación. Su corazón latía frenéticamente tratando de bombear la sangre donde más se necesitaba.

—Está bien, no me dejas entrar, entonces me vas a dar la respuesta.

Haven no entendía lo que quería decir. Ella no le había preguntado nada todavía.

—¿Dónde está la clave de su poder?

¿Qué demonios? —¿Qué poder? — Jadeó, su voz mostraba el agotamiento de su cuerpo por los golpes, sus costillas dolían por los moretones que habían recibido.

—Tu poder de brujo— siseó Bess con impaciencia.

—Debes estar loca. No tengo ningún "poder de brujo"—. Ni él ni su hermano habían tenido ninguno de los poderes de su madre, aunque habían sido pocos. Si eso era lo que la bruja quería, llegar hasta sus poderes y tal vez robárselos, estaba en un tren que no iba a ninguna parte.

—¡No me mientas! — Ella azotó el látigo contra su pecho.

Haven se quejó por el dolor, apretando los dientes para evitar lo peor. —No tengo...

Otro latigazo apuntó más alto y cortó en su cuello. Surcos de dolor caliente quemaban su blanca piel, mientras el látigo cortaba la tierna carne. Haven tiró de sus ataduras intentando escapar, pero se mantuvieron firmes. Como serpientes, se prendieron alrededor de sus brazos y apretaron aún más, acariciando su piel con la suavidad de un papel de lija.

—Me lo dirás ahora—. Ella dio un paso más y pasando su mano por la cara, le dio un poderoso golpe. Su labio se partió, llenando su boca de sangre. Se la escupió hacia ella, deshaciéndose del sabor metálico que amenazaba con hacerlo vomitar.

—¿Crees que te dejaría que me azotaras si tuviera algún poder?

La bruja se detuvo en su próximo movimiento, un destello de curiosidad cruzó sus rasgos faciales. —¿Podría ser...? — Murmuró. Entonces ella lo miró de frente, con una sonrisa maligna formándose en su rostro. —Tu madre nunca te lo dijo, ¿verdad? Mantuvo el conocimiento para sí misma, ¿eh? O tal vez, nunca tuvo la oportunidad—. Hizo una pausa, de repente asintiendo con la cabeza para sí misma. —Eras todavía un niño en ese entonces.

No entendía sus divagaciones, pero sus labios estaban demasiado hinchados como para molestarse en hablar también.

Bess dejó escapar una risa desagradable, y luego azotó el látigo en él. —Tenía que estar segura. Entiendes eso, ¿no? —Trajo con el siguiente latigazo oscuridad y silencio, y con ello, un alivio para el dolor.

~ ~ ~

Yvette sintió pasos en el pasillo y escuchó el sonido de algo que se arrastraba por el suelo. Al instante se alertó, saltó del catre donde había estado descansando, y el nerviosismo y un sentimiento de temor treparon a través de sus células. Ciertos sonidos nunca eran una buena señal. Lo había aprendido hace mucho tiempo. Este era uno de esos sonidos.

Cuando se abrió la puerta, el hedor de la bruja penetró. Pero no fue el único olor que tensó su nariz. La sangre estaba en el aire. La mirada de Yvette se clavó en la bruja y en el bulto de carne que arrastraba detrás de ella, el cual ahora se deslizó por la habitación. Por un momento se preguntó si la bruja estaba usando sus poderes para arrastrar el cuerpo pesado de Haven por el suelo en lugar de sus músculos, pero la pregunta de Yvette tuvo una muerte silenciosa al momento en que lo vio.

Estaba apenas consciente, con el pecho casi desnudo, y con sólo unas cuantas tiras de lo que había sido una camisa aferrándose a su cuerpo manchado de sangre. Sus labios estaban sangrando, el cuello y los hombros los tenía cruzados de cortes y magulladuras, pero eso no era lo peor. A lo largo de su abdomen, tres grandes cortes excavaban profundamente en su piel. El corazón de Yvette se contrajo dolorosamente. No importaba cuánto dolor pudiera soportar, Haven era un ser humano. El dolor sería martirizante, y la pérdida de sangre lo debilitaría. Sin lugar a dudas, él estaba en agonía.

La sangre que brotaba de las muchas heridas que Haven había recibido hizo que el estómago de Yvette gruñera, sin importar lo mucho que tratara de suprimir el hambre y aguantar la respiración. Había ciertas cosas que ni siquiera ella podía soportar, a pesar de la voluntad de hierro que poseía.

—¡Oh, Dios mío! — Kimberly dio unos pasos tentativos hacia la puerta.

—Oh, mierda, Hav—, exclamó Wesley poniéndose en cuclillas junto a su hermano. —¿Qué mierda hiciste con él? — Había furia asesina en la mirada que apuntó hacia la bruja.

—Es su culpa. Es demasiado terco para su propio bien.

Yvette trató de quedarse atrás, porque no quería estar más cerca del atractivo olor a sangre, pero su estómago rugió de nuevo. La bruja lo escuchó y le dio una sonrisa desagradable. —Parece que alguien tiene hambre.

Al instante y al mismo tiempo, la mirada hostil de Wesley y la mirada asustada de Kimberly, llegaron hasta ella. Yvette se retiró a un rincón en la prisión. Todos los progresos que había hecho con Kimberly, confiando en que ella no le haría daño, se habían perdido otra vez.

—La sangre humana no es lo mío—. Suprimió Yvette las ganas de gruñir y mostrar sus colmillos a la puta de mierda. No serviría de nada, aparte de asustar a Kimberly aún más, lo cual era la última cosa que quería hacer. —Prefiero el sabor de la sangre de bruja. ¿Te importaría hacer una donación? — Yvette forzó una mirada indiferente sobre su cara.

La bruja no mordió el anzuelo, veía a través de Yvette como si fuera tan transparente como las promesas de campaña de un político. —La sangre de Haven debe arderte en las fosas nasales ahora. ¿Cómo te sientes?

Yvette no se atrevió a mirar hacia abajo en el suelo, donde Wesley estaba atendiendo a su hermano medio inconsciente. Mantuvo los ojos firmemente en la bruja. —No en realidad. Comí justo antes de que nos capturaras, así que estoy bien por lo menos durante dos días—, mintió.

En el mejor de los casos, podría aguantar veinticuatro horas, pero incluso antes ella se pondría de mal humor. Sus colegas siempre la habían molestado al respecto y la evitaban cuando ella no había comido. Podía admitirlo para sí misma: era una real perra cuando tenía hambre. Y estaba hambrienta. La última vez que se alimentó había sido demasiadas horas atrás, y la maldita poción que habían utilizado para capturarla, había mermado aún más su energía.

La bruja se burló, y tal vez por el momento Yvette había sido capaz de engañarla. No es que le importara. Pronto, sus colegas la estarían buscando a ella y a Kimberly. No había realizado su llamada habitual al Control Central. Gabriel sería notificado, y al saberlo, empezaría a barrer la ciudad para encontrarla. De alguna manera la encontrarían y la sacarían de ahí. Era sólo cuestión de tiempo. Ella sólo tenía que tranquilizarse.

—¿Crees que no puedo sentir cómo estás conteniendo la respiración para no oler su sangre? Quieres dejarlo seco, ¿no?

Yvette entrecerró los ojos y apretó la mandíbula. —No.

La bruja giró la cabeza hacia Wesley. —Creo que tendrás que matarla después de todo. ¿O quieres arriesgarte a que mate a tu hermano?

—¡Perra calculadora! No puedes hacer el trabajo sucio por ti misma, ¿verdad? —Silbó Yvette. Tal vez los poderes de las brujas no eran lo suficientemente fuertes en contra de un vampiro. ¿Era esa la razón por la que no había intentado matarla todavía? Era una vía para explorar. Si sus poderes eran sólo lo suficientemente fuertes como para mantener a raya a los humanos, Yvette podría tener una oportunidad de derrotar a la bruja. Si ella pudiera salir de esa habitación. Los conjuros parecían lo suficientemente fuertes como para mantener incluso a un vampiro en cautiverio, pero si de alguna manera pudiera salir del interior de la celda, tal vez podría luchar contra ella. El problema con las brujas era que nunca se sabía lo que tenían bajo la manga. Ella odiaba eso.

Las emociones en conflicto se dibujaban en la cara de Wesley mientras la miraba a ella y luego a la bruja. La desconfianza se impuso. ¿Podría realmente echarle la culpa? Después de lo que le había dicho a Kimberly sobre su madre, era natural que odiara a los vampiros. Lo que significaba que él la odiaba a ella.

—Toma—. Le tiró la bruja una estaca a Wesley. Él la tomó con una mano. Un gemido agonizante de su hermano le hizo volverse.

—¿Hav, no te dije que no lucharas con ella?

—No luché con ella—, presionó Haven. Se notaba esfuerzo en su voz, el dolor era evidente. Yvette echó una mirada para evaluar las heridas nuevamente. Los cortes en el abdomen seguían sangrando, y si la pérdida de sangre no se detenía pronto, ella temía lo peor. A pesar de que la había secuestrado a ella y a Kimberly, no podía dejar que se desangrara. Sólo para molestar a la bruja, por supuesto.

—Pequeña, es hora de irnos—. La bruja cruzó el umbral y torció el dedo hacia Kimberly, cuyos ojos se abrieron de golpe.

—¡No! —, exclamó Yvette. No podía permitir que su encargo pudiera verse perjudicada. Era responsable de ella. Era su trabajo. —No la toques—. Ella se abalanzó hacia delante, hacia la bruja, pero una explosión de energía la empujó.

—¡Mantente fuera de esto!

—Que alguien me ayude—, se lamentó Kimberly mientras era atraída hacia la puerta por una fuerza invisible.

Wesley corrió hacia ella, pero al igual que Yvette, fue empujado por una explosión invisible. —¡Hagas lo que hagas, no luches contra ella! —, le advirtió a Kimberly.

Cuando la bruja agarró el brazo de Kimberly y la tiró por encima del umbral, el campo de fuerza que sostenía a Yvette y a Wesley se disipó. Ambos tropezaron.

Yvette vio a la bruja cerrar la puerta. ¿Sólo podía ejercer su poder dentro de la protección de los conjuros? ¿Podría esto significar que, si ellos estuvieran dentro de los conjuros, la bruja tenía que estar dentro de ellos también con el fin de usar sus poderes en ellos? Yvette guardó la suposición en el fondo de su mente. Había cosas más urgentes que hacer en esos momentos.

10

La voz ronca de Wesley gritando una advertencia, despertó a Haven de regreso a la realidad. Se obligó a abrir los ojos y supo que estaba otra vez en la sala donde los tenían cautivos. Nada había cambiado. Excepto el hecho de que tenía dolor.

Tendido en el suelo trató de incorporarse, pero el dolor alrededor de su cintura le hizo volver a caer al instante. La mirada atormentada en el rostro de su hermano que estaba de rodillas junto a él, le proporcionó poco consuelo. Cuando su campo de visión se amplió, Haven vio la estaca que Wesley sostenía fuertemente en su mano derecha.

—Qué demon…

—Ella tiene hambre, y tú estás sangrando—, Wesley lo interrumpió.

Haven sacudió la cabeza y vio a Yvette de pie, a varios metros de distancia de ellos, sus ojos estaban fijos en él. ¿Lo atacaría?

—Cállate, Wesley, y no sigas repitiendo la misma mierda que la bruja te ha dicho. Estoy bien—, insistió Yvette. —Me he alimentado mucho. No quiero la sangre de tu hermano.

Haven cruzó la mirada con ella y por un momento le creyó, pero luego vio un brillo en ellos, como una pequeña llama que empezaba a arder, y sabía que estaba mintiendo. Yvette tenía hambre. Su mirada se desvió hacia la parte baja de su cuerpo, donde sus manos se apretaban en puños. Hambrienta y luchando contra eso. ¿Qué lado era el más fuerte? ¿Su humanidad o su instinto animal?

—Mierda—, murmuró en voz baja.

Lo había oído. Lo podía decir por la forma en que cayeron sus párpados. Dios, ella era hermosa. Un hermoso ángel de la muerte, sí, eso es lo que era. Sin embargo, en vez de sentir miedo de lo que estaba por venir, sintió una extraña excitación formándose en su interior. Casi como si estuviera deseando que lo mordiera. Le dijo qué tan mal estaba ya. Tal vez las lesiones que Bess había infligido, en verdad eran más profundas de lo que había pensado al principio. Sabía que estaba sangrando profusamente, ¿pero era la pérdida de sangre la culpable de su cerebro confundido? ¿Deseaba el toque de Yvette aún más de lo que lo había querido en la fiesta? ¿Quería él que ella se acercara y lo abrazara?

—Wesley, necesito...

Wesley saltó hacia las palabras de Yvette, con la mano levantada sosteniendo la estaca como una advertencia: *quédate atrás.* —No conseguirás acercarte a él.

—No le haré daño. Puedo ayudarle a sanar.

Una risa amarga salió del pecho de su hermano. —¿Qué tan tonto crees que soy?

—¿Quieres que tu hermano muera?

—¡No! Y es por eso exactamente por lo que no te acercarás a él.

Bendito sea su hermano menor. Wesley le protegería a pesar de que sabía que no era rival para Yvette… la fuerte y hermosa Yvette, la belleza hecha carne, la mortal vampiro que Haven deseaba contra toda razón. ¿Estaba ya a la deriva del delirio?

—Te dije que no le haré daño. Si lo quisiera, lo hubiera hecho mucho antes de que incluso tú llegaras aquí. ¿No lo entiendes?

Wesley levantó la barbilla con terquedad. Era un gesto con el que Haven estaba muy familiarizado, él lo hacía cuando no estaba dispuesto a ceder, pero no le quedaban argumentos. Haven había estado en el extremo receptor del mismo muchas veces, mientras habían crecido juntos.

—¿Qué propones? —, preguntó Haven, cada palabra causaba daño mientras el aliento abandonaba sus pulmones.

Los ojos de Yvette se agrandaron por la sorpresa obvia. No esperaba que le preguntara. —Puedo sellar las heridas para que no sangren más. Detendrá la pérdida de sangre.

—¿Cómo?

—Con mi saliva. Puedo lamer las heridas y...

Haven no escuchó el resto de sus palabras. ¿Ella lo lamería? Dios lo ayude. Si la pérdida de sangre no lo mataba, los labios y la lengua sobre su piel desnuda, lo harían. Ya con sólo la idea, hizo que aumentara la temperatura corporal. ¿Cómo podía dejar que le hiciera eso? ¡Y delante de su hermano y de la joven! No era una experiencia en la cual quería tener en frente a una audiencia. Al pensar en Kimberly, Haven examinó la habitación. Ella no estaba. Un frío helado se disparó a través de sus venas.

—¿Dónde está Kimberly?

Yvette frunció el ceño. Wesley respondió: —La bruja se la llevó.

—¡Mierda! — ¿Qué había hecho? Había entregado a una chica inocente a la bruja para que le hiciera daño. ¿Por qué no se había resistido? ¿Por qué no había pensado en un mejor plan que no hubiera involucrado el secuestro de la muchacha?

—Le advertí que hiciera lo que ella le dijera. Ella no va a resistirse, no como tú. Estúpido—, gruñó Wesley.

—No pude, simplemente no pude...— Pero Wesley no lo entendería. Siempre había tomado el camino fácil, el camino de menor resistencia. Mientras que Haven todavía tenía que encontrarse con una pared de ladrillos que no le gustaba. Y su cabeza no estaba dándole las gracias por ello tampoco.

—Así que, ¿estás de acuerdo? — Yvette interceptó sus pensamientos.

Haven le devolvió la mirada y dejó que ésta se deslizará sobre su cuerpo una vez más. Él no tenía mucha opción. El sangrado no se detenía, sin importar lo fuerte que apretara la mano contra las heridas. Y ya se sentía mareado. Sólo empeoraría. Pero todavía no podía confiar en ella.

—Wesley estará junto a ti. Y si tratas de hacerme daño, utilizará la estaca.

—Ahora estamos hablando—. Wesley sonrió y puso el objeto en cuestión entre sus dedos.

Yvette simplemente volteó los ojos. —¡Idiotas!

Con fluida gracia caminó hacia él, esperando que Wesley se moviera a un lado antes de que ella se dejara caer de rodillas junto a él. Su cercanía lo hizo sentir casi embriagado. Se lo atribuyó al dolor que recorría su cuerpo y lo hacía débil.

—Muéstrame cómo funciona—, ordenó Wesley, mirando hacia abajo sobre ellos.

Haven vio como Yvette sacudió la boca como si estuviera mordiéndose un comentario sarcástico. Pero entonces ella bajó la cara hacia él y lo miró a los ojos. —Tu labio está partido.

Su ingle se contrajo con la sugerencia de lo que estaba a punto de hacer. ¿No podría empezar en otro lugar de su cuerpo, tal vez en la mano o el brazo? ¿Acaso tenía que dar un golpe de muerte con su primer impacto? Pero antes de que su voz pudiera emitir una protesta… y ni siquiera estaba seguro de que habría sido una protesta... sus labios se acercaron a él.

Haven contuvo el aliento, mientras su lengua rosada serpenteó hacia afuera y lamió su labio inferior. En lugar de una sensación de escozor, experimentó un ligero cosquilleo, agradable y suave. Exhaló y relajó sus músculos faciales. Una vez más, su lengua lamió por encima de su labio inferior, más lento esta vez y con más presión.

El extraño cosquilleo se transformó en un escalofrío que corrió por su cuerpo y se estrelló contra su ingle. Ella definitivamente lo mataría… eso estaba claro. ¿Por qué medios? El jurado todavía estaba en eso.

Cuando él la miró, se dio cuenta de cómo sus ojos se habían cerrado como si estuviera saboreando su sabor. Había una gota de su sangre en el labio, y por el infierno si no encontraba que eso era sexy. Y al infierno era claramente a dónde se dirigiría, si no detenía esa locura. Si él pudiera detenerla. Si quisiera.

Yvette se retiró.

—Maldición, eso es increíble—, comentó Wesley mientras miraba hacia los labios de Haven. —Estás como nuevo—. Le sonrió su hermano. —Muy práctico—. Entonces hizo un movimiento hacia Yvette. —Muy bien, haz el resto.

Si su único hermano supiera qué tipo de tortura estaba pasando en ese momento... Podría parecer asombroso y "práctico" como Wesley había dicho, pero estar en el extremo receptor, era algo completamente diferente. Fue la caricia sensual más increíble que jamás hubiera sentido.

Las manos de Yvette lo despojaron del resto de su camisa destrozada, exponiendo completamente su pecho a la vista. Sus ojos mostraban el hambre que ella trató de mantener atrapada, pero, sin embargo, Haven lo vio. ¿Y si ella caía en la sed de sangre ahora que había probado su sangre? ¿Era de la misma manera como lo sentía un alcohólico, que una vez que había probado el alcohol otra vez no podía detenerse? ¿Era eso lo que le podría pasar?

De reojo, se dio cuenta que Wesley cambió y ajustó el agarre en la estaca. Brevemente se preguntó, dónde la había conseguido, dado que su propia estaca todavía estaba en el bolsillo de su chaqueta y su chaqueta no estaba por ningún lado.

Las manos de Yvette se sintieron sorprendentemente cálidas, mientras tomaba su mano y la levantaba de donde él estaba presionando contra su herida. Siempre había pensado que los vampiros eran fríos, por los seres despiadados que eran. Había luchado contra muchos de ellos en combate cuerpo a cuerpo, pero en realidad nunca había notado su temperatura corporal. Nunca había luchado contra ellos el suficiente tiempo para poder registrar realmente cómo se sentían. Y nunca lo había querido de todos modos.

Pero ahora Haven tenía todo el tiempo del mundo, para sentir y percibir como eran las manos de un vampiro. ¿Y por qué no habría de hacerlo? Cuanto más aprendiera acerca de esas criaturas, mejor podría luchar contra ellas en el futuro. Porque nada iba a cambiar. El hecho de que estuviera tendido junto a una vampiro y tuviera que trabajar con ella para salir de la difícil situación en la que él y su hermano se encontraban, no quería decir que de repente se había convertido en amigo de uno de su clase. Como mínimo, primero tendría que congelarse el infierno.

—¿Qué es lo que ella usó? —, preguntó Yvette y le acarició los dedos a lo largo de los cortes como si los estudiara.

—Un látigo—. Necesitó todas sus fuerzas para no gemir la respuesta. Presionando la mandíbula con fuerza, trató de ignorar el efecto cálido que tenían sus dedos en su cuerpo. Como una caricia sensual, exploró sus heridas.

—Son profundas.

Yvette se inclinó sobre su estómago y bajó la cabeza hacia sus heridas. Su lengua rozó su piel con rapidez, extendiendo la sensación de hormigueo al igual que antes. Con movimientos largos y seguros, lamió a lo largo de su dañada piel, lamiendo la sangre mientras lo recorría. La cabeza de Haven se volvió hacia atrás. No era capaz de ver, no porque le diera asco, sino porque sus acciones conseguían calentarlo más que un baile privado. Con cada lamida de su lengua, se ponía más duro. Sólo esperaba que ni su hermano ni Yvette, notaran cómo su pene se estaba expandiendo por debajo de su pantalón negro y se abultaba en contra del cierre, que amenazaba con destruir la última pieza de su esmoquin alquilado y cualquier esperanza que quedara de recuperar su depósito.

Haven cerró los ojos, no quería estar expuesto a la vergüenza que se produciría, si uno de ellos descubría su excitación. La falta de discreción de su hermano, haría la situación más incómoda.

—¿Estás bien? — Le preguntó Wesley, con evidente preocupación en su voz.

—Estoy bien—. ¿Bien? ¿A quién engañaba? Estaba a dos pasos del paraíso.

Mientras la boca de Yvette se mantenía lamiendo sus heridas, su mano se deslizó a su costado como si tratara de aferrarse a algo. Sus dedos cavaron en él, y por la intensidad con la que se apoderó de él, sospechaba que ella no estaba al tanto de sus propias acciones.

Haven dejó escapar un jadeo entrecortado. ¿Cuánto tiempo lo iba a torturar de esa manera? ¿Acaso siquiera sabía qué tipo de efecto tenía sobre él? ¿Era esta la manera de pagarle, por haberla secuestrado?

Cuando de repente levantó la cabeza, un aire frío flotó en contra de sus heridas.

—No está funcionando—, dijo Yvette.

Los ojos de Haven se abrieron de golpe.

—¿Por qué? — Susurró Wesley. —¿Estás solo dejándolo seco? ¿Es todo esto un truco?

Yvette ignoró el comentario sarcástico de Wes y en su lugar miró a Haven. —Las heridas son demasiado profundas y demasiado grandes. Tenemos que intentar otra cosa.

Wesley levantó la estaca, como si fuera a golpear.

—¡No, Wes! — Haven gritó. No podía permitir que su hermano le hiciera daño. Cuando Wesley bajó la estaca nuevamente, Haven dejó escapar un suspiro de alivio. Luego miró a Yvette. —¿Fue un truco para tomar de mi sangre?

Ella le honró con una mirada de indignación, y luego negó con la cabeza. —Como ya he dicho...

—Muy profundas, sí, te he oído. ¿Y ahora qué?

—Puedo conseguir cerrar las heridas desde el interior—, se cubrió, lanzando una mirada cautelosa a Wesley.

Las sospechas aumentaron en él. —¿Cómo?

—Haciéndote beber de mi sangre.

Por un instante, Haven fue incapaz de hablar. Sus cuerdas vocales se estrecharon.

—¡Diablos, no! —, protestó Wesley. —Maldita perra, estás tratando de convertirlo en uno de ustedes.

Él levantó la estaca y se abalanzó sobre ella, pero Yvette ya había saltado hacia arriba. Se tiró en la otra dirección, fuera de su alcance.

Cuando se giró con una increíble velocidad... una velocidad que ya había visto usar a otros vampiros antes... se enfrentó a su hermano con las manos en sus caderas, sus piernas situadas en una posición abierta... tan abierta como su vestido ajustado con la costura rota se lo permitía. Ella estaba lista para atacar.

—No lo convertiré—, afirmó Yvette.

—Claro que dirías eso.

—Es cierto. Un ser humano tiene que estar al borde de la muerte para convertirse. El beber sangre de vampiro en vida, no te convierte en un vampiro—. Dijo a Wesley con otra mirada enojada. —Deberías de estar agradecido de que se lo estoy ofreciendo. Ningún vampiro comparte su sangre a la ligera. Es un privilegio. Sólo debería dejarlo sufrir por lo que nos ha causado a mí y a Kimberly.

Haven se preguntó si podía creerle. ¿Era verdaderamente seguro tomar su sangre? Cambió de postura, el movimiento envió un rayo de dolor a través de su cuerpo. Maldita sea, esto era peor de lo que había pensado. Miró hacia las grandes incisiones en su estómago. La visión de su carne cortada le evocó náuseas y algo más: una pequeña punzada de temor a que las lesiones fueran más graves de lo que había pensado al principio. Si le pasaba algo, ¿quién se ocuparía de Wesley?

—¿Por qué me la ofreces, entonces?

Yvette gruñó. —No lo estoy haciendo más. Tu hermano ha sellado tu destino. Vamos, vean si los dos pueden detener el sangrado. Mi trabajo está hecho—. Claramente enojada, se alejó de ellos, se acercó al catre en la pared opuesta y se dejó caer en uno. —¿Por qué debería importarme?

Maldita sea, si no parecía lastimada. ¿Cómo era posible? Haven se sentó, a pesar del dolor que le causaba. ¿Podría ser que su humanidad era realmente más fuerte que su lado animal, y ella realmente quería ayudarle?

—¿Qué me hará tu sangre?

—¡Hav! ¿Estás loco?

—Mantente fuera de esto, Wes—. Por primera vez, deseaba que su hermano no fuera tan protector con él.

—Estás suponiendo que todavía estoy dispuesta a dártela—. Yvette puso mala cara. Nada de su lado vampiro era visible. Ella era toda una mujer herida en ese momento, con los brazos cruzados sobre el pecho, una mirada desafiante en sus ojos. ¿Sabía que su postura destacaba la hinchada redondez de sus pechos, haciéndolos un punto central del cual Haven no podía apartar los ojos?

—¿Qué tal si yo te lo pidiera amablemente? — Definitivamente había cruzado el abismo que se interponía ahora. ¿Acababa de pedirle que le diera su sangre? ¿Qué diablos le pasaba?

Wesley levantó las manos. —¡Estás loco! ¡Estás totalmente loco! Si haces esto, nunca te voy a volver a hablar de nuevo. *¿Me escuchas?*

Haven le hizo una seña desdeñosa a su hermano. Wes estaba lleno de aire caliente. Se calmaría luego.

Yvette sonrió ante las palabras de Wesley. —Sólo para molestar a tu hermano menor, lo haré.

Su corazón no debería haber saltado de esa manera sólo porque ella había aceptado, pero lo hizo. La emoción corría por él, aunque no tenía idea de qué esperar. ¿Y si se atragantaba con su sangre? ¿Y si sabía asquerosa?

Pero no había vuelta atrás. Yvette ya estaba caminando hacia él. Cuando se dejó caer junto a él, sintió el calor de su cuerpo y olió el aroma de naranja de su piel. Ella se movió detrás de él.

—Acuéstate.

Él retrocedió hasta que su espalda llegó a su pecho.

—¡Idiota! — le reprendió Wesley, pero él no le hizo caso.

La sensación del cuerpo de Yvette tan cerca de él, era lo único en lo que podía concentrarse en esos momentos. Haven volvió la cabeza hacia un lado y la miró mientras ella se mordía su propia muñeca. Sólo alcanzó a ver brevemente sus colmillos afilados mientras mordía en su piel y la traspasó, pero lo que vio le hizo estremecerse.

La sangre brotó inmediatamente por su muñeca, y ella la llevó hacia la boca de él. —Sólo succiona de ella.

—¿Cuánto?

—Tu cuerpo sabrá cuándo detenerse—. Habló en voz baja y ronca, tan tentadora, que hizo que sus pequeños vellos de la nuca se le erizaran. El miedo se alzó con él, pero fue ahogado por la presión suave de sus pechos contra la espalda y el calor que enviaba a través de su cuerpo.

Haven apretó los labios sobre su vena abierta y dio una tentativa lamida.

—¡Puaj! — El gemido de disgusto de Wesley apenas se escuchó. En su lugar, un rico sabor cubrió su lengua. Al llegar a la parte posterior de la garganta, una explosión de sabores le golpeó: naranjas, canela, clavo de olor. Picante y rico, llenó su boca. Tomó más, con ganas de prolongar la experiencia. Siempre había pensado que la sangre tenía sabor metálico y rancio, pero esta era diferente a todo lo que había conocido. Su sangre era fresca y joven, vibrante y rica al mismo tiempo.

Haven no pudo detener el gemido que se inició en el fondo de su pecho y explotó en su garganta. Con una mano, él la agarró del brazo y la atrajo, para que no se alejara. Sintió sus pechos presionándolo más fuerte en la espalda y la cabeza presionar contra la de él. Su cálido aliento soplaba contra su nuca.

—Sí—, le susurró tan bajo que sólo él pudo escucharla.

La intimidad de su acción no pasó desapercibida para él. Donarle de su sangre a otra persona, a un extraño, era un gesto tan puro y tan personal, que sólo podía especular por qué se la había ofrecido.

Cuando la sangre llegó a su estómago, su cuerpo se enrolló como un resorte apretado. Se tensó al sentir la extraña sensación.

—Relájate—. Sus palabras persuadieron en su oído para calmarlo. —Cálmate. Estoy aquí.

Había algo extrañamente reconfortante en sus propias palabras. Él permitió que la tensión saliera de su cuerpo y tomó más de su sangre. Su sabor era embriagador, y junto con su cuerpo cerca de él, no había otro lugar donde prefiriera estar en ese momento.

Él tomó más de su vena, haciéndose adicto a su gusto.

—¿Qué carajo? — La voz de Wesley llegó hasta él, mientras Haven se dio cuenta de que Yvette se tensaba detrás de él.

11

—La única cosa rara que encontré en casa de Yvette fue esto—. Zane tiró la bolsa con el pelo de Yvette, en la isla de la cocina. Todo el mundo estaba reunido en la casa de Samson: Samson, el dueño y fundador de Scanguards, Gabriel, Thomas, su genio de Informática, Amaury, y Eddie, el más joven de los vampiros. Además de los vampiros, el asistente humano de Samson, Oliver, estaba con ellos. Como siempre en una situación de crisis, la casa victoriana de Samson en Nob Hill, se había convertido en el centro de mando.

Desde arriba, la sensibilidad auditiva de Zane tomó fragmentos de la conversación. Reconoció la voz de Nina. Al parecer, Amaury no iba a ninguna parte sin su testaruda compañera. Completamente subyugado si alguien le preguntaba, que por supuesto nadie lo hacía. La voz de Maya se mezcló con la de Delilah, un momento después. Se entendía que Gabriel no podía dejar a su esposa en su casa tampoco. Bueno, al menos, Maya era un vampiro, por lo que era útil para el combate, mientras que, tanto Nina como Delilah eran humanos, y en todo caso, sólo llegaban a ser una distracción.

—¿Qué es? —, preguntó Samson y tomó la bolsa.

—Cabello—. Zane pasó de un pie al otro. No estaba seguro ni siquiera de por qué había traído la maldita cosa, pero de alguna manera se había visto obligado a hacerlo. Era algo fuera de lo común, y había sido entrenado para observar todo lo que no tenía sentido. Si al final les podía ayudar a encontrar a Yvette, era otra cosa.

Samson sacó un puñado de hebras de la negra cabellera. —¿De quién es?

—De Yvette.

Samson suspiró y asintió con la cabeza.

—¿Yvette se corta el pelo? — Amaury arrugó su frente. Zane le lanzó una mirada indiferente. Su amigo del tamaño de un jugador de fútbol americano con el cabello largo hasta los hombros y brillantes ojos azules, tomó la bolsa e inhaló. —Sí. Es de ella.

—Puede ser extraño, pero dudo de que esto nos proporcione información sobre dónde se encuentra—, intervino Thomas. El motociclista con el cerebro nerd informático frunció el ceño y se pasó la mano por el pelo color rubio rojizo.

Eddie, el joven vampiro del cual era su mentor y hermano de Nina, asintió con la cabeza. Thomas le dio una palmada en el hombro. —Tienes razón. Tal vez a ella simplemente no le gusta el cabello largo.

Casi tan alto como Thomas, un poco más delgado, pero igual de fuerte. Su rostro tenía hoyuelos, que ahora se transformaban en una media sonrisa. Al igual que Thomas, pasó las manos por su pelo rubio oscuro. ¿Tenía que imitar todo lo que su mentor hacía? Eso era irritante.

Zane maldijo en silencio. ¿Todos aquí tienen la cabeza llena de pelo, excepto él? ¿Era por eso que había traído la bolsa en primer lugar? ¿Para torturarse a sí mismo?

—¿Qué más tenemos? —, preguntó Gabriel.

Thomas se inclinó sobre el mapa que extendió en la isla de la cocina y empujó la bolsa con el pelo a un lado. —Encontramos la limusina aquí—. Señaló un lugar en el distrito de Richmond. —Por suerte, la compañía tenía un dispositivo antirrobo en el vehículo, por lo que fueron capaces de seguirle la pista.

—¿Y el conductor?

—Todavía estamos buscándolo. La empresa fue un poco imprecisa acerca de quién era. Eddie y yo les haremos una visita en persona, para ver lo que está pasando.

Samson asintió con la cabeza. —Bueno. Amaury, quiero que vayas e inspecciones la limusina. A ver si puedes detectar cualquier cosa, cualquier rastro de olores, sangre, algo.

—Me haré cargo de eso.

—¿El agente de Kimberly ha recibido alguna demanda de rescate?

Gabriel negó con la cabeza. —Acabo de hablar con él por teléfono. Nada. Va a cancelar sus apariciones en los próximos días, diciéndole a todo el mundo que tiene una gripe fuerte y es contagiosa. Con suerte, mantendrá calmada a la gente de hacer preguntas, hasta que sepamos lo que está pasando.

—Prudente—, comentó Samson. Luego miró a Thomas de nuevo. —¿Has tenido suerte con el rastreo del teléfono celular de Yvette?

—Está apagado. Veré lo que puedo hacer cuando regrese a mi computadora.

—¿Qué pasa con su perro? — Zane preguntó entre ellos y de pronto vio muchas caras sorprendidas.

—¿Yvette tiene un perro? —, preguntó Gabriel. —Ella nunca mencionó eso.

Zane resopló. —Claro que no, ni siquiera puede admitírselo a sí misma.

Samson le dio una mirada impaciente. —¿Te importaría explicarnos de una vez, Zane, y terminar con tus comentarios crípticos? — La dureza de su voz subrayó la impaciencia de su jefe.

Zane sabía cuándo pelear. Este no era uno de esos momentos. —Ella tiene este labrador dorado que la ha estado siguiendo por unos cuantos meses. Dice que es sólo un perro callejero, pero la evidencia en su casa dice lo contrario. Le da de comer. E incluso ha construido una puerta para perros. Diablos, el perro incluso le hace caso.

—Bueno, vamos a traerlo. Tal vez el perro pueda encontrarla—. En el rostro de Samson, apareció un rayo de esperanza.

—El perro se ha ido. Revisé la casa y el jardín: no estaba por ningún lado.

—Maldita sea. ¿Crees que se llevó al perro con ella en su tarea? —Samson reflexionó.

—Ella no haría eso—, interrumpió Gabriel. —Eso sería totalmente en contra de todas las reglas.

Zane alzó una ceja. Sí, Gabriel estaba a favor de las reglas estrictas. —Y mira dónde la han llevado tus reglas.

—Este no es ni el momento ni el lugar para airear tus quejas—, espetó Gabriel.

—¿Cuándo si no es ahora? Si me hubieses dejado usar el control de la mente en la muchacha, Yvette no habría desaparecido en este momento—. Y maldita sea si no se sentía un poco culpable por ese hecho. Él debería ser el que estuviera en problemas en ese momento, no Yvette. No era tarea de Yvette. Era la suya. Él debería haber sido el que protegiera a Kimberly, entonces tal vez no habría *nadie* que faltara en esos momentos. Tal vez lo que había ocurrido podría haber sido evitado. Después de todo, él era más fuerte y más letal que Yvette… y mucho más cruel para el caso. Si alguien lo hubiera atacado a él y a Kimberly después de salir de la fiesta, habría sido capaz de derrotarlos.

¡No me echaré atrás en mis decisiones, Zane!

—Fue un error que la asignaras.

—¿Qué estás diciendo? ¿Que ella no es un buen guardaespaldas? — Gabriel irguió su pecho y lo miró enfurecido. —Estoy seguro que estará muy feliz de escuchártelo decir una vez que esté de regreso. Yo cuidaría mi espalda si fuera tú, o Yvette te pateará el trasero.

Zane entrecerró los ojos y apretó la mandíbula. Sus manos se tensaron como puños, estaba muriéndose por darle a su jefe un golpe bien colocado. Pero también sabía su lugar. Y no le serviría a Yvette si fuese sacado de ese caso. Sus propios sentimientos tenían que ser dejados de lado.

—Una vez que esté de regreso, de buena gana le daré la oportunidad de que me dé una patada en el trasero—. E incluso, no mentía. Ella era como una hermana pequeña para él: una muy molesta, la hermana pequeña muy malcriada. Y protegerla, era justo lo que un hermano mayor haría.

La puerta se abrió y la cabeza de Nina se asomó. Sus rizos cortos color miel caían sobre su cara. Al instante, Zane vio el destello brillante de una sonrisa en el rostro de Amaury y sus ojos viajaron sobre ella con lujuria desenfrenada. Los dos se habían unido hace más de cuatro meses atrás, y Amaury *todavía* seguía mirándola como lo hacía, cuando Zane por primera vez los había visto juntos. Trató de sacudir la imagen de su mente.

—Delilah te está llamando, Samson. El bebé se está moviendo.

—Perdón, muchachos. Ya regreso—. Samson se apresuró pasando por Nina sin mirar hacia atrás.

—Y creo que las furgonetas polarizadas están fuera—, Nina les informó. —Acabo de verlas llegar desde arriba.

—Gracias, Nina—, respondió Gabriel.

Casi estaba amaneciendo, y dado que ellos necesitaban continuar su trabajo y ser capaces de moverse por la ciudad durante el día, tenían que utilizar las furgonetas especialmente diseñadas de Scanguards, que estaban preparadas para llevar a los vampiros por todos lados, sin exponerlos al sol. Personas humanas empleadas por Scanguards manejaban las camionetas y sabían la carga que transportaban. Sólo los empleados humanos más leales de Scanguards recibían indicios sobre los vampiros que había entre ellos. Era más seguro de esa manera. En situaciones de emergencia, ellos mismos habían conducido una de las camionetas oscuras, pero en general, era más seguro que un conductor humano se hiciera cargo.

Nina giró para irse, pero se detuvo como si hubiera olvidado algo. —Y, ¿podría alguien por favor ver por qué ese perro ahí afuera no deja de ladrar? Está poniéndole los nervios de punta a Delilah.

Estaban tan absortos en sus discusiones, que Zane no le había puesto ninguna atención a los sonidos fuera de la casa. En ese momento intercambió una mirada con Gabriel. ¿Podrían ser tan afortunados?

12

El olor de comida humana fue lo primero que Yvette sintió cuando la oscuridad se desvaneció. Su cuerpo se sentía como si hubiera sido molido a golpes y luego atascado en una licuadora. ¿Qué demonios le había sucedido? ¿La bruja la torturó como había torturado a Haven? Al pensar en él, ella se irguió de su posición acostada y abrió los ojos.

Todavía estaba en la misma habitación que antes, y estaba sobre algo suave: un catre. Sus ojos de inmediato buscaron a Kimberly. Yvette dio un suspiro de alivio, cuando la vio tendida en otro catre igual a su lado, acurrucada, con los ojos cerrados. En la improvisada cama más alejada de ella, Wesley estaba también dormido.

Ella se acercó a Kimberly, queriendo asegurarse de que estaba bien y que la bruja no la había lastimado.

—Ella está bien—, dijo la voz tranquila de Haven desde el suelo. Sus ojos se volvieron en su dirección. Ella lo observó mientras se levantaba y se sentó a los pies de su cama.

—¿La bruja le...?

Él negó con la cabeza antes de que pudiera terminar la pregunta. —Kimberly fue más inteligente que yo, y no se resistió. Ella está durmiendo—. Miró hacia su catre, e Yvette siguió su mirada.

—Todos comieron. Estaban cansados. Pero yo quería asegurarme de que estuvieras bien—. Sus ojos la examinaron, y se sentía extrañamente consciente de su cuerpo y el vestido negro que la hacía parecer mucho más femenina, de lo que ella estaba acostumbrada.

—¿Qué pasó?

Haven le dio una mirada de disculpa. —¿Te acuerdas que me diste de tu sangre?

Su corazón saltó de emoción. ¿Cómo iba a olvidarlo? Cuando él había chupado de su muñeca, se había sentido casi delirante. Nunca antes había sentido la clase de placer que había pasado a través de su cuerpo. —¿Te curaste?

Haven sonrió y extendió los brazos, le mostró su aún desnudo pecho y estómago. Se veían perfectos e intactos. Y más sexis que antes. El hombre tenía un cuerpo bien formado, hecho para el pecado.

—Dímelo tú.

—Te ves... bien.

Cuando dejó caer sus brazos a su lado, su rostro adquirió una expresión seria. —Tomé demasiado. Perdiste el conocimiento.

—Bueno, creo que tengo suerte de que no me mataras mientras tuviste la oportunidad.

Haven se acercó, echando una rápida mirada de reojo a Kimberly y a Wesley, que aún dormían. —¿Es eso lo que piensas que haría después que me ayudaste? —, preguntó con los dientes apretados. —¿Es esa la opinión que tienes sobre mí?

Yvette lo miró enfadada, pero mantuvo su voz baja. —¿Qué esperabas? Me secuestraste, y no guardaste ningún secreto de tu odio a mi especie.

—Y a pesar de saber eso, me ayudaste. ¿Por qué? —Sus ojos azules se dirigieron a ella, investigando, buscando.

—Un momento de debilidad temporal. No te preocupes, no va a suceder de nuevo—, espetó. Bastardo desagradecido. Tal vez debería haberlo dejado sufrir.

—Porque no te permitiría volver a hacerlo.

Yvette entrecerró los ojos. —Ya veo. ¿Te sientes sucio porque tienes sangre de vampiro en las venas ahora? — ¡Cómo se atreve a mirar despectivamente su regalo! Ningún vampiro daba su sangre a cualquiera. Era un tesoro que protegían. Ella misma nunca había compartido su sangre con nadie, ni durante sus relaciones sexuales, ni para curar.

—No—, dijo entre dientes y la agarró por los brazos, presionando la espalda contra la pared. —Ya no voy a dejar que te pongas en un peligro como ese. Te desmayaste, porque tomé demasiado. Tenías que haberme detenido antes de que te debilitara de esa manera.

¿Él estaba preocupado por su salud? ¿Qué demonios estaba pasando? ¿Se había despertado en una realidad paralela? —No es de tu incumbencia lo que yo haga.

—Lo es cuando te pones en peligro. Todos tenemos que ser fuertes juntos, o nunca vamos a salir de aquí. Y eso te incluye a ti. Te metí en este lío.

—No es necesario que me lo recuerdes—. Su comentario sarcástico no pareció llegar a él.

—Voy a sacarnos de esto.

—¿Ah, sí? ¿Y cómo planeas hacer eso? ¿Jugando a ser Rambo? ¿O MacGyver? Que patético—. ¿Por qué era que los hombres siempre tenían que jugar al gran héroe que salva a la damisela en apuros? Tal vez funcionaba en las películas, pero no funcionaba ahí. —Soy más fuerte que tú, así que no me vengas con esa mierda.

La apretó con más fuerza contra la pared, y ella podía rechazarlo... en realidad podría, incluso en su estado un poco agotado. Pero algo le hizo permanecer en su posición… tal vez porque olía tan embriagadoramente, o tal vez porque su piel chisporroteaba agradablemente donde sus dedos excavaban en sus brazos.

—Puedes ser más fuerte cuando estés bien alimentada, pero en este momento, estás quedándote sin fuerzas.

Su petulante voz no hizo nada para hacer que se sintiera menos molesta con él. Yvette abrió la boca para protestar, pero él le dio un rápido movimiento de su cabeza.

—Ni siquiera lo niegues. Tenías hambre, incluso antes de que me dieras tu sangre. ¿Qué tan estúpido crees que soy? Te he drenado. En todo caso, estarás más débil durante las próximas horas. Y ambos sabemos que la bruja no traerá un suministro de sangre para ti. Ella no tiene interés en mantenerte con vida. ¿Y luego qué?

En los ojos de Haven se veía un reto, pero ella no podía entender cuál era. ¿La estaba acusando de que atacaría a uno de ellos tan pronto como el hambre llegara a ser demasiado insoportable? —No voy a atacar a ninguno de ustedes, y de ninguna manera a Kimberly. Ella es mi responsabilidad. Tengo el deber de cuidar de ella.

—¿Cómo puedes estar tan segura? Cuando el hambre se vuelva inaguantable, no sabrás lo que estás haciendo. Caerás en la sed de sangre.

Así que él sabía sobre eso. Sin embargo, tenía que negarlo. Ella lo empujó y negó con la cabeza. —No.

— Tengo una propuesta para ti.

Yvette levantó la barbilla y estabilizó una mirada en él. ¿Qué podía hacer para evitar lo que ella sabía que iba a suceder en unas pocas horas? —¿Qué propuesta?

—Aliméntate de mí. Ahora. Mientras los demás duermen. Nadie necesita saberlo.

¿El cazador de vampiros estaba ofreciéndole su sangre? —Pero...

—Comí mucha comida en este momento. Estoy bien alimentado y sano de nuevo, gracias a ti. Ahora es el momento para que puedas recuperar tu fortaleza. *Quid pro quo.*

Yvette buscó sus ojos para entender por qué le daba esa oferta. —¿Por qué?

Miró a lo lejos, evitando su mirada examinadora. —No me gusta deberle nada a nadie, y mucho menos a un vampiro.

—No me debes nada—. Cerró la mandíbula, dispuesta a no aceptar las migajas que le estaba ofreciendo. Ella tenía su orgullo. —Quédate con tu sangre. Yo no la necesito.

—No tienes una opción en esto—. Haven empujó su cuerpo más cerca al de ella.

Yvette le sacudió sus brazos. —¿Qué vas a hacer? ¿Forzarme?

Él le dio una sonrisa maliciosa, y en ese momento supo que ya había perdido la batalla. —Algo por el estilo—. Entonces él la agarró por las muñecas y la mantuvo contra la pared. Cuando él inclinó la cabeza hacia un lado y movió el cuello a una corta distancia de sus labios, ella sintió su olor embriagador: sudor limpio, masculino, y el olor de la bergamota.

—Voy a golpear tu cara bonita hasta hacerla puré—, le advirtió al tratar de detener el alargamiento de sus colmillos. Era tan imposible como detener que saliera el sol.

—Después—, prometió, como si no la tomara en serio.

—Tú, tú...

Su cuello se conectó con sus labios mientras lo apretaba contra ella. —Puedes oler la sangre ya, ¿no? — No era justo que él le pusiera una carnada como esa, balanceando el olor más atractivo frente a su nariz. —Y tienes hambre. No voy a pelear. Solo muerde.

~ ~ ~

Haven sabía que se había vuelto completamente loco, pero también sabía que ésta era la única manera. Ella necesitaba alimentarse y recuperar fuerzas, y en lugar de dejar que se volviera loca y atacara a uno de ellos en un frenesí de sed de sangre... algo que ya había visto con otros vampiros antes, era terrible y casi imposible de detener... estaba dispuesto a recibir una por el equipo. Wesley nunca estaría de acuerdo con él, y Kimberly no debería ser sometida a tal derramamiento de sangre. Si alguien podía pasar por esto relativamente sin ningún rasguño, ese era Haven.

No tenía miedo del dolor. Comparado con lo que Bess había hecho con él, una mordedura apenas parecería más dolorosa que un golpe bien colocado por un convicto ebrio. Y ahora que sabía que su mordedura no lo convertiría en un vampiro, él estaba dispuesto a hacer ese sacrificio. Le debía mucho. Pero después de eso, estarían a mano. Después de eso, él podría regresar y odiarla con todo el dolor que había enterrado en su corazón. Ella seguía siendo un vampiro, un vampiro había sido el responsable por el asesinato de su madre y el secuestro de su hermana. Un vampiro pagaría por ello.

Pero por ahora, tenía que pagar su deuda con ella. Yvette lo había salvado, y era justo que él hiciera lo mismo. Esa era la única razón por la que estaba dispuesto a ir en contra de sus creencias más profundas y darle lo que necesitaba.

—Muérdeme—, repitió. —Antes de que cambie de opinión.

Los labios se apretaron contra su piel. Entonces su lengua lamió sobre él. Qué demon…

Pero no pudo vociferar su pregunta, porque lo siguiente que él sintió fueron sus afilados colmillos rompiendo a través de su piel y hundiéndose en su cuello. No había dolor, era como si la zona hubiese sido anestesiada de antemano. ¿Era para eso que ella lo había lamido?

Antes de que pudiera sacar ninguna conclusión, el pensamiento de Haven repentinamente perdió la noción por las deliciosas sensaciones que corrían por su cuerpo. Él había esperado que le hiciera daño, por lo menos un poco. Por lo menos, había esperado que fuese desagradable, algo que debía soportar por el bien común. Ni en sus sueños más remotos había imaginado que una mordedura de vampiro lo excitaría.

Más que eso: era la situación más erótica en la que jamás se había encontrado a sí mismo. La mordida de Yvette era un asalto a todos sus sentidos, y su cuerpo reaccionó de la única manera que podía: con una furiosa erección. Cuando bebió de su vena, fue más apasionado que cualquier beso que jamás hubiera compartido con una mujer, con su cuerpo tan cerca de él, podía sentir su latido del corazón rápido y su calor. El olor familiar de naranjas flotaba en su nariz, y antes de que él supiera lo que estaba haciendo, enterró la mano en su pelo y la tomó por la parte posterior de la cabeza, para atraerla más cerca.

Su otra mano se deslizó por la espalda y se conectó con su piel desnuda. Un suspiro de sobresalto salió de ella, mientras él la rodeó en sus brazos, pero ella no dejó su cuello. Siguió chupándolo con avidez, y él no tenía intención de detenerla. Por el contrario, quería que continuara.

Haven se movió, tratando de encontrar una posición más cómoda para su pene… que había crecido hasta alcanzar proporciones masivas y se mordía con el cierre de los pantalones del esmoquin. Si hubiera usado sus jeans apretados, el cierre ya habría estallado bajo tal presión. Por suerte, los pantalones de alquiler proveían un poco más de espacio… por cuánto tiempo, no estaba seguro.

Su mano vagaba por su espalda desnuda, agradecido de que ella usara el vestido abierto en la espalda de color negro, en lugar de otra cosa. Eso le permitió explorar y saborear su piel suave. Ella era de sangre caliente, más caliente de lo que él había notado antes. ¿Estaba disfrutando tanto como él?

Cuando dejó que sus dedos bailaran a lo largo de su torso en su piel desnuda hasta reunirse con la tela de su vestido, un gemido salió de su pecho, y su mano se acercó. ¿Iba a detenerlo? Pero en lugar de que su mano lo apartara con fuerza alejándolo, le tocó el pecho y pasó sus dedos sobre la llanura de sus músculos.

Haven respiró profundamente. Su tacto, combinado con la fuerza suave que ejercía en su vena, disparó su lujuria y le dio ganas de tumbarla en el catre y enterrarse en ella hasta el final. —Mierda, nena—, murmuró y deslizó el pulgar debajo de la tela de su vestido, acariciando la parte inferior de un pecho.

Las uñas de Yvette se clavaron en su pecho, pero él dio la bienvenida al dolor, sabiendo que era lo único que le impedía rasgarle la ropa de su cuerpo y cogerla hasta que perdiera el sentido. La única cosa que lo dejó con una apariencia de coherencia. Como si supiera lo que estaba haciendo y disfrutando de su poder sobre él, la otra mano se fue a la cintura de sus pantalones y se deslizó a lo largo del cierre, sosteniendo su pene atrapado en el hueco de su palma.

Dejó escapar un involuntario gemido y deslizó más la mano debajo del vestido, hasta que pudo tocar su pecho sin sostén. El seno se sintió muy firme en su mano, llenándolo completamente. Él lo apretó y pasó el pulgar sobre su duro pezón.

Yvette apretó su pene en respuesta, y él perdió todo el control. En el siguiente instante, él tiró de su pelo, y ella soltó su cuello, lamiendo sobre las incisiones antes de que se cortara el contacto. Cuando su mirada chocó con ella, sus ojos estaban oscuros de pasión y sus labios estaban hinchados, más carnosos que antes y mucho más deseables de lo que jamás podría haber imaginado.

Sin pensarlo, Haven atrajo su cara hacia él y apretó su boca contra la suya. Sus labios se separaron en un suspiro, y él barrió su lengua. Trató de luchar contra las sensaciones que su cuerpo desataba en él y trató de pensar en algo… ¡cualquier cosa!... que lo distrajera de la maleable mujer en sus brazos. Incluso recordar que ella era un vampiro y su enemigo, no disminuyó la pasión de su beso.

Al darse cuenta de lo inútil que era luchar contra una marea que no podía parar ni controlar, renunció a su lucha y exploró su caverna húmeda. Mm…. ésta mujer podía besar. De alguna manera lo sabía. De alguna manera lo había percibido la primera vez que la había visto en la fiesta del estreno. Ella también lo sabía. La respuesta muy segura de sí misma, declaraba lo mismo. Cada una de sus caricias fue contrarrestada con una de las suyas, más exigente y más urgente que la anterior, como si estuviera retándolo. ¿Acaso no le había lanzado un desafío en la fiesta? ¿No lo había desafiado abiertamente y le había pedido que le probara que él tenía lo necesario para satisfacer a una mujer como ella?

No podía permitir que éste desafío expirara sin ser satisfecho. Ninguna mujer sería mejor que él... ni mucho menos una mujer vampiro. Tenía que demostrarle que ella no podría guiarlo a su antojo. No, él le mostraría quién llevaba los pantalones, aunque los pantalones estaban volviéndose cada vez más apretados.

Aceptando su desafío, frotó su pecho con mayor ferocidad, y luego tomó el duro pezón entre su pulgar e índice y tiró de él. Su gemido animal se detuvo en seco en la boca, donde lo capturó y lo tragó para su cuerpo. Él discutió con su lengua, como si luchara con un guerrero, porque eso es lo que era: un guerrero que lo combatía, lo desafiaba, no para detenerlo, sino para que continuara su ataque contra sus curvas.

Las curvas de Yvette eran dignas de atacar. Femenina a pesar de su tono muscular, y cubierta con una piel suave, satinada, las curvas de su cuerpo se ajustaban a las palmas de sus manos como si fueran por encargo para él. Sentir su abundante teta en la mano y acariciarla hasta que ella gimiera incontrolablemente, era mejor que cualquier otra cosa que había sentido en mucho tiempo. Con cada gemido, su cuerpo se excitaba más, su pene palpitaba y suplicaba por su liberación.

Haven ladeó la cabeza para obtener una conexión aún más profunda, su cuerpo le instaba a tener más de ella, a marcarla, a reclamarla como suya. Para demostrarle que él podía darle lo que necesitaba, que era lo suficientemente hombre como para llevarla al éxtasis.

Una de sus manos aún estaba explorando su pecho, pero la otra regresó a su ingle. Cuando se conectó con su pene y lo acarició a lo largo de su dura longitud, se estremeció. Bajo su boca, sus labios se curvaron en una sonrisa.

¡Pequeña zorra malvada!

Ella estaba tratando de conseguir que perdiera el control. Pero él no lo permitiría. No antes de que pudiera convertir su cerebro en puré y hacerle olvidar todo menos su tacto y sus besos. Tratando de ignorar las caricias de su mano, le dio otro tirón del pezón, esta vez más fuerte. A continuación, soltó la boca de ella y bajó la cabeza.

Se encontró con su pecho a través de la tela de su vestido y lo lamió sobre la seda. Si hubiera sido blanco, sería capaz de ver su pezón ahora, pero el tejido negro no regalaba sus secretos de mujer. Sin embargo, el efecto no se perdió en ella como lo demostró su gemido ahogado. Repitió su acción, lamiéndole sus duros pezones y una vez más se dio cuenta de cómo su agarre hacia su pene se aflojó. Él estaba ganando la batalla. Pronto, ella se sometería a él, y tendría la última palabra.

~ ~ ~

Yvette no podía aguantar mucho más de sus caricias apasionadas. Su beso era adormecedor, bloqueó todo en la habitación para que pudiera sentirlo sólo a él y a su deseo. Ella nunca había respondido a un hombre tan abiertamente. Siempre había tenido el control de cada situación. Cuando se trataba de placer, siempre era en sus términos. Y era ella la que establecía el ritmo y decidía cómo y cuándo le permitía a un hombre darle placer.

Esto era diferente. Haven era diferente.

Él no se lo pidió, sino que lo tomó y al tomarlo, le dio destellos de placer en el cuerpo que había enterrado en su interior. Placer que no se había dejado sentir por miedo a perderse a sí misma, su identidad, su corazón. La respuesta que ella le dio, le daba miedo, y debería haberlo rechazado al instante, pero su tacto era adictivo. Al igual que un drogadicto, ella ansiaba más.

Moviendo su mano en su hombro... le encantaba la sensación de su pecho y los abdominales esculpidos, pero ella quería... *necesitaba*... tenerlo más cerca... lo atrajo hacia ella y sintió como chupaba su seno a través de su vestido. No servía de nada. Necesitaba más. Ella lo necesitaba más cerca, piel sobre piel. Latidos del corazón contra latidos del corazón. Cuando sus dientes le rozaron el pezón, exhaló bruscamente. Una corriente de lava corrió por su centro hacia su clítoris, sintió el calor abrasador de su líquido desde el interior. Necesitaba algo para aliviar la necesidad que provocaba en ella. La necesidad de tenerlo, de consumirlo, de degustarlo.

—Más—, rogó, casi sin reconocer su propia voz ronca. ¿En qué se había convertido? ¿En qué la había convertido *él*?

Como si supiera lo que ella necesitaba, su mano se deslizó a su muslo, donde su vestido ya se encontraba recogido. Sus dedos recorrieron su piel desnuda y se movieron hacia arriba hasta llegar a sus bragas húmedas. Frotó un dedo contra ella, y ella dejó escapar un suspiro de alivio. Sí, eso estaba mejor, mucho mejor así. Él le quitaría su dolor y haría que se sintiera normal otra vez.

—Sí—, le animó y dejó caer la cabeza contra la pared, su cuello no podía soportar el peso por más tiempo. Sus párpados estaban demasiado pesados para mantenerlos abiertos.

Yvette contuvo el aliento mientras Haven, movía su dedo por debajo de la delgada tela y acariciaba su húmedo pliegue.

—¿Qué mierda?

Todo su cuerpo se puso rígido, y sus ojos se abrieron de golpe, y miraron a Haven. Pero su cara estaba volteada hacia un lado, sus manos ya retirándose de su cuerpo. Ahora se daba cuenta que él no era el que había hablado.

Sus ojos siguieron su mirada, aterrizando en Wesley, que estaba sólo a unos pocos metros de ellos, haciendo una mueca de disgusto. Se había olvidado por completo de todo a su alrededor.

Haven saltó de la cama, el bulto enorme en sus pantalones todavía hacía una declaración importante, una que su hermano no se perdió. Los labios de Wesley se curvaron hacia abajo. —¿Tú, entre todas las personas? ¿Cómo pudiste?

—¡Mantente lejos de esto, Wes!

Pero Wesley no podía ser detenido. Cruzó la distancia entre él y su hermano, casi chocando con él.

—¡Idiota! ¿No ves que te está manipulando? — el desprecio de Wesley por los vampiros rezumaba en su voz, pero no era su tono de voz lo que hizo ponerle los pelos de punta a Yvette. Fueron las palabras que pronunció a continuación. — Ella te está usando.

Yvette se levantó, la tela mojada rozaba contra su pezón, lo que le recordaba dolorosamente el tacto de Haven. Maldita sea, había sido una estúpida el dejarse seducir por una falsa sensación de seguridad con él. Odiaba a los vampiros, tanto como su hermano. —Pondremos las cosas claras, Wesley. Si alguien está usando al otro, ese es tu hermano.

Haven se volvió y le lanzó una ácida mirada. —Mira quién está cambiando su tono. Hace un minuto no te cansabas de mi sangre, ¿y ahora soy yo el que te está usando?

—¿Ella te mordió? — preguntó Wesley y agarró la estaca que llevaba en el bolsillo de su chaqueta.

—¡Él me la ofreció! — Yvette gritó y miró a Haven. —De hecho, él me obligó a morderlo, porque no pensaba que podría abstenerme de atacar a cualquiera de ustedes.

Wesley dio a su hermano una mirada incrédula. —¿Le diste de tu sangre? ¿Libremente? ¿Quién eres tú? ¿Qué demonios le pasó a mi hermano?

—¡Cállate, Wes! Si no fuera por tu estupidez, no estaríamos en esta situación en primer lugar.

—Oh, ¿ahora es mi culpa que dejaras que ella te mordiera?

—¡Eso no es lo que he dicho! Por una sola vez, ¿podrías actuar de manera racional? ¿O es que constantemente tengo que sacarte de los líos en los que te metes?

—¡Así que eso es de lo que se trata! ¡Vamos, cúlpame por todo! ¿Por qué siquiera trataste de rescatarme si me odias tanto?

Yvette oyó la voz quebrada de Wesley y reconoció el esfuerzo que estaba haciendo. Él no iba a durar mucho más tiempo.

—¡Yo no te odio!

—Sí, y lo sabes. Tú me odias porque no pude mantener a Katie a salvo—. Un momento largo y tenso pasó entre los hermanos, donde ninguno de ellos habló. Sólo se pudo escuchar el crujido del tercer catre, lo que indicaba que Kimberly se había despertado por sus fuertes palabras. Yvette miró hacia su dirección y notó la confusa mirada en su rostro, pero la muchacha no dijo nada.

Entonces Wesley miró a Yvette, y barrió con una mirada su cuerpo para evaluarlo mejor. —Dios, Haven, ¿la quieres? ¿Cómo puede ser eso cuando ella representa todo lo que desprecias?

—Yo no la quiero—. Las palabras pronunciadas duramente por Haven le dolieron. A pesar de que Yvette sabía que no quería saber nada de él, el rechazo aún le hirió su ego.

—Entonces, ¿cómo explicas lo que acabo de ver? Estabas a dos minutos de cogerla.

La evaluación de Wesley no pudo ser más precisa. Otro minuto o dos con las manos de Haven sobre ella, y hubiera abierto sus piernas para él, sin importarle quién estuviera mirando. Maldición, se había olvidado por completo dónde se encontraban.

Haven pasó la mano por su pelo grueso, completa confusión y simple arrepentimiento, se denotaba en sus rasgos. —No entiendo lo que me ha pasado.

Yvette cerró los ojos por un momento. La alimentación podía provocar excitación instantánea, tanto en el donante, como en el vampiro que se alimentaba de él. —Wesley, no deberías culpar a tu hermano. No es su culpa. No fue más que el efecto secundario de la alimentación.

—¿Efectos secundarios? — dijo Haven clavándole la mirada.

Yvette trató de no parecer afectada por la sospecha en su voz, armándose de valor para su próxima reacción. —Para alguien que se autoproclama cazador de vampiros, sabes muy poco sobre nosotros.

—Escúpelo, Yvette—. Su voz estaba llena de veneno ahora. El hombre apasionado que la había vuelto loca de pasión, se había desvanecido en el aire.

Ella cruzó los brazos sobre su pecho e irguió su postura, dándose cuenta demasiado tarde de que sus brazos creaban una estantería en la que sus senos se levantaban sin obstáculos y se presentaban como si se los ofreciera a él. ¡Que por supuesto no lo estaba! Pero ya era demasiado tarde para cambiar su acción, de lo contrario llamaría la atención innecesaria de ellos. Cuando volvió a mirar a Haven, se dio cuenta de que era en vano de todos modos: su mirada ya estaba puesta sobre sus pechos, antes de que él la obligara nuevamente a dirigirla hacia la cara.

Hubo momentos en que deseaba que su cuerpo estuviera menos dotado. Ahora era uno de esos momentos.

Yvette se aclaró la voz. —La mordedura de un vampiro induce a la excitación sexual a la víctima, así como también al vampiro.

—¡Ah, mierda!

Sólo podía hacer eco del sentimiento, pero por otras razones. Mientras que Haven claramente se sintió engañado por ella, Yvette sentía pesar de que la excitación no hubiera sido real. Él simplemente había reaccionado a ella debido a su mordida, no porque él se sintiera atraído por ella… mientras que su propia excitación, al mismo tiempo mayor por la mordida, había sido real. Todavía recordaba las veces que se había alimentado de los humanos directamente, antes de que ella se iniciara con las botellas de sangre y mientras ella había sentido la excitación que se producía durante la alimentación, nunca había sentido algo de esa magnitud.

Ella siempre había sido capaz de controlarlo y frenarlo. Esta vez no lo había hecho. Esta vez, había sido incapaz de controlar sus deseos, sino *ellos* la habían controlado a *ella* y la azotaron con un incontrolado frenesí. Todo lo que había sido capaz de pensar era que quería sentirlo dentro. No había existido otro pensamiento más allá de eso.

—Me usaste—, murmuró Haven, su expresión era una mezcla de humillación y arrepentimiento. —Si alguna vez me tocas de nuevo, te clavaré una estaca.

Yvette se apartó de él, no podía continuar mirándolo a los ojos. La odiaba. Y ella sabía que tenía que odiarlo también. Y haría todo lo posible para asegurarse de lograrlo, aplastaría las pequeñas ramas molestas de las sensaciones que parecían crecer en su seno, con ganas de transformarse en sentimientos y emociones. Ella no se lo permitiría. Haven era su enemigo. Ella lo trataría como tal.

13

El perro que ladraba tendido fuera de la casa de Samson, no había sido de Yvette, y la esperanza de Zane se esfumó rápidamente. Nadie sabía dónde podría haber ido la bestia que había estado siguiendo a Yvette. Por el momento, estaban en un callejón sin salida. Por suerte, había otros caminos para explorar.

Gracias al dispositivo de rastreo, la limusina que había llevado a Yvette y a Kimberly había sido encontrada en el alejado barrio de Richmond de San Francisco, una zona residencial de ensueño. Estaba claro que el coche había sido abandonado allí. Amaury estaba en este momento revisándola para encontrar algún rastro de Yvette y Kimberly que pudiera decirle lo que había sucedido y dónde podrían estar. Por suerte, no habían encontrado sangre de ninguna de ellas.

Zane miró al conductor de la limusina, mientras él lo presionaba contra el coche detrás de él. Todavía era de día, pero Zane le pidió a uno de los empleados humanos de Scanguards que lo llevara a la casa en las afueras de San Francisco, donde vivía el hombre. Él había estado escondido en su casa, fingiendo no estar ahí, pero el conductor humano había entrado en la casa, redujeron a los ocupantes, y lo encerró en un armario de suministro en el garaje antes de conducir la camioneta polarizada dentro, para que Zane pudiera salir de forma segura.

El amplio garaje parecía ser utilizado como un taller ilegal de mecánica; tenía todas las ventanas tapadas para que los vecinos no pudieran ver las actividades que se realizaban en el interior.

Zane miró al hombre que temblaba otra vez y repitió su pregunta. —¿Por qué abandonaste el vehículo y a sus pasajeros?

Los ojos del hombre se movían nerviosamente en todas direcciones, el miedo y la desconfianza escritos en sus profundidades. —No puede ser involucrar en esto—. Su discurso tenía un fuerte acento, haciendo alusión a raíces de Europa del Este.

—¿En qué?

—Policía. No involucrar.

Zane lo agarró por el cuello de su camisa e inhaló el sudor del hombre. Olía a miedo. Aborrecía el olor. —Yo no soy la policía. Soy peor.

—¿Inmigraciones? —, susurró.

—¿Inmigraciones? — Zane frunció el ceño. ¿El hombre tenía miedo de inmigraciones y por eso había escapado sin notificar a nadie? Qué patético. — Oye, no me importa si tienes una visa o no, si eres ilegal o no. Maldición, ni siquiera me importa si pagas tus impuestos. Todo lo que quiero saber es qué pasó con mis amigas. ¿Entendiste?

El hombre tragó saliva y asintió con la cabeza, los ojos aún grandes y redondos como platillos. —¿Tú no decir a inmigración?

Como respuesta, Zane le dio al hombre una sacudida breve y áspera. — Ahora habla.

—Un hombre, él atacó ellas cuando legaban limusina. Yo salir y querer ayudar, pero señorita Yvette, ella estaba peleando, como fuera algún ninja o algo. Yo imaginar que podía manejarlo. Y ella se vio como que lo hizo. Pero poco de humo extraño salió, tú sabes, puff— ...Él puso sus manos delante de su cara e hizo un movimiento teatral expandiendo sus manos... —y ella sólo cayó.

Zane escuchaba atentamente. ¿Humo? —¿Qué clase de humo? ¿Hubo un incendio?

—No fuego. Extraño. Humo, no hay fuego. Tal vez algo como clubes nocturnos para hacer humo. ¿Entiendes?

Maldita sea, sonaba como algo que simplemente no quería enfrentar. Humo sin fuego no era una buena cosa, y lo que el conductor describía sonaba cada vez más como el tipo de humo que salía de la cocina de una bruja. —¿Conseguiste mirar bien al hombre que los atacó?

Él asintió con la cabeza. —Sí. Músculo grande, alto.

Eso no era suficiente para él. Pero Zane conocía una manera segura de reconocer al hombre que había visto. —Tú te vienes conmigo.

—No, dije lo que sé—. El hombre luchó contra su dominio, pero no fue más eficaz que la lucha patética de un ratón contra un gato.

Zane arrastró a su víctima hacia la camioneta polarizada, abrió la puerta, y empujó al hombre en el interior a pesar de sus protestas.

—Vamos a casa de Gabriel. Y que sea rápido —, le ordenó a su chofer y cerró la puerta con fuerza, abrazando la oscuridad dentro de la furgoneta mientras bloqueaba los gemidos de miedo del chofer de la limusina.

Cómo odiaba Zane el miedo de la gente... los débiles, cobardes, gallinas, todos ellos. Como si supieran el verdadero miedo, el horror verdadero. Él lo había visto todo. Había vivido a través de ello y salió del otro lado: destrozado, desgarrado, pero aún con vida. Su corazón había muerto un centenar de muertes, pero su cuerpo era más fuerte que nunca. Zane no le temía a nada ahora. Tal vez por eso despreciaba tanto el hedor. Y no le importaba si el chofer de la limusina le temía ahora y tenía miedo de lo que podría sucederle. No importaba, no cuando sabía que los recuerdos del hombre podrían ayudar a encontrar a Yvette.

Su familia era lo único que le importaba. Y si el chofer ilegal de la limusina podía proporcionarles la información que buscaban, tal vez Zane incluso limpiaría su memoria de los acontecimientos de su mente. Si sentía caridad, después de que todo estuviera dicho y hecho.

Para cuando llegaron a la casa de Gabriel y metieron la camioneta al garaje para que Zane pudiera salir con seguridad con su cautivo, su mente se había calmado un poco. Él sabía que Gabriel sería capaz de extraer lo que necesitaba del hombre. Zane envidiaba a su jefe por su don... Gabriel podía desbloquear los recuerdos… y para el caso, envidiaba a todos los colegas que poseían uno, mientras que él parecía estar totalmente sin ningún tipo de habilidades especiales, a menos que causar dolor pudiera llamarse un don. Incluso Zane dudaba de eso.

Sin demora, arrastró al hombre hacia arriba y lo llevó a la oficina de su jefe Gabriel, quien estaba dando vueltas. Gabriel de inmediato se dirigió a sus invitados.

—Zane, ¿quién es éste?

—El conductor de la limusina. Ha visto el ataque de Yvette y Kimberly—. Zane no quería perder el tiempo transmitiendo lo que el conductor le había dicho. —Él sabe cómo se ve el atacante. Está en su memoria—. Miró a su jefe directo a los ojos.

Gabriel sostuvo la mirada durante un buen rato, y luego asintió. —Esto es una emergencia. Necesitamos saberlo.

Zane entendió al instante a Gabriel: él nunca usaba su don especial para entrometerse en los recuerdos de otras personas, a menos que fuera absolutamente necesario, creyendo que todo el mundo tenía derecho a la privacidad.

Gabriel miró al hombre y le hizo señas hacia la silla. —Siéntate. Mejor ponte cómodo.

—¿Qué haciendo a mí? — Era evidente el pánico en la voz del hombre y la forma en que trataba de apartarse de Gabriel cuando él se acercó. La horrible cicatriz de su jefe, podía ser un poco intimidante, en particular cuando palpitaba como lo hacía ahora. No es que el hombre tuviera la menor idea de que no tenía por qué temer al vampiro con una cicatriz, cuya fuerte ética le prohibía hacerles daño a otros.

—No te haré daño, te lo prometo—. Gabriel puso sus manos sobre los hombros del hombre y lo presionó en la silla. —No llevará mucho tiempo—. Luego cerró los ojos y se quedó en silencio.

Los ojos del conductor se precipitaron entre él y Zane, sus hombros encorvados, su respiración irregular. Zane podía sentir cómo el latido del conductor aumentaba, podía oler el terror en el olor agrio intenso de su sudor. A pesar de su intento por salir de la silla, no pudo hacerlo: las manos de Gabriel sobre sus hombros, todavía lo inmovilizaban sin esfuerzo.

En apariencia, nadie podía ver lo que Gabriel estaba haciendo, pero Zane sabía que el don de su jefe estaba trabajando. Él se deslizaría por la mente de la persona, llevándose a sí mismo a la misma longitud de onda, y luego viajaría hacia atrás en el banco de su memoria al lugar del evento que estaba buscando. Una vez allí, el evento se reproduciría frente a él, y sería como si lo viera a través de sus propios ojos exactamente igual que el conductor lo había visto.

Un par de minutos en silencio y Gabriel abrió los ojos y miró directamente a Zane. —Brujería. ¡Mierda!

Zane asintió con la cabeza. Había adivinado. —¿Necesitamos a Francine?

Gabriel le dirigió una mirada prolongada, que rebelaba emociones bailando en su rostro. —Por desgracia, sí. Si por lo menos supiera lo que pedirá en *ésta* ocasión por su ayuda. Me gustaría que la mujer simplemente tomara dinero en efectivo.

Zane se encogió de hombros. Los favores eran devueltos con favores. Debido a su longevidad, la mayoría de los vampiros tenían más dinero de lo que ellos supieran qué hacer con él. Al final el dinero significaba muy poco. Los favores eran una diferente moneda y su mundo prosperaba por ellos. Podría convertirse en problema a veces, pero también le hacía pensar dos veces acerca de cuándo pedir a alguien un favor.

14

—¿Por qué tienes el pelo largo?

Yvette se volvió por la pregunta de Kimberly y la vio meter las piernas debajo de ella cuando ésta se sentó en el catre. Ella miró brevemente en dirección de Haven. Él y su hermano estaban en la esquina opuesta de la habitación, hablando en voz baja; sin embargo, Haven la miraba por debajo de sus largas pestañas oscuras. Un hombre no debería permitirse tal aspecto sensual con esas pestañas. Con un movimiento deliberado de su hombro, se volvió hacia Kimberly.

—Crece mientras duermo.

Kimberly frunció los labios. —También el mío, pero no *treinta centímetros* en una noche.

Yvette dejó escapar un largo suspiro, no estaba realmente interesada en entrar en las razones de su corte de pelo diario, pero por el interés de mantener a su encargo con calma, tendría que aceptar una charla sin importancia. —Vuelve a crecer del mismo largo que era cuando fui convertida. Y puesto que no me gusta largo, lo corto todos los días.

—¡Vaya! —. Kimberly la miró con fascinación. —Pero ¿y por qué ya no te gusta largo? Es bonito.

Yvette no pudo reprimir la sonrisa amarga que se cruzó por sus labios. El pelo largo le recordaba a la mujer que había sido cincuenta años atrás: la mujer que no podía hacer feliz a su marido, que no pudo darle lo que él quería. El hijo que anhelaba. No quería recordar esos días. Tampoco estaba de humor para confiar sus secretos a un extraño. Demonios, ni siquiera sus amigos y colegas de Scanguards lo sabían. —Yo lo prefiero corto.

—Así que... ¿qué se siente ser un vampiro?

Yvette cerró los ojos por un momento. ¿Por dónde siquiera podría empezar? Era tan diferente, pero al mismo tiempo muchas cosas eran iguales. Ella tenía sentimientos y deseos como un ser humano, sin embargo, se amplificaban, por lo que los deseos insatisfechos y los sentimientos no correspondidos, eran más difíciles de soportar e imposibles de ignorar. Ella se encogió de hombros, incapaz de responder a la pregunta sin revelar las cosas que no quería compartir.

—¿Es cierto que muerden a las personas y les hacen daño?

¿Qué era esto? ¿Veinte preguntas?

De reojo, Yvette se dio cuenta de cómo la cabeza de Haven se giraba hacia ellas. Por primera vez, estaba agradecida por su pelo largo y deliberadamente lo dejó cubrirla como una cortina, bloqueando su mirada aparentemente casual. Entonces ella se rio forzadamente por causa de Kimberly. —No. Yo no lastimo a la gente. Diablos, ni siquiera muerdo a las personas. Bebo sangre embotellada.

La joven miró por un momento hacia los hermanos, luego regresó su mirada hacia ella. Bajó su voz cuando continuó: —Pero lo mordiste, ¿no? — Sus ojos se lanzaron donde estaba Haven, indicando que se refería a él. No es que fuera necesario. —Supongo que se lo merecía.

Yvette le dirigió una mirada atónita.

—Por secuestrarnos, quiero decir. Yo lo lastimaría también, si pudiera.

—Kimberly, la mordida de un vampiro no hace daño. Es... uh, agradable.

—Oh—, dijo Kimberly y se ruborizó como una colegiala.

Un resoplido desde la esquina de atrás de ella, le dijo que el oído de Haven era mejor de lo que pensaba y que no quería admitir lo *agradable* que había sido. Yvette trató de bloquearlo, pero su presencia era demasiado abrumadora. De hecho, algo no se sentía bien del todo. Sus sentidos parecían estar hiper alerta, ahora que se había alimentado y parecía haberse recuperado por completo de la poción de la bruja. Y no sólo eso… olía cosas que no parecían posibles.

Yvette se adelantó un poco. Ahora que se acercaba a la muchacha, sintió el olor de algo que no había estado ahí antes: un olor latente de la bruja, casi como si la bruja se hubiera frotado toda en la joven...

Sin pensarlo, tomó el brazo de Kimberly y lo llevó hacia su nariz y la olió.

La joven dejó escapar una exclamación. —¿Qué estás haciendo?

Antes de que pudiera asegurarle a Kimberly que no le haría daño, Haven se abalanzó sobre ella. Yvette se levantó de la cama y giró sobre sus talones para defenderse de él, antes de que pudiera agarrarla. En la fracción de segundo antes de llegar hasta ella, su mente enloquecida comparó su acercamiento al de un toro envistiendo… ella podía sentir temblores débiles impactando a través del piso. No, nada sutil acerca de él… y entonces se abalanzó sobre ella.

—¿Mi sangre no fue suficiente para ti? ¿Ahora quieres también la de ella? — Él parecía evidentemente furioso, los ojos muy abiertos, su cuello tenso... Parecía a punto de darle un golpe mortal.

—Yo no la estaba atacando—. Yvette lo empujó, haciéndolo caer contra la pared detrás de él. —De seguro que llegas a conclusiones muy rápido.

Wesley corrió al lado de su hermano, con la estaca en la mano. —¡No lo toques, perra!

Yvette giró los ojos.

—Yo puedo manejar esto Wes—, Haven apartó a su hermano, se puso de pie y se dirigió hacia Yvette otra vez, dando a su hermano una mirada rápida de reojo. —Sabes lo que hemos discutido.

Oh, ella ya los había oído hablar de la forma de cómo escapar. Ideas estúpidas, todas ellas: intentar atrapar a la bruja la próxima vez que les llevara comida. Y querían que Yvette los ayudara… era la única razón por la que Wes había acordado que la dejaría vivir. Por ahora. Como si su plan fuera a funcionar. Lo único que conseguirían era otra explosión de energía.

Yvette se quedaría con su propio plan. Ella tenía que burlar a la bruja. Después de haber reflexionado sobre ello en su cabeza, estaba bastante segura de que Bess, tal como había escuchado a Haven llamarla, tenía que estar dentro de sus propios conjuros para ejercer sus poderes sobre ellos. Por desgracia, esto eliminaba la idea de atacar mientras estuviera en la misma habitación con ellos, porque al estar dentro del encanto, sería capaz de contraatacar. Los intentos fracasarían. Tenía que haber otra manera. Sólo un ataque desde el exterior, podría funcionar.

—Por cierto, ninguna de las ideas que tienes para escapar van a funcionar—, dijo casualmente Yvette.

Haven entrecerró los ojos hacia ella. —Y ¿qué es lo que sugieres en su lugar?

—Yo, por ejemplo, esperaré a que a mis colegas me rescaten—. Era el único plan viable. Pero Yvette tendría que tratar de advertirles acerca de los encantos y el tipo de poderes que la bruja poseía, para que estuvieran preparados.

—¿Qué colegas?

—Scanguards. ¿Has oído hablar de ellos? Pensé que hiciste tu tarea antes de secuestrarnos. Scanguards tiene los mejores guardaespaldas en este país. Y muchos de ellos son como yo: vampiros. Un grupo difícil de superar.

Los ojos de Haven se iluminaron con sorpresa. —¿Qué te hace pensar que esas criaturas sin corazón vendrán por ti?

La indirecta dolió. Sus amigos no eran crueles. Yvette dio un resoplido impropio de una dama. —¿Has oído hablar de los mosqueteros?, ¿"Todos para uno y uno para todos"? Esa es la manera en que nos manejamos entre nuestra especie. Van a venir—. El saberlo le dio fuerzas.

—Bueno, no esperaré a que una banda de *vampiros* entre aquí… ¿qué mierda crees que somos, suicidas? —, gritó Wesley.

Haven la miró, sacudiendo la cabeza, su cuerpo se movió hacia ella. —Tengo que estar de acuerdo con mi hermano en eso—. Estaba a pocos metros de ella ahora. ¿Estaba pensando que podía dominarla? ¿Distraerla hablándole, y luego saltaría sobre ella? ¿Todavía pensaba que estaba tratando de hacerle daño a Kimberly?

—Otro paso más, y tu hermano tendrá que raspar lo que quede de ti en la pared—, advirtió a Haven. Yvette notó el movimiento poco perceptible que pasó por él, y él hizo un buen trabajo en tratar de ocultar el hecho de que sus palabras estaban llegándole. Con la forma en que la había tratado antes, no había manera de que ella volviera a caminar sobre cáscaras de huevo alrededor de él. Él había elegido ser hostil, y ella simplemente estaba reaccionando a eso.

—Como si quisiera estar más cerca—. A pesar de sus palabras, su tono no era tan frío como ella lo había esperado. De alguna manera, oculto en esas seis palabras había una buena dosis de emoción reprimida. Era su problema, no el de ella, se dijo.

—Si no es mi cuerpo lo que deseas, ¿entonces qué es?

—¿Ves cómo está tratando de manipularte de nuevo? — Interrumpió Wesley y dio un paso hacia adelante.

Sin quitarle los ojos de encima a Haven, o mover su cabeza unos centímetros, emitió su advertencia: —Si tu hermano menor hace algo estúpido, pagará por ello.

—Y si tocas a Kimberly de nuevo y tratas de hacerle daño, entonces *tú* tendrás que pagar por ello—, respondió el estúpido cachorro.

Yvette parpadeó dos veces. Así es como el último enfrentamiento había comenzado. Había tocado el brazo de Kimberly y olió su piel, luego Haven había interrumpido, pero ahora que estaba de vuelta en el tema, recordó lo que le había querido preguntar a Kimberly.

—Kimberly—, dijo en voz alta, sin dejar fuera de su vista a ambos hermanos.

—¿Qué?

—Dime lo que la bruja te hizo.

—¿Qué tiene eso que ver con que estés tratando de atacarla? —, preguntó Haven.

—Todo—. Ni siquiera trató de contradecirlo. ¿Cuál era el punto? No lo escucharía. Él ya había tomado una decisión sobre ella. Para él era una asesina sedienta de sangre sin tener en cuenta los sentimientos de los demás. Su suposición no podría estar más lejos de la verdad.

—Si estás tratando de poner excusas…

—Kimberly apesta a bruja—. Yvette respiró hondo, sus fosas nasales dilatándose en dirección a los hermanos. Sí, el hedor sin duda provenía de sus cuerpos también. No era algo que flotara en el aire porque la bruja hubiese estado ahí. —Y también ustedes dos.

~ ~ ~

Ser acusado de oler como una bruja, era lo último que Haven esperaba que saliera de la boca de Yvette. No es que llamarlo un brujo fuese un insulto en sí, sino la forma en que ella expulsaba la palabra "bruja" de su boca, lo hacía sonar como una mala palabra.

—¿Cuál es tu punto? — Dijo entre dientes, incapaz de mantener sus emociones bajo control. Yvette le crispaba los nervios sin ni siquiera hacer un gran esfuerzo. Solo el mantenerse alejado de ella y no tirarla a la superficie plana más cercana, le costaba toda la fuerza que le quedaba. Y su hermano le estaba dando mierda sobre eso. La erección que había tenido antes, no se le había escapado a Wesley, por lo que no había perdido la oportunidad de utilizarlo como una venganza por todas las veces que Haven lo había acusado de pensar con su pene.

¿Cómo podía haberse dejado ir así cuando Yvette se había alimentado de él? ¿Y por qué mierda ella no le había advertido sobre los efectos secundarios que tendría? ¿Estaba disfrutando tanto de su humillación?

—El punto es que ahora los tres huelen como brujas. Es débil, pero está ahí.

Wesley sacudió la cabeza. —Eso es mentira. Estás tratando de distraernos.

Yvette le cortó una mirada molesta, dando a Haven la oportunidad de que sus ojos se posaran en su hermoso rostro. Incluso enfadada, parecía sexy.

—¿Para qué? — Con una velocidad tan rápida que la mirada de Haven apenas pudo procesar, ella corrió hacia Wesley y lo aplastó contra la pared.

—Escúchame, tú pequeño insecto arrogante. Si yo te quisiera a ti... o a *cualquiera*... en este cuarto muerto, ya habría sucedido—. Su cabeza se volvió cuando vio a Haven acercarse. —Yo no soy un asesino—. Yvette se detuvo y lo miró a los ojos, y maldita sea si no sabía en ese instante que ella estaba diciendo la verdad. —No, a menos que esté obligada a hacerlo. Así que no prueben mi paciencia.

El ligero temblor en su voz fue apenas audible, pero, sin embargo, Haven se dio cuenta. ¿Estaba a punto de tener una crisis?

Yvette soltó a Wesley y caminó tranquilamente de regreso hasta donde Kimberly seguía sentada, viéndose un poco aturdida.

—¿Estás bien? —, preguntó a la muchacha.

Kimberly sólo le dio una mirada perdida. —Vamos a ver: yo estoy encerrada con dos hombres desconocidos, uno de los cuales me secuestró, los tres están constantemente peleando, la habitación está protegida por una bruja, que ha estado tratando de entrar en mi cabeza, mi guardaespaldas resulta ser un vampiro, y ahora tú me dices que huelo como una bruja. No, Yvette, no estoy bien—, terminó en un sollozo.

Listo para intervenir si era necesario, Haven vio a Yvette sentarse a su lado y abrazarla, recordando muy bien cómo sus brazos podían consolar. —Shh, nena, todo estará bien. Te lo prometo—. Ella le dio una palmada sobre la espalda de Kimberly y puso su mano sobre su cabello para acariciarlo, mientras las lágrimas de la muchacha fluían.

Haven se quedó mirando a Yvette. No había esperado que ella mostrara compasión y que consolara a Kimberly. ¿Podría un vampiro sentir emociones como esas? ¿Eran sus acciones genuinas, o estaba simplemente fingiendo para beneficio de la joven?

Haven miró a Kimberly, sintiendo lástima por ella. Era inocente, y él era el culpable de esa situación. Quería llegar hasta ella y ayudarla de alguna manera. Fue sólo cuando Yvette le lanzó una mirada de advertencia, que él se dio cuenta de que se acercaba hacia ellas. Él asintió con la cabeza a Yvette, tratando de indicar que por fin había comprendido que ella no le haría daño a su encargo.

—Quiero ir a casa—, se lamentó Kimberly.

—Sé que lo quieres. Espera sólo unas pocas horas. Una vez que esté oscuro nuevamente, mis colegas estarán aquí… lo sé. Ellos nos encontrarán.

Los ojos de Haven se conectaron con los suyos. —¿Cómo puedes estar tan segura de eso?

—Ellos son mi familia. ¿No arriesgarías todo por tu familia? —, le desafió.

Trató de ocultar el dolor que sus recuerdos le daban. Tenía sólo la mitad de su familia, y si no hacía algo pronto, los perdería a todos.

—¿Así que la sugerencia es que esperemos a que nos liberen? —, preguntó Haven. ¿Cómo podía ser tan pasiva? La había visto pelear antes y se dio cuenta que no tenía miedo. ¿Qué la haría sentarse a esperar ahora?

—¿Nos sentaremos al igual que los patos? ¡Estúpido! Debemos de escaparnos ahora. —Interrumpió Wesley, pero su voz estaba más tranquila, no tan candente como antes. Miró a Haven y luego de nuevo a Yvette.

—Imposible—, afirmó Yvette. —¿No crees que yo ya hubiese probado si pudiera? No podemos atravesar el encanto protector. Ni siquiera mi fuerza me permite derribar la puerta o romper la ventana bloqueada. La brujería es una mierda. Y no juego con ella. Mis colegas atacarán desde el exterior. Es la única manera.

—¿Qué garantía tenemos de que tus amigos vampiros no nos matarán? No se te puede haber escapado que no tenemos ningún reparo en matar a cualquiera de tu especie—. Wesley enderezó los hombros.

—Wes— reprendió Haven, repentinamente incómodo con poner al descubierto su pasado frente a Yvette.

Pero Wesley no cedió. —Es cierto. No vamos a andar con rodeos. Sólo porque tengas escrúpulos.

Lo cual era cierto. Él tenía escrúpulos, y se generaban con cada minuto que pasaba en compañía de Yvette. Ella no era en absoluto lo que él había pensado sobre los vampiros. Su lealtad hacia Kimberly y su garantía continua que la protegería, eran facetas de la personalidad de Yvette que no podía dejar de admirar. La ternura con la que acunaba a su encargo para consolarla y permitirle llorar sobre su hombro, era lo último que esperaba de un vampiro. Sin embargo, él vio en Yvette ternura y compasión. Mezclada con fuerza y determinación, parecía irradiar el aire de una madre que protegía a sus crías.

—No te harán daño si no tratas de hacerles daño. Pero tengo que advertirte: tendrás que asegurarte de que sepan que no eres un peligro para ellos, de lo contrario, se defenderán. Y teniendo en cuenta que hueles como las brujas, ellos te verán como enemigo.

Ahí estaba de nuevo, su afirmación de que eran brujos. —Debes estar equivocada. Tal vez el olor de la bruja está por ahí. Pero como te dije antes, Wes y yo nunca heredamos los poderes de nuestra madre. No somos brujos.

Yvette negó con la cabeza. —Eso es imposible, nunca se saltean una generación. ¿Y ni siquiera uno de los dos hijos de una bruja, heredan sus poderes? Eso no puede estar bien.

Wes se acercó más. —Tal vez Katie heredó los poderes de mamá.

—¿Katie? —, preguntó Yvette.

—Nuestra hermana—, explicó Haven, —la que fue secuestrada por un vampiro.

—Y nunca más se supo de ella—, añadió Wesley.

Yvette les dio una mirada llena de compasión. —Lo siento. No es de extrañarse que nos odien tanto.

—Fue hace mucho tiempo, pero lo recuerdo como si fuera ayer—. Haven atrapó la mirada expectante de Yvette. Lo animó a seguir adelante. —Mamá fue atacada en su propia cocina una noche. Traté de ayudarla, pero no era lo suficientemente fuerte. Yo era apenas un niño. El vampiro le dijo que tenía que renunciar a uno de nosotros. Yo no entendí al principio lo que quería decir, pero cuando tomó a Katie después de que él había matado a mamá, lo entendí. Él había dicho que sólo necesitaba a uno de nosotros tres. Sólo uno. Y Katie era la más fácil de tomar.

Todavía era difícil hablar de ello. Haven cerró los ojos por un momento y respiró estabilizándose un poco. ¿Había Yvette entendido ahora, por qué toda la atracción entre ellos no podía ir más lejos? ¿Que no podía manchar el recuerdo de su madre y hermana, involucrándose con un vampiro?

—Tres—, susurró Yvette. —Tres—. La comprensión floreció en sus ojos mientras las piezas del rompecabezas de pronto parecían entrar en su lugar. Haven abrió los ojos y la miró fijamente. Ella tomó por los hombros a Kimberly y la mantuvo lejos de ella.

—El Poder de Tres. Eso es lo quería decir el vampiro—. Yvette miró hacia Haven. —Es por eso que él dijo que sólo tenía que tomar a uno de ustedes. Uno de los tres.

—¿Qué? —, preguntó Wesley, su voz estaba tan confundida como la expresión de Haven. No tenía idea de lo que Yvette estaba hablando.

Se levantó de un salto. —¿No te das cuenta? El vampiro quería separarlos a los tres: Wes, tú y Katie. Los tres hijos de una bruja.

—Y matar a mamá—, gritó Wesley.

Haven negó con la cabeza. —No, él no quería matarla. Dijo que le habría permitido vivir, pero ella lo estaba peleando. La mató porque ella estaba tratando de hechizarlo. Murió por nosotros, porque no podía permitir que ninguno de nosotros se fuera.

Yvette asintió con la cabeza. —Todo lo que quería era separar a los tres hermanos. Destruir el poder.

—¿Y qué se supone que significa eso? —, preguntó Haven, ahora intrigado.

— Existe una leyenda que dice que los tres hijos de una bruja, alterarán el equilibrio del poder en el inframundo, el equilibrio entre vampiros, brujas y demonios. No sé mucho sobre eso, pero sé que, si tú y tu hermano son dos de los hermanos, entonces creo que acabo de llegar a la razón, de por qué la bruja los ha capturado. A ustedes...— Entonces Yvette regresó su mirada de nuevo a Kimberly, que se había levantado de su catre. —...y a su hermana.

15

La mirada incrédula de Haven, rebotó de Yvette a Kimberly y luego de vuelta a Yvette. Vagamente oyó el grito de su hermano con la sorpresa, un sonido que se hubiera hecho eco si hubiera sido capaz de hacer otra cosa que no fuera quedar boquiabierto. Apreció la figura esbelta de Kimberly y su cabello rubio. Él y Wes, ambos tenían el pelo oscuro, al igual que sus padres.

—No puede ser. Kimberly no se parece en nada a mis padres—, señaló a su pelo. —Nadie en nuestra familia tiene pelo de color claro.

Kimberly se levantó, sus movimientos eran tentativos, como insegura de sí misma. —Yo no soy rubia. Ellos quisieron este color para la película. No lo he cambiado de vuelta todavía.

Haven parpadeó y trató de verla con ojos diferentes, bloqueando el pelo. Se centró en sus rasgos faciales: sus ojos, la línea de su nariz recta, labios, barbilla obstinada. Algunas cosas le resultaban familiar, y otras no. No había manera de saberlo con certeza. Él negó con la cabeza.

—No sé—. Miró a Wes, en silencio pidiendo confirmación, pero su hermano solamente se encogió de hombros.

—Sería demasiada coincidencia. La hemos buscado durante veintidós años. ¿Por qué ella...

—¿Veintidós años? — preguntó Kimberly. —Me dejaron en un orfanato hace poco más de veintidós años. El hombre que me dejó nunca regresó.

—¿Dónde fue eso?

—En Chicago.

A pesar de que habían vivido en San Francisco al momento en que se habían llevado a Katie de ellos, el vampiro podría fácilmente haber viajado a cualquier lugar con ella. La búsqueda de la policía por el estado de California, no había encontrado nada en ese momento. Y las investigaciones posteriores de Haven una vez que tuvo la edad suficiente para buscar por sí solo, habían sido igualmente infructuosas.

—¿No sabes quién es tu familia?

La joven negó con la cabeza. —El estudio del ADN estaba en sus comienzos en aquel entonces. El personal del orfanato pensaba que mi madre podría haber sido una adolescente que había quedado embarazada y que el hombre que me dejó, era su amante casado.

Junto a él, Wesley tomó un tentativo paso hacia Kimberly. Un momento después, Haven sintió la mano de su hermano en el brazo. —¿Podría ser? — Le preguntó a su hermano, dándole una mirada de esperanza.

El muro que Haven había hecho alrededor de su corazón, estaba firme a excepción de las pocas grietas que habían empezado a aparecer. Metió ese pequeño detalle molesto en la parte posterior de su mente, negándose a reconocerlo. —No pongamos nuestras esperanzas en ello. Esto podría ser una búsqueda inútil.

—Yo no lo creo—, interrumpió Yvette. Cuando trató de contradecirla, ella levantó la mano. —Sólo escuchen antes de descartarlo. Cuando los conocí a todos individualmente, yo sabía que eran humanos. Estaba sola en el coche con Kimberly cuando nos fuimos a la fiesta. Su olor era de un ser humano. No hay duda de eso en mi mente. Y luego tú—, ella miró a Haven. —cuando hablamos en la fiesta, tu olor era de un ser humano.

Haven sintió que su cara y cuello se acaloraban. Habían hecho más que hablar en la fiesta. Prácticamente se habían olido el uno al otro. El saber que había inhalado su aroma y tomó nota de cómo había olido, lo emocionó cuando supuso que no debería importarle. Se aclaró la voz, tratando de alejar sus pensamientos errantes. —¿Y?

Yvette señaló a Wesley. —Lo mismo pasa con Wesley, pero no tanto, porque cuando lo conocí por primera vez, ustedes ya estaban aquí, tú y Kimberly. Todavía olía a humano, pero había algo un poco diferente. No presté mucha atención a eso, porque no estaba en mi mejor forma.

Haven le dio una mirada de sorpresa y se dio cuenta cómo ella se estremecía, como si no hubiera querido revelar su debilidad. Así que *había* estado hambrienta, justo de la misma forma en que lo había pensado. —Cuando necesitas sangre, ¿afecta tus sentidos?

—Por supuesto que no.

Él podía ver la mentira rodar por sus lindos labios, como demasiado brillo de labios dc los 70.

—Me puse así por todo el veneno que utilizaste para noquearme. Mi sentido del olfato estaba apagado.

—Tal vez esté todavía apagado—, se burló Wes.

Yvette lo miró con mala cara. —Estoy totalmente recuperada—. Su mirada se desvió de nuevo a Haven, más específicamente a su cuello, y él reconoció que ella estaba pensando en su sangre.

Haven contuvo el escalofrío que corría traicioneramente a través de su cuerpo con su mirada, pero él no pudo controlar que su corazón latiera con fuerza. Incapaz de decir nada por miedo a que todo el mundo oyera la repentina excitación de su voz, se mostró agradecido cuando Wes hizo la siguiente pregunta.

—Por lo tanto, vamos a asumir que tu nariz está funcionando nuevamente, entonces ¿qué significa? ¿Por qué de repente todos estaríamos oliendo como brujas? Tal vez el olor de la bruja se hace presente sólo por frotarse contra nosotros, y eso te confunde.

Su hermano podría tener razón. Tal vez los sentidos de un vampiro podían confundirse como los de un ser humano. Nadie es infalible. Demonios, si un vampiro podía desmayarse por la falta de sangre, tal vez eran mucho más vulnerables de lo que siempre había asumido. Y cuando él había mirado a Yvette, mientras ella había estado inconsciente después de haberle dado su sangre, había detectado una vulnerabilidad en ella que no estaba presente cuando estaba despierta. Bueno, había en realidad un momento en que ella se había quedado sin defensas mientras estaba despierta: cuando la había besado y la había doblegado. Él la había sentido derretirse en sus brazos, sus gemidos le insistían para que la tomara. La valla que ponía a su alrededor había estado baja en ese momento.

—¿Qué piensas Hav? — Le preguntó a su hermano. —¡Hav!

Se sobresaltó inmediatamente de su sueño despierto. Mierda, ¿cuánto tiempo había estado en el espacio? —Eh, sí, bueno.

Wes le lanzó una mirada extraña, y luego continuó: —Mira, hasta mi hermano está de acuerdo. Tiene algo que ver con lo que la bruja nos hizo en la cabeza.

—No—, se opuso Yvette. —Es el hecho de que los tres están juntos. Casi como si juntos, fueran brujos y estando aparte no lo fueran.

—Absurdo— resopló Wes. Se pasó la mano por el pelo.

Algo en las palabras de Yvette se conectaba. —Espera, Wes. Creo que hay algo ahí—. Haven miró a su hermano y deseaba que escuchara.

—Pero tú sabes que nosotros no obtuvimos ninguno de los poderes de mi madre.

Él asintió con la cabeza. —Sí, eso es lo que siempre pensé. Pero la bruja parece pensar lo contrario. Cuando me resistí a su sondeo en mi cabeza, me preguntó dónde estaba la fuente de mi poder.

—Pero...

—Lo sé. Yo le dije que no tenía poderes, pero ella no me creyó al principio. ¿Crees que realmente me dejaría vencer, si yo tuviera alguna brujería para oponerme a ella? Puedes apostar a que no lo haría.

—Imagínate—. Los labios de Yvette se movieron en el comienzo de una sonrisa que trató de ocultar con un bufido, pero sin embargo él la atrapó. Cuando ella lo miraba así, y cuando entraban en esas ligeras disputas amistosas vocales entre ellos, casi podía olvidar lo que ella era.

—Así que la bruja se equivoca. No tenemos poderes—, insistió Wesley.

Tal vez eso era lo que todos pensaban, pero había una cosa que la bruja había dicho antes de que se desmayara, que lo había hecho sospechar que se habían equivocado durante todos esos años. —Ella se preguntó si mamá alguna vez nos dijo.

—¿Nos dijo qué? — A veces, su hermano menor podía ser burro y lento para captar.

—Que ustedes sí tienen su poder—. Yvette empujó su pelo largo por encima del hombro.

—Pero entonces, ¿por qué no lo hemos sabido durante todos estos años? No tiene ningún sentido. Nunca he sentido ningún poder.

—Es la primera vez que los tres están juntos después de la muerte de su madre. Tal vez así es como ustedes reciben sus poderes, estando juntos—. Yvette se encogió de hombros. —No sé mucho sobre esto, pero sé lo que huelo. Y los tres son brujos. Lo que significa que Kimberly tiene que ser Katie.

El silencio absoluto acogió esa observación y tres pares de ojos miraron a Yvette con idénticas caras de sorpresa. Haven fue el primero en recuperarse. —Pero si ese es el caso, ¿por qué la bruja nos pondría a todos juntos si eso nos daría poderes? ¿Qué pasa si usamos ese poder para derrotarla?

Yvette se encogió de hombros. —¿Se sienten diferentes? Quiero decir, ¿se sienten como si tuvieran algún poder ahora?

—¿Cómo diablos iría a saberlo? — gruñó Haven.

—Bueno, basta con pensar en mover algo—. Yvette miró alrededor, y luego señaló hacia el catre. —Mueve el catre con tu mente.

Haven tuvo que contenerse para no voltear sus ojos. ¿Cómo iba a ser capaz de mover objetos de repente? Ni siquiera David Copperfield podría hacerlo sin establecer de antemano su truco.

—Pruébalo—, instó Yvette. —Todos ustedes.

A pesar de la estúpida idea, Haven se concentró en la cama y quiso moverla. No pasó nada. Justo como lo había pensado.

Él no tenía poderes.

—Nada—, dijo Kimberly.

—Lo mismo—, confirmó Wes. —No tenemos poderes. Por lo tanto, no somos brujos.

Yvette se llevó un dedo hacia la boca, mordiéndose la uña. —Nunca he estado equivocada sobre mi sentido del olfato. Tal vez hay un hechizo o algo que tienen que hacer primero antes de poder usar sus poderes—. Hizo una pausa, claramente pensando mucho. Luego su cara se iluminó, y fijó su mirada hacia Haven. —¿La bruja te preguntó de dónde provenían tus poderes?

—Sí lo hizo, de hecho, pero no tengo ni idea de lo que quiso decir con eso.

—Creo que tendrás que usar algo para acceder a tus poderes. Tal vez por eso se siente segura de que no puedes acceder al poder por ti mismo. Tal vez los está poniendo a prueba.

—Pero si yo no sé de dónde vienen mis poderes, entonces, ¿cómo lo sabría ella?

—Tal vez no necesita saberlo. Si ella quiere robar sus poderes, y en este punto tenemos que asumir que es por eso que ella quería a los tres juntos, entonces tal vez no tienen por qué saberlo. ¿Y si puede robarlo sin ese conocimiento?

La idea hizo que echara raíces en la mente de Haven. ¿Podría la bruja realmente haber tenido éxito de encontrar a Katie cuando él la había estado buscando sin éxito durante toda su vida? Y si lo había hecho, y si Kimberly era realmente Katie, ¿sería cierto lo que Yvette sospechaba? ¿Eran los tres brujos, con poderes aún sin explotar?

—¿Cómo podemos saberlo con seguridad? No es como si pudiéramos hacer un análisis de sangre aquí y revisar nuestro ADN—. Por mucho que Haven quisiera creer que por fin habían encontrado a Katie, no podía permitirse tener esperanzas para que luego se vinieran abajo de nuevo.

Él dirigió una alentadora sonrisa a Kimberly, quien recibió su mirada con ojos redondos. —Me encantaría que Yvette estuviera en lo cierto. Me encantaría que tú fueses nuestra hermana, pero no hay ninguna prueba, sólo coincidencias y suposiciones. Necesito más que eso.

Kimberly asintió con la cabeza, la desilusión estaba grabada en su rostro. —Yo entiendo. Sería bueno tener una familia. Supongo que es simplemente pedir demasiado—. Ella puso sus brazos alrededor de su cintura, y reconoció su necesidad de ser abrazada y consolada. Pero él no podía cruzar la distancia entre ellos y tomarla en sus brazos. Por lo que sabía, él era apenas un desconocido, quien la había secuestrado. Como un hermano, podría abrazarla y decirle que todo estaría bien. Como un extraño, él no tenía por qué hacerlo.

Haven volvió a mirar a Yvette, la tensión desgarrando su fuerza. —Lo siento, pero tengo que estar seguro.

—Hay una manera de estar seguros—. Los ojos de Yvette se movieron entre él, Wes, y Kimberly.

Intrigado, se acercó un paso. —¿Cómo?

Fijó los ojos en él antes de que sus labios se entreabrieran. —Tendría que probar la sangre de ustedes tres.

La reacción de Wesley fue casi instantánea. —¡De ninguna maldita manera!

El sentimiento de Haven era exactamente igual, pero por una razón muy diferente. ¿Yvette quería morder a su hermano, hundir sus colmillos en él y hacer que sintiera el mismo tipo de excitación que había sentido cuando ella lo había mordido? —¡Sobre mi cadáver!

Yvette le rodó los ojos, como si creyera que era un niño que estaba lanzando una rabieta. ¿Acaso no entendía la gravedad de la situación aquí? Ella no podía ir por ahí convirtiendo a su hermano en un idiota sumiso. ¿Esa era su intención? ¿Hacer que ambos babearan por ella para que no le pusieran más resistencia?

Acortando la distancia entre ellos, Haven se acercó a ella, sus cuerpos casi se tocaron. Yvette no retrocedió, y él sabía que no lo haría. La conocía tan bien ya. Usaría todas sus artimañas femeninas para tentarlo y luego haría lo mismo con su hermano. Y eso era una cosa que no podía permitir. Y por primera vez no era porque quería proteger a su hermano. No, él quería asegurarse de que su hermano no la tocara. Al igual que no quería que ningún otro hombre lo hiciera. Sí, así es como estaba de jodido. Quería a la vampiro en medio de ellos y lucharía contra cualquier hombre que traspasara su territorio… y eso incluía a su hermano.

~ ~ ~

Yvette notó el brillo depredador en los ojos de Haven. Ella sabía lo que significaba: que lucharía con ese tema. Su cerebro machista como el tamaño de un guisante, ¿todavía no captaba el hecho de que no le dañaría ni a Wesley ni a Kimberly incluso si ella los mordía? No es que tuviera la intención de hacerlo. No había necesidad para que ella hundiera sus colmillos en ninguno de ellos. Un pinchazo en el dedo, podría producir suficiente sangre para que ella los degustara y los comparara con el sabor de Haven.

La sangre de hermanos tenía una textura, gusto, y olor similar. Era tan infalible, como una prueba de ADN. Y una vez que hubiera establecido que su hipótesis era correcta y que Kimberly era de hecho su hermana perdida hace mucho tiempo, entonces podrían tratar de salir de ese lugar. Tal vez con sus poderes latentes de brujos, podrían romper los hechizos.

Y tal vez entonces, Yvette finalmente se desharía de todos ellos. O al menos de Haven, que aún la miraba como si acabara de tragarse a su hámster. ¿Estaba contemplando cómo castigarla por no decirle acerca de los efectos sexuales secundarios de alimentarse?

A Yvette no le gustaba lo cerca que estaba. No había ni siquiera treinta centímetros de espacio entre ellos. ¿No había aprendido nada el hombre durante su primer encuentro? ¿Por qué estaría tan cerca cuando él tenía que saber que todo eso lo único que lograría era conseguir que ella estuviera toda caliente y mojada, y con ganas de presionarlo contra la pared y hundir sus colmillos en su delicioso cuello, mientras liberaba su pene y la atravesaba?

El calor dentro de su cuerpo hervía en la superficie, advirtiéndole de no dejar que su mente vagara en esa dirección. Demasiado tarde. Pronto su cuerpo se desbordaría como una olla con leche hirviendo sin que nadie lo vigile, quemando sus alrededores. Y no había nada que pudiera hacer al respecto. Era tan inevitable como un camión descontrolado por una pendiente.

—Mira, todo lo que necesito son unas cuantas gotas.

—Tus colmillos no se acercarán en absoluto al cuello de mi hermano—, susurró Haven.

¿Cómo podría un hombre humano ser tan terco? —Yo ni siquiera necesito…

—Dije ¡NO! ¿No puedes procesarlo en tu cabeza? ¿No crees que es suficiente que hayas jugado con mi cabeza? ¿Ahora quieres hacer lo mismo con mi hermano?

¿Acababa de decir "jugar con su cabeza"? Ella debió haber entendido mal.

—No lo permitiré. Es suficiente con que no pueda pensar con claridad, con lo que me has hecho. Vas a tener que matarme primero antes de dejarte hacer lo mismo con Wes.

¿Lo que había hecho con él? —¿Crees que te estoy controlando porque te mordí? No hay efectos posteriores a una mordedura que sean duraderos. Todo es temporal. Todo lo que sentiste a causa de ella, es cosa del pasado —. Yvette no permitió que la sonrisa que se formó dentro de ella, saliera a la superficie. Si todavía sentía una atracción por ella, entonces... —Lo que sea que sientes es tu propia obra.

Haven dio un paso atrás como si fuese golpeado por un objeto pesado. Sus ojos estaban llenos de incredulidad, y su boca se abrió en señal de protesta. Sólo una palabra se apoderó de sus labios. —¡Mierda!

—Así que hazte a un lado, me gustaría pinchar el dedo de Kimberly para poner a prueba su sangre—. Yvette miró en torno a su pesada estructura, sus ojos se movieron para encontrar a la muchacha que se quedó mirando su acalorado intercambio de palabras. —¿Estás de acuerdo, Kimberly? Sólo será un pinchazo como una prueba de sangre en el consultorio del médico.

Kimberly se encogió de hombros. —Por supuesto. Si te ayuda.

Yvette ignoró a Haven, que todavía permanecía inmóvil en el centro de la habitación y se fue por su alrededor. Que piense en lo que ella le había dicho. Además, ella no necesitaba su ayuda en ese momento. Todavía podía sentir su sangre y no tendría ningún problema comparándola con la de Kimberly y Wesley.

Cuando llegó a la muchacha, Wesley se puso delante de ella. —Yo primero.

Yvette levantó una ceja. ¿Cómo el cachorro se había puesto de repente tan ansioso? Su mirada inquisitiva pareció provocar una respuesta.

—Si me hieres, no voy a dejar que toques a Kimberly.

Perfecto, otro hombre que quería rescatar a la damisela en apuros. Esto se estaba volviendo cada vez más cansador. —Bien.

16

—Nunca he temido a un vampiro antes—, afirmó Francine en respuesta a la pregunta de Gabriel.

Zane miró a la mujer... no, a esa bruja. Mierda cómo las despreciaba. Ellas eran astutas y no eran de confiar. Él todavía tenía que conocer una bruja que luchara justo. Todo lo que hacían era utilizar sus pociones y hechizos para engañar a la gente y dominarlos. Sin embargo, Francine, la bruja que había ayudado tanto a Amaury como a Gabriel en ocasiones anteriores, se había convertido en algo así como un parásito de su grupo. A ninguno de sus colegas parecía importarle su presencia, pero las fosas nasales de Zane le picaban con el olor dulzón de la brujería, y él la evitaba siempre que podía.

Exteriormente, Francine parecía completamente normal, incluso humana, mientras estaba ahí sentada en el sofá de Samson, un gran bolso de mano colgaba libremente sobre su hombro, apretándolo en su mano como si ella no se fiara de que ellos pudieran tomar cualquier tesoro que tuviera ahí a su alcance. Como si alguien quisiera tocar sus baratijas de bruja. Era mejor mantenerse alejado de las cosas de las cuales él sabía que no tendría defensas.

—Trátalo de todos modos—, Gabriel ahora le indicaba. —No le hará daño—. Después de una breve pausa, añadió: —¿O sí?

Francine negó con la cabeza. —Por supuesto que no. Todo lo que estoy haciendo es tratar de encontrar su ubicación, pero necesito algo que me ayude a encontrarla. Algo que le pertenezca.

—¿Algo como una pieza de ropa? —, preguntó Gabriel.

—¿O un poco de pelo? — Interrumpió Zane, causando que la mirada de Francine se fijara en él. Sus ojos se deslizaron sobre él, casi como si ella no pudiera soportar mirarlo. El disgusto era claramente mutuo.

—El pelo podría funcionar.

Zane se levantó y fue a recoger la bolsa con el pelo de Yvette de la cocina. Tal vez sería muy útil después de todo y no había sido una completa pérdida de tiempo llevarlo. En el momento en que regresó a la sala de estar, Francine había extendido un mapa de todo San Francisco sobre la mesa de la sala.

Le entregó la bolsa con cuidado de no tocarla en el proceso. Lo último que él quería, era el hedor de una bruja encima.

Francine miró en la bolsa. —¿Es todo de Yvette?

—Sí—. Zane mantuvo al mínimo su conversación con ella. No había necesidad de mantener una pequeña charla con una bruja.

—¿Necesito saber por qué hay tanto de esto? — Francine se alejó de él y miró hacia Gabriel. Pero antes de que su jefe tuviera la oportunidad de responder, Zane lo interrumpió.

—No. Manos a la obra.

La mirada de reprimenda de Gabriel apenas se registró, mientras Zane se concentraba en ver los movimientos de la bruja. Nunca era una buena idea dejar a un enemigo fuera de su vista.

Francine tomó un mechón de pelo oscuro de Yvette y lo apretó contra un cristal, entonces utilizó una cadena para atar los dos objetos juntos, dejando la cadena más larga en un extremo para que el peso del cristal colgara pesadamente en uno de sus extremos. Se veía casi como el plomo de un albañil.

Se acomodó en su asiento, avanzando en el sofá para acercarse al mapa. Su brazo se extendió, manteniendo la cadena con el cristal y el cabello de Yvette. Entonces ella comenzó a girarlo en un círculo lento, mientras cantaba en voz baja.

Zane se enfocó en las palabras, pero eran desconocidas para él. Por lo que sabía, la mujer podría convertirlos en sapos, mientras estuvieran sentados alrededor como un público cautivo. Cómo Gabriel podía confiar en una mujer como ella, no podía entenderlo. No se podía confiar en ninguna bruja.

Los minutos pasaron tensos mientras el cristal giraba violentamente por todo el mapa de San Francisco, sin embargo, no descendía en ningún lugar específico. Cuando Francine levantó la vista de su tarea y se encogió de hombros, Zane ya sabía la respuesta.

—Lo siento, pero no puedo encontrarla—. La clara frustración de Zane, lo obligó a moverse para gastar energía física. Se paseó.

—Valió la pena intentarlo—, dijo Gabriel, su voz tan decepcionada como Zane se sentía.

—Probablemente tiene algo que ver con el hecho de que ella sea un vampiro. Sus auras son diferentes. No creo que el cristal pueda recogerlas. Mira el lado positivo: por lo menos nunca voy a ser capaz de encontrarlos a ustedes muchachos, si no quieren ser encontrados—, ella bromeó.

—Disculpa si no estoy muerto de risa—, susurró Zane.

—Zane, por favor—. Gabriel le dio una sacudida de la cabeza. —Todos estamos bajo estrés. Pero eso no significa que tengamos que olvidarnos de nuestros modales.

Se sintió aliviado de responder cuando se abrió la puerta detrás de él, y Samson entró, con una hoja de papel en la mano.

—Lo tengo—. Entregó la hoja a Gabriel. Luego dio una breve sonrisa a la bruja. —Ey, Francine. Me alegro de verte.

—Perfecto—, proclamó Gabriel, mirando el pedazo de papel.

—¿Lo hice bien? —, preguntó Samson.

Gabriel asintió con la cabeza. Luego levantó la hoja frente a todos ellos para que la vieran. —Les presento al atacante de Yvette.

Zane miró el dibujo que Samson había creado. Siempre había sabido que Samson era un pintor y dibujante fantástico, pero se había superado a sí mismo con el dibujo del hombre que aparecía ahora en la hoja de papel. Y su memoria fotográfica, claramente lo había ayudado en su tarea.

El rostro del hombre tenía características irregulares, penetrantes ojos azules, cabello castaño, y una fuerte mandíbula. Sus labios eran rellenos, nariz recta, y en conjunto tenía un aspecto tosco. No el clásico guapo, pero poco atractivo tampoco.

—¿Cómo hiciste eso?

Samson le sonrió. —Después de que Gabriel entrara en la memoria del conductor, lo plantó en mi mente, así fui capaz de verlo. Entonces lo pude dibujar.

Cuando Zane miró hacia el papel, él captó la mirada sorprendida de Francine, con los ojos pegados a la imagen en las manos de Gabriel.

—Francine—. Ella lo miró cuando él la llamó por su nombre, y supo en ese instante que ella reconocía el rostro. —¿Quién es?

Todos los ojos se abrieron hacia la bruja, cuyos labios temblaron. —Se parece tanto a su padre difunto—, susurró casi para sí misma.

—Francine—, Gabriel le solicitó. —Dinos quién es.

Tragó saliva, dejando que unos segundos más pasaran, antes de que ella respondiera: —Ese es Haven, hijo de Jennifer. Yo no sabía que él estuviera de regreso.

~ ~ ~

—¿Y por qué deberíamos de creerte? —, preguntó Wesley.

La "prueba de sabor" de Yvette había sido positiva. Kimberly era Katie. Ella lo sabía con un cien por ciento de certeza, pero los hermanos todavía estaban escépticos. —No tengo ninguna razón para mentir. No hay nada en esto para mí.

—Mm—. Wesley miró a su hermano. Haven miró a Kimberly, claramente dividido entre sus dudas y el deseo de creer.

Por supuesto Haven no iba a creerle a un vampiro. ¿Por qué habría de hacerlo? Él tenía una opinión lo suficientemente baja de ella. La frustración se extendió en Yvette. ¿Por qué se molestaría en tratar de ayudarlos? Ella tenía que ser psicópata para pedir otra bofetada en la cara. —¡Muy bien! — dijo Yvette. Luego alzó la voz. —¡Bruja! ¡BRUJA! ¡Trae tu culo aquí! ¡AHORA!

De reojo, vio a Kimberly inmutarse y taparse los oídos con las manos.

El grito de Yvette tuvo el efecto deseado. Unos momentos más tarde, la puerta se abrió. La bruja se mantuvo en el otro lado del umbral, con el rostro distorsionado por la ira.

—¿Qué quieres? — Ella miró primero a Yvette, y luego a los hermanos. — ¿Idiotas, todavía no la han matado? ¡Quizás es el momento de que haga el trabajo yo misma!

—Sólo tengo una pregunta, ¿se me permite? —, preguntó Yvette, fingiendo cortesía. —¿Es Kimberly la hermana de Haven y Wesley?

En primer lugar, un destello de sorpresa cruzó la cara de la bruja, luego una sonrisa malvada se asomó alrededor de sus labios. —¿Recién ahora te has dado cuenta de eso? Dios, si todos son tan lentos, supongo que no tengo mucho de qué preocuparme.

Luego dio un portazo.

—¿Me creen ahora? — Yvette miró a los hermanos. Poco a poco, su incredulidad se volvió alegría, al mismo tiempo que Yvette sintió correr decepción a través de ella. Haven le creyó a la bruja, pero no a ella. A pesar de que lo había esperado, dada su historia con vampiros, todavía le dolía. Entristecida, se dejó caer en el catre de al lado y se apoyó contra la pared.

Yvette nunca había estado en una reunión familiar, bueno… al menos no en los últimos cincuenta años. Lo que vio ahora casi llevó lágrimas a sus ojos. A pesar de las desnudas paredes y el suelo de su prisión, la habitación no podría haber sido más cálida y con tanta emoción fluyendo libremente entre los tres hermanos.

Yvette sintió un pequeño hormigueo de envidia mientras veía a los hermanos abrazar a su hermana más joven y bombardearla con preguntas sobre su infancia en el orfanato, sus intereses, y su carrera. Eran la imagen de una familia feliz… bueno… tan feliz como podrían estarlo en cautiverio.

Las preguntas de Kimberly a sus hermanos no eran menos emocionadas, y mientras Yvette trató de obviarlo, no pudo dejar de escuchar las historias que contaba Haven, sobre su vida como un cazador de recompensas. Yvette no estaba segura, pero tenía la sensación de que deliberadamente dejó de mencionar sus actividades como asesino de vampiros en los relatos. Tal vez quería mostrar su gratitud ya que de una extraña manera ella le había ayudado a encontrar a su hermana.

Cuando Kimberly se rio de uno de sus cuentos, la mirada de Haven se desvió hacia Yvette, y con la boca le dio un silencioso "gracias" a ella. Le tomó toda su fuerza mental, no desmoronarse. Ella se recostó en el catre y cerró los ojos, huyendo en la oscuridad. Lo que los tres tenían ahora era más de lo que ella nunca tendría. Y por mucho que se merecieran esa alegría, la hizo aún más consciente de su propia soledad. Más que nunca, ella era la marginada, la única persona que no pertenecía.

Tratando de no regodearse en su auto-compasión, se obligó a respirar profundamente y relajarse. Sólo habían estado en cautiverio cerca de doce horas, pero estaba segura de que sus colegas ya estarían trabajando en buscarla. Sin embargo, mientras fuera de día, no serían capaces de liberarla, aun cuando ya hubieran descubierto su paradero. Todo lo que podía hacer en ese momento, era esperar.

Si el equipo de Scanguards no se presentaba al caer la noche, habría que tener en cuenta otras vías. Y el hecho de que sus tres compañeros en cautiverio fueran brujos, podía serle útil. A pesar del hecho de que no parecían saber nada acerca de sus poderes o cómo usarlos, Yvette estaba segura de que ellos lo poseían. De alguna manera, sería capaz de averiguarlo.

Luego, por supuesto, había una cosa que Yvette había descubierto acerca de la bruja. Bess tenía que estar físicamente dentro de la habitación para hacerles daño o ejercer sus poderes sobre ellos. Siempre y cuando se quedara fuera de la habitación... al otro lado del umbral… no podría hacerles nada. Le daba consuelo. Eso significaba que, por ahora estaban a salvo dentro de esas cuatro paredes.

Yvette se permitió relajar por primera vez la tensión de sus músculos, desde que había asumido esta misión. Kimberly estaría a salvo con sus hermanos, y ella sabía que a partir del reciente comportamiento de Haven, no la mataría con la estaca si ella durmiera la siesta por un corto tiempo. Todo lo que necesitaba eran unos minutos.

El constante parloteo de Kimberly, era un ruido de fondo fácil para dormirse. Ella no podía decir cuánto tiempo estuvo dormida, pero no podría haber sido durante mucho tiempo. Kimberly estaba en realidad contando la misma historia, o tal vez había una variación en ella, cuando los sentidos de Yvette atraparon otra cosa.

En primer lugar, un chirrido llegó a sus oídos, sonaba como si alguien estuviera tratando de entrometerse por una antigua puerta, las bisagras oxidadas proporcionaban la música propia de una película de terror. Los pelos de la nuca al instante se erizaron como centinelas, mientras que ella trató de orientarse. Algo no estaba bien con el sonido. Era preocupante.

Yvette se sentó, su columna vertebral rígida y alerta. Una rápida mirada por la habitación confirmó que los tres hermanos estaban donde habían estado antes: sentados en los otros dos catres, charlando. El sonido no provenía de ellos.

Dirigió sus ojos hacia la puerta, pero nada se movió ahí, y ningún sonido.

¡El ruido de la manecilla!

Ahí estaba de nuevo. Llegó desde el exterior, de eso estaba segura.

Yvette giró la cabeza hacia la ventana, al mismo tiempo que un rayo de sol irrumpió en la habitación. Ella se congeló el tiempo suficiente para sentir una picadura de dolor en donde el sol tocó su brazo.

—¡No! — gritó Haven, sacándola de su trance mientras otro sonido se escuchaba. Finalmente se dio cuenta de lo que estaba sucediendo: ¡la bruja de mierda estaba quitando los tablones de madera para que la luz del sol entrara en la habitación, haciendo realidad su amenaza de antes!

—Mierda—, gritó Yvette y saltó, casi chocando con Haven.

El pánico la golpeó como un rayo, entonces sintió la mano de Haven agarrarla.

—¡Muévete! —, gritó Haven y la atrajo hacia él. Ella se tambaleó más que corrió con él cuando abrió la puerta del baño y la echó en el interior delante de él, los rayos del sol sobre sus talones. Ella se golpeó contra el lavabo antes de que oyera cerrarse la puerta detrás de ellos con un ruido sordo.

Solo una bombilla que colgaba del techo, iluminaba el pequeño espacio que no era más grande que un ascensor para seis personas.

Su corazón se aceleró y latió en su garganta. Detrás de ella, la respiración de Haven era igual de errática. Cuando Yvette se giró hacia él, ni siquiera tuvo la oportunidad de darle las gracias por su rápida acción, porque sus brazos la cubrieron al instante y la atrajeron con fuerza contra su pecho de gran tamaño.

Una mano en la parte posterior de la cabeza, y la otra alrededor de su cintura, la apretaban contra él.

—¡Oh, mierda! — Jadeó en un aliento exhalado. —¡Esa perra!

Yvette tragó saliva, incapaz de formar cualquier palabra todavía. El shock seguía asentado demasiado profundo en sus huesos. Se había congelado, a pesar de que había pasado sólo por un instante. Nunca se había congelado antes.

Haven puso sus manos sobre sus hombros y la apartó unos centímetros. —¿Estás bien? ¿El sol te quemó en alguna parte? — Sus preocupados ojos trataron de examinar su cuerpo, un ligero temblor en su voz, subrayó su preocupación.

Yvette se apartó de sus manos. El haber tenido la cara apretada contra su pecho desnudo, había sido suficiente tentación. Tenía que cortar su contacto con él antes de que fuera demasiado tarde. —Estoy bien. Gracias—. Ella no lo estaba, pero lo estaría.

Él asintió con la cabeza brevemente y luego se dirigió a la puerta. Pero no la abrió. —¿Wesley?

—¿Sí? — Fue la respuesta de su hermano al instante.

—Toma las mantas de los catres y cuélgalas en las ventanas. Asegúrate de tapar todos los lados, así no se filtrará la luz a través de ellas.

—De acuerdo.

A continuación, Haven se volvió hacia ella y cruzó la distancia de treinta centímetros que había entre ellos. No había forma de alejarse de él en el minúsculo baño. Su mirada era seria mientras la miraba, haciéndola consciente otra vez de cuán alto y grande era él. —Puedes romperme la cara después, pero ahora tengo que abrazarte.

Y así, él la acercó en sus brazos.

—Que...

—Shh. Ahora no, Yvette. Casi me da un ataque al corazón pensando que ibas a morir justo en frente de mí.

Su corazón se agitó, como si alguien hubiera instalado un trampolín y estuviera saltando arriba y abajo en él. Este feroz caza-vampiros estaba preocupado por ella. El hombre que había confesado que había matado a otros vampiros para vengar a su madre, la había salvado con su reacción rápida empujándola en el cuarto de baño sin ventanas. Y ahora, la estaba manteniendo en el abrazo más apretado en el que nunca se había encontrado a sí misma, como si algo malo fuera a suceder, si él la dejara ir. Una grieta apareció en la puerta de su corazón, mientras su siguiente pensamiento echaba raíces.

Haven no la odiaba.

17

Haven trató de calmar su corazón galopante. Tener a Yvette en sus brazos ayudó un poco, asegurándole que estaba viva y bien. Si no la hubiera estado mirando, mientras escuchaba las historias de su hermana, no hubiera percibido que algo andaba mal con la suficiente rapidez. Pero en el instante en que la había visto explorando la habitación tratando de identificar algún peligro, sus propios sentidos habían captado el sonido y se dio cuenta de lo que era.

Nunca se había movido tan rápido en toda su vida. Había actuado por puro instinto cuando la había agarrado y prácticamente la estrelló contra el diminuto cuarto de baño para sacarla del camino antes de que Bess hubiera quitado una esquina de la madera de la ventana. Todavía sentía temblar sus rodillas ante la idea. Pero él no estaba de humor para examinar su reacción a la amenaza que se dirigía exclusivamente a Yvette. No quería cavar demasiado hondo en sus razones de por qué la estaba protegiendo.

No quería pensar en esos momentos. Sólo quería sentirla.

Haven la soltó un poco y le tocó la barbilla con su mano, inclinando su rostro hacia él. La conmoción y el miedo en sus ojos habían desaparecido. En su lugar había sorpresa.

—Bésame—, exigió.

Y vaya si ella no movió la cabeza cerca de la suya para seguir sus órdenes sin objeciones. Él había por lo menos esperado un poco de pelea antes de que ella cediera. Pero tal vez estaba tan sorprendida como él y necesitaba ese escape tanto como él.

—Pero esta vez, no me muerdas. Quiero asegurarme de que lo que yo siento no tiene nada que ver con los efectos secundarios—. No es que no hubiera disfrutado de su mordida, pero él estaba desesperado por averiguar por qué se sentía tan atraído hacia ella. Y la única manera de averiguarlo era si no usaba ninguno de sus poderes de vampiro en él. Tenía que estar seguro.

—Sin morder—, susurró con una respiración superficial. —¿Ni siquiera un poco?

Su pene se endureció ante la mera sugerencia. Haven cerró los ojos por un momento, tratando de bloquearla. Pero la oscuridad sólo intensificó la presencia de Yvette. Su aroma de naranja estaba a su alrededor, el sonido del latido de su corazón retumbaba contra su pecho, y su respiración poco profunda soplaba aire tibio contra su cara. Sus manos ahora se trasladaron hasta su pecho, el contacto piel con piel enviaba descargas eléctricas de lujuria a través de sus venas, trazando el camino hacia sus hombros.

Esta mujer sería su muerte si le permitía acercarse demasiado.

—No—, respondió finalmente antes de que él abriera los ojos y la mirara. En el fondo de esos ojos verdes, se sentaban las respuestas de todas sus preguntas.
—No, corazón, ahora mismo, esto es sólo entre tú y yo. Sin trucos, sin poderes.

Simplemente lujuria.

Cruda.

Salvaje.

Cuando sus labios se encontraron con los de él, se olvidó de todo lo que había sucedido. Sólo la sensación de los labios suaves presionando contra él, se registraron en su mente: labios pecadores que sabían qué hacer, labios apasionados que lo exploraban. Haven entreabrió los labios, y la invitó. Cómo le gustaba la sensación de una mujer segura que simplemente tomaba lo que quería. Tanto como a él le gustaba tomar de ella. Para beber de sus labios, para explorarla, para que respondiera a él.

Cuando su lengua recorrió su labio inferior con una sensual caricia muy suave, una suavidad que nunca había pensado tuviera un vampiro, gruñó con frustración. Él no podía hacer frente con la suavidad ahora. ¿Es que no entendía? Lo necesitaba rápido, duro, fuerte. Sólo entonces el shock de casi perderla, se borraría.

Pero su lengua seductora, continuó tentándolo y sólo poco a poco se sumergió entre la línea de sus labios. Cuando su sabor le llenó la boca, inhaló profundamente, sintiendo sus tentadores sabores. Tocaron un nervio dentro de él, diciéndole a su cuerpo que se preparara para lo inevitable. Su corazón bombeó más sangre en su pene, por lo que su impaciente amigo, casi revienta.

Pero parecía que Yvette no había terminado con su tierna exploración y se apretó más a él, moviendo su cabeza para una penetración más profunda ahora. Su cuerpo estaba tibio, en realidad caliente, y cada punto de su cuerpo conectado con el suyo, comenzó la pasión a fuego lento, su lento ascenso hacia un pico todavía lejos en la distancia.

Incapaz de contenerse con el lento proceso, se giró con ella en sus brazos y la apretó contra la puerta, sujetándola. La puerta gimió su protesta, pero Haven, apenas la oyó. Con resuelta determinación, adelantó su lengua en su boca y secuestró un beso. Suficiente de pedirle a *ella* que lo besara a *él*. No cometería el mismo error otra vez, hasta que realmente tuvieran tiempo para esto. En ese momento, no lo tenían. Debido a que no había olvidado dónde estaban. En cualquier momento, la bruja podía inmiscuirse, y tenía que entrar en Yvette y calmar su hambre de ella antes de que eso sucediera.

Yvette respondió de inmediato a su apasionado beso, acariciando su lengua contra la de él, mostrándole que no sería superada. Ahora estaba hablando. Él gimió su aprobación y levantó la cabeza por un segundo. —Ahora sí corazón.

Un instante más tarde, sus labios volvieron a devorarla, se sumergió profundo en ella, saboreándola, explorándola, al mismo tiempo que sus caderas encallaban contra ella. Su pene dirigió su ritmo mientras se deslizaba contra su centro blando, moviéndose hacia arriba y abajo. Cuando su mano se deslizó a la cintura de sus pantalones, él dejó escapar una respiración entrecortada y separó su boca de la de ella.

—Sácalo, Yvette.

Llevó la mano a su botón, desabotonándolo, antes de irse a su cierre.

—Puedes salir ahora—, dijo la voz de Wesley, a través de la puerta.

¡Mierda!

No podía salir ahora… porque Yvette acababa de sacar su pene de su confinamiento, la palma de su mano alrededor de él, mientras ella también tenía la cabeza girada hacia la voz de Wesley.

—Danos unos pocos minutos—. Él esperaba que su hermano se fuera y lo dejara en paz.

Haven escuchó. No hubo respuesta a su pedido. Bueno. Luego volvió a mirar a Yvette que le dio una mirada interrogadora, antes de que ella bajara la mirada hasta donde seguía agarrando su pene.

Un momento después, ella lo acarició con su puño. Estuvo a punto de saltar fuera de su piel con el intenso placer. —¡Mierda, nena! — Gimió en voz baja.

Sus manos subieron el vestido que tenía ya recogido. Ahora se abultó en sus caderas, dejando al descubierto su tanga negra. Empujando el tejido hacia un lado con una mano, deslizó un dedo a lo largo de sus pliegues, siguiendo hacia abajo a su paso. Sus rizos estaban húmedos, pero no era nada en comparación con la humedad de su concha empapada.

Sin ningún tipo de resistencia, su dedo se deslizó entre sus pliegues y se dirigió hacia su ardiente centro de placer. La cabeza de Yvette cayó hacia atrás contra la puerta mientras dejaba escapar un suspiro.

—Así es, nena. Ahí es donde yo quiero que mi pene entre. Ahora. Abre las piernas para mí—. Viéndolo por debajo de sus pestañas entrecerradas, ella amplió su postura.

Haven sacó su dedo y la agarró por las caderas, levantándola para que sus piernas se colocaran alrededor de sus caderas, con la puerta a sus espaldas como palanca. Entonces se dio cuenta.

—Mierda, no tengo preservativo.

Ella sacudió la cabeza. —Los vampiros no son portadores de ninguna enfermedad.

Se lo había imaginado, pero no era eso por lo que estaba preocupado. —¿Qué hay de que quedes embarazada? —, era lo último que deseaba, tener un hijo, otra persona por la cual preocuparse como se había preocupado por su hermana. Él no creía que pudiera pasar por eso otra vez. No, sería mejor si él nunca tuviera hijos que tendría miedo de perder.

Cuando él la miró a los ojos, vio un extraño brillo ahí, pero no pudo entender lo que era. —¿Estás bien?

—No tienes que preocuparte por un embarazo.

A Haven le gustaba una mujer que tomaba precauciones. Inclinó la cabeza a la clavícula y lo mordisqueó a lo largo de su piel. Dios, olía bien. Lo suficientemente bien para comérsela. Más tarde, cuando tuvieran más tiempo, se aprendería todo su cuerpo con sus labios, explorándola, degustándola, pero en ese momento, necesitaba otra cosa. —Guíame en tu interior.

Con una sola mano, empujó su tanga hacia un lado, y luego colocó el pene en su entrada. En el momento en que ella lo dejó y envolvió sus brazos y piernas alrededor suyo, él se sumergió en el interior, el impacto de ello hizo chocar a ambos contra la puerta. El ruido de las bisagras de la puerta, se hicieron eco en la pequeña habitación.

—¿Qué están haciendo ahí adentro? — penetró la voz de Wesley, esta vez acompañada por un fuerte golpe en la puerta.

—Vete—, le gritó Haven y se retiró brevemente de la concha de Yvette sólo para hundirse más profundamente con su segunda penetración. Mierda, era estrecha.

—¡Si no sales, voy a entrar yo! — amenazó Wesley haciéndolo detenerse por un segundo y mirar a Yvette.

—Es tu elección—, dijo Yvette en voz baja sólo para que él escuchara. — Pero si lo dejas ahora, no hay garantía de que tendrás alguna otra oportunidad de cogerme—. A pesar de su mirada indiferente, Haven sabía que no era indiferente a los resultados de su pequeño encuentro. Quería que eso continuara, tanto como él, y no lo estaba engañando a él ni a nadie.

Él chasqueó la lengua. —He hecho que abras las piernas una vez, puedo hacerlo otra vez—, bromeó. Su reacción había sido tan apasionada, que nunca había estado tan seguro en su vida, que iban a continuar lo que habían empezado.

De repente se empujó contra él, su pene en el proceso se movió de su lugar. Sus ojos se entrecerraron, y dejó caer las piernas al suelo antes de empujarlo lejos de ella. —¡Eres un bastardo arrogante! Abro mis piernas cuando quiero, no cuando tú lo decidas.

Ella tiró de su vestido, bajándolo por sus muslos. —Estamos saliendo—, gritó hacia la puerta y se alejó de él, llegando al picaporte.

—¡No, no lo haremos! — La mano de Haven golpeó contra la puerta, al mismo tiempo en que Yvette había tomado el picaporte.

Su mirada furiosa lo increpó cuando ella se giró hacia él. —¡No puedes tenerme aquí contra mi voluntad!

Haven dio un paso y le apretó la espalda contra la puerta una vez más. —¿No puedo?

Antes de que pudiera responder, él capturó sus labios y la besó. Esta vez, no había nada de moderado en su beso, nada tentativo. Había establecido en ese momento que no la iba a dejar escapar.

~ ~ ~

¡Que se joda! Maldito Haven que podía convertir su cuerpo en un traidor, incluso cuando ella estuviera enojada con él. Y ella estaba fuera de quicio. El idiota arrogante pensó que sólo porque le había permitido entrar en ella, de pronto estaba a cargo. Como si se creyera superior. Como si ella fuera simplemente la mujer débil, que se volvería sumisa tan pronto como el grande y feroz cazador de recompensas y caza vampiros, así lo quisiera. ¿Quién se creía que era? No tenía derecho a exigirle nada y sólo ella decidiría si podía cogerla después o no. Haven no era su jefe.

Desafortunadamente, él estaba haciendo un buen trabajo besándola para que se rindiera. Pero ella no le dejaría tomar el mando. Pelearía con todo lo que tenía. No podía permitir que él tuviera ningún poder sobre ella, porque sabía cómo acababan las cosas como esas. En particular, en su caso: Haven ya tenía una mala opinión de ella, y sus crueles palabras de que podía hacer que abriera las piernas para él cada vez que quisiera, sólo confirmaban que no tenía ningún respeto por ella. Él la usaría y luego la lanzaría a un lado como un envoltorio de caramelo. Pero ella no se lo permitiría. No, *ella* sería la que lo tiraría a *él* a un lado cuando llegara el momento, pero no hasta que lo volviera completa y totalmente obsesionado con ella. La venganza era una perra, e Yvette sabía mucho acerca de las perras.

Sólo había una manera de lograr su objetivo de voltearle las cartas: dándole el éxtasis final y hacer que él tuviera más hambre de ella, entonces le negaría lo que él deseara más. Él no sería el primer hombre que se hubiera convertido en masilla en sus manos, y no sería el último.

Rasgando su boca de la de él, se apartó de su abrazo. Sus ojos estaban oscuros de deseo, sus labios carnosos y húmedos. Cuando ella bajó la mirada hasta la ingle, vio que su magnífico pene estaba todavía erecto. Con una velocidad de vampiro le agarró los hombros, se giró hacia él y lo presionó contra la puerta. A partir de ahora, ella estaría a cargo.

—Pero que…

Pero Yvette no le dio la oportunidad de terminar la frase. En cambio, se dejó caer de rodillas, nivelando la boca con su pene. Una mirada hacia la cara de Haven, le puso en contacto con su sorpresa, la que en un instante se volvió en deseo al rojo vivo.

—Sí, nena—, susurró.

Yvette tomó su pesado pene en la palma de su mano y lo acarició a lo largo de la parte inferior sin problemas, antes de que lo guiara a su boca y lamiera la cabeza de color púrpura. El líquido pre-seminal ya emanaba de él, y lamió las gotas saladas, aplanando la lengua por su pequeña ranura, presionando suavemente.

La cabeza de Haven cayó hacia atrás contra la puerta, mientras dejaba escapar entre dientes un breve suspiro. Yvette dejó que una sonrisa curvará su boca. No necesitaba mucho para dominarlo. Su único problema ahora era cómo iba a parar de disfrutar tanto de eso. Pues lamer el líquido pre-eyaculatorio de él, estaba haciendo que su vientre se contrajera de deseo.

Yvette se apoderó de su pene desde la raíz y, formando una perfecta *"o"* con sus labios, se deslizó sobre él para llevarlo hacia su boca. Era grande, su erección al instante golpeó el fondo de su garganta. Relajó sus músculos, tratando de no vomitar y se apartó unos centímetros hasta que sintió las manos de Haven en su cabeza.

Con una ligera presión, Haven empujó de nuevo hacia su boca, su movimiento acompañaba un profundo gemido. Varias respiraciones cortas siguieron, como si estuviera tratando de recobrar el equilibrio, pero Yvette sabía que no debería permitirle que se adaptara a las sensaciones que provocaba en él. No le daría ningún descanso. Utilizando la otra mano, llegó a sus bolas y las acunó, luego raspó las uñas contra el saco. En el acto se tensaron, tirando de su contenido redondeado hacia la raíz de su pene que empujaba.

Ella usó su lengua y los labios para chuparlo fuertemente, para crear una presión que sabía que no podría soportar por mucho tiempo. Y mientras tanto, disfrutó de su sabor y la textura de su hermosa carne. Siempre le había gustado chupar el pene, porque le daba poder sobre un hombre y con Haven aún más. Sus gemidos y respiración irregulares, eran indicación suficiente de que se estaba acercando al límite de su control. Y hacerle perder el control, era algo que quería experimentar.

Yvette inhaló profundamente, permitiendo que su olor masculino inundara sus sentidos. Llegó a cada célula de su cuerpo, haciendo que su deseo por él fuera casi insoportable. Pero no era para su propio placer que ella hacía eso, era para el suyo, para que él se volviera loco de deseo por ella. Debido a que sólo si ella rompía su control podía recuperar sus propios sentidos y hacerle perder el dominio que tenía sobre ella. Pero demonios, cómo disfrutaba cada segundo de esto. Era imposible decirle a su cuerpo que no reaccionara.

El duro miembro de Haven bombeaba más rápido, y ella lo chupaba más fuerte.

—¡Oh, Dios! —, gruñó.

Su pene se sacudió con su inminente orgasmo. Los colmillos de Yvette se alargaron, y ella succionó su pene tan profundamente como pudo, antes de poner sus colmillos en la base y atravesar su piel.

—¡Mierda! — Apenas se dio cuenta del gruñido sorprendido de Haven mientras su sangre y semen se mezclaron en su boca. El sabor combinado envió un rayo de carga eléctrica a su clítoris, haciéndola llegar al instante al orgasmo.

Yvette disfrutó las sensaciones que viajaban a través de su cuerpo caliente, mientras seguía chupando la sangre y semen de su pene, que seguía palpitando en su boca.

Cuando se dio cuenta de que él se aflojó frente a la puerta, desprendió sus colmillos y dejó deslizar el pene de su boca, capturándolo, mientras su espalda se deslizaba a lo largo de la puerta, llevándolo a una posición sentada. Tenía los ojos cerrados, pero sus manos estaban todavía en su cabeza, tirando de ella en contra de él ahora.

—Yo nunca he…— se interrumpió, respirando hondo con los pulmones. —Este fue…— Una vez más, no terminó la frase.

Yvette sonrió, sintiéndose casi fatigada por su poderoso orgasmo... y ni siquiera la había tocado. Sólo podía imaginar cómo sería cuando lo hiciera. Pero por ahora, ella disfrutaba de los frutos de su trabajo: que sucumbiera a ella.

—Tú—, Haven abrió los ojos, su mirada cayó sobre su pene que ahora yacía flácido contra el nido oscuro de sus rizos. Había restos de sangre en la base, y las heridas punzantes eran aún visibles. Sus ojos se agrandaron. —¡Me mordiste!

18

—He bajado todas las persianas—, se oyó la voz de Oliver desde el interior del apartamento. —Pueden entrar ahora.

Zane alcanzó el picaporte y abrió la puerta, entraron al lugar con poca luz antes de dejar que la puerta se cerrara detrás de él. Oliver, ayudante humano de Samson, tenía sus habilidades. Hacer las áreas seguras para los vampiros, era una de ellas. No es que Francine, quien los había acompañado, no pudiera haber hecho lo mismo, pero, francamente, Zane no confiaba en ella. Y si bien él era muchas cosas, nunca fue descuidado con su propia vida. Después de todo, sólo tenía una.

—Gracias, Oliver, te lo agradezco.

Pasó por delante del muchacho, que claramente lo era cuando lo miraban: rostro lozano de unos veinte años, apenas se dejaba entrever una barba incipiente, o la sospecha de que podría incluso crecerle una barba. Su pelo era un desastre oscuro con cada hebra que parecía elevarse en otra dirección, sin importar con qué frecuencia se pasara la mano por él, para domarlo en un pulcro peinado. El esfuerzo era en vano... el cabello de Oliver hacía lo que quería hacer.

Sus ojos eran claros y brillantes. Él era un buen muchacho... un muchacho digno de conocer sus secretos. Y un muchacho, que sospechaba por su interacción con él, que quería ser como ellos, como los vampiros que trabajaban para Scanguards.

—Si puedo ayudar con cualquier cosa...

—Sólo vigila la puerta—. Cuando la decepción se dibujó en la cara de Oliver, Zane agregó un "gracias" y casi se atragantó con la palabra. Qué asco, se estaba volviendo blando.

El apartamento de Haven había sido fácil de encontrar. Una vez que la bruja les había dado su nombre completo, Gabriel había hecho unas llamadas bien colocadas a algunas fuentes de confianza de la ciudad y del Departamento de Policía, y se sorprendió al descubrir lo que era Haven Montgomery: un cazador de recompensas. Al parecer, uno muy bueno también.

Eso era justo lo que necesitaban: un cazador de recompensas que también fuera un brujo. No es que la parte de brujo fuera evidente en algún lado en el apartamento de Haven. Zane barrió el lugar de un solo dormitorio con su fría eficiencia habitual, observando las muchas cajas, tanto en la sala de estar, así como en el pequeño dormitorio. O bien el hombre se acababa de mudar, o estaba listo para irse.

Zane no dejaría que lo último sucediera. Tenía que atrapar al imbécil antes de que pudiera escapar.

Un suspiro detrás de él le hizo volverse. Francine se paró frente a la chimenea falsa, con un cuadro en sus manos. Zane se le acercó y miró por encima del hombro.

—¿Qué es eso?

Francine gritó, un sonido que extendía una sensación de satisfacción en el pecho de Zane. Él todavía lo tenía: podía sorprender incluso a una bruja, y se decía que sus sentidos eran superiores a las de los simples humanos. Y bien podría aclararle de que la observaba cada segundo. Si ella tenía la intención de engañarlo, estaría sobre ella, porque no había manera de que él creyera que Francine traicionaría a un compañero brujo, en particular, no a uno que pareciera conocer personalmente.

—¿Quiénes son? —, preguntó Zane, señalando la imagen con los dos niños y el bebé que Francine tomaba con tanta fuerza, que sus nudillos se habían vuelto blancos.

—Haven y su hermano Wesley. Y la bebé es Katie. Tan trágico.

—¿Qué es lo trágico de esto?

—Katie fue secuestrada hace veintidós años y nunca la volvieron a ver.

Zane gruñó. No era su problema. —¿Qué pasa con Haven? ¿Qué puedes decirme sobre él? ¿Cuáles son sus poderes?

Francine se encogió de hombros y colocó nuevamente la imagen en la repisa de la chimenea. —No estoy segura de que hayan recibido sus poderes. Ni tampoco Wesley, para el caso.

— ¿Estás tratando de decirme que no son brujos? No creo eso. Utilizaron la brujería para dominar a mi colega. ¿Qué tan estúpido crees que soy?

La bruja lo miró. —Todo lo que estoy diciendo es que no sé qué pasó con él. No lo he visto en más de veinte años. Yo ni siquiera sabía que estaba de regreso.

Zane dio una respiración profunda. —¿Qué pasa con sus padres? ¿Sigues en contacto con ellos?

Ella sacudió la cabeza. —Su padre se fue antes de que Katie hubiera nacido, y Jennifer fue asesinada hace veintidós años—. Hizo una pausa y sus ojos se encontraron con los de él. —Por un vampiro.

¡Mierda! Eso no era bueno. No sólo el hombre era un cazador de recompensas y un brujo, sino que también tenía una muy buena razón para odiar a los vampiros y querer vengarse de ellos.

—El mismo vampiro que secuestró a Katie.

Dos muy buenas razones.

¿Qué mejor motivación que el querer vengar a su madre y a su hermana? Y Zane sabía todo acerca de la motivación y el odio, y cómo te podía llevar a través de largos años de soledad. Cómo podía alimentar el hambre por la venganza, para desquitarse, cómo dichos motivos podían alimentar el odio y acabar con todo lo demás en su corazón. Para destruir a aquellos que destruyeron su familia: era el más grande motivador que Zane había conocido. Haven sería un oponente formidable, que lucharía hasta la muerte.

—¡Mierda! — Gruñó Zane en voz baja. —¿Qué pasa con su hermano, Wesley?

—Dondequiera que Haven esté, Wesley no está lejos. Se quedan juntos como pegamento. Haven fue como un padre para Wesley.

—¿Qué pasó con ellos después de la muerte de su madre? — No fue la compasión lo que le hizo preguntar… compasión era una emoción de cobardes… no, necesitaba saber todo lo que podía acerca de su enemigo para encontrar su punto débil.

—Los muchachos fueron enviados a un tío abuelo en Iowa. Él era su único pariente.

—¿Y el padre? — ¿Cómo podía un padre abandonar a sus hijos cuando más lo necesitaban?

Francine miró hacia abajo, en un intento de evitar su mirada examinadora. ¿Estaba ocultando algo? —Él no quería tener nada que ver con ellos.

Había más en la historia, y él lo sabía. —¿Por qué?

Ella se encogió de hombros. —No sé.

Zane no se lo tragó. —¿Es un brujo también?

Los ojos de Francine volaron de regreso a su cara. —No. Por supuesto que no. Jennifer era la bruja. Su esposo era totalmente humano.

—¿Por qué los dejó?

—¿Cómo voy a saberlo? Las personas casadas se divorcian todo el tiempo—. La voz de Francine sonó firme en la superficie, pero Zane captó un ligero temblor al final de su oración. La mujer le estaba mintiendo.

—Te lo preguntaré una vez más, y esta vez quiero saber la verdad. ¿Por qué los dejó?

Francine se dio vuelta y caminó hacia la cocina. —No es importante.

Zane le siguió los pasos por detrás. —Yo digo que lo es.

—Déjalo así vampiro. Nada bueno saldrá de ello.

En la puerta de la cocina, él la detuvo con una mano en su hombro. —Dímelo ahora—. Apretó y bajó la cara a su cuello. —O tomaré un bocado de ti.

Francine clavó su codo hacia atrás, cayendo en sus costillas, pero su cuerpo era tan duro, que apenas se dio cuenta.

—No querrás ser el blanco de mi brujería—, le advirtió.

—Puedo morderte más rápido de lo que lanzas un hechizo . Zane no estaba cien por ciento seguro que su afirmación fuera correcta, pero demonios, podía mentir. Nunca había visto a Francine ejercer sus poderes sobre cualquiera de sus colegas, por lo que no sabía hasta donde era capaz. —Y te apuesto a que no querrías que yo le dijera a Gabriel que estás ocultándome información. Una vez que su confianza en alguien se rompe, puede ser muy cruel.

Francine liberó el hombro de su control, y él se lo permitió, dándose cuenta por su silencio que ella estaba dispuesta a cumplir. No lo miró, sino que simplemente miró fijamente hacia la cocina.

—El padre de Haven no quería que Katie naciera.

—¿Qué? — No podría haber oído bien. —¿Él quería que su mujer abortara?

—Cuando se enteró de la profecía y se dio cuenta de que se cumpliría, él le imploró a Jennifer que interrumpiera el embarazo. Pero ella se negó.

—Espera: ¿qué profecía? — a Zane nunca le gustaba el sonido de las cosas como profecías, destino, y cosas por el estilo.

Francine se giró hacia él. —Los tres hijos de una simple bruja, se convertirán en los brujos más poderosos de nuestra época y alterarán el equilibrio del poder del inframundo. Cuando Whit, el marido de Jennifer, se enteró de ello, se sintió traicionado por ella. Todo lo que quería de él era a los tres niños, porque se convertirían en el Poder de Tres. Porque gobernarían el inframundo.

—¡Ah, mierda! — ¿En qué mierda se habían metido ahora? Si Haven era tan poderoso, ¿cómo podrían rescatar a Yvette? —Si eso es cierto, Yvette se puede dar por muerta.

Francine negó con la cabeza. —Haven no es un hombre malo.

Zane dejó escapar una risa amarga. —¿Y qué es lo que no lo hace malo? Dijiste que ni siquiera lo has visto en veinte años. El niño que conocías ya no existe. Es un brujo poderoso, y va a matar a Yvette. Si es que ella no está muerta ya.

—No, él no puede. La profecía no se cumplió.

—¿Qué?

—Sin Katie, no hay Poder de Tres. Y Katie se ha ido, la busqué yo misma. Jennifer era mi amiga, y tan equivocada como estaba sobre el deseo de aprovechar la energía de sus hijos, sus hijos merecían algo mejor. Yo nunca pude encontrar dónde habían llevado a Katie. Y no fui la única en buscarla. Por lo que sé, el vampiro que se la llevó la mató.

—¿Por qué?

—Para asegurarse de que los tres hermanos nunca se unieran para convertirse en el Poder de Tres. Separarlos para siempre, era la única manera de detener la profecía.

¿Era la luz al final del túnel, o simplemente un tren que se aproximaba? —¿Eso significa que Haven no es tan poderoso como pensamos?

Francine miró alrededor de la cocina. —Por lo que se ve aquí, parece que ni siquiera practica la brujería—. Ella abrió un cajón, algunos armarios. —Nada por aquí me dice que hace pociones.

—Pero Yvette fue dominada con una poción. Un poco de humo color rosa o algo así—. Zane pasó la palma de la mano por su cabeza calva, tratando de liberar la rigidez en su cuello y hombros.

—Aquí no hay nada que haga ese tipo de poción. No hay residuos en ningún lugar—. Ella señaló hacia las ollas que estaban apiladas junto a la cocina. —Esas ollas nunca han visto una poción de bruja. De haberlo hecho, yo sería capaz de sentirlo. Puedes confiar en mí, vampiro.

¿Podría? ¿Qué otra opción tenía? Pero una pregunta seguía flotando en el aire.

—¿Por qué nos estás ayudando a encontrarlo?

—Porque tengo que saber qué pasó con él, y si realmente se volvió malo, entonces tal vez pueda ayudarle a cambiar su vida. Me siento responsable por no detener a Jennifer, cuando todavía podía hacerlo. Se lo debo a sus hijos.

Zane asintió con la cabeza. Al menos la bruja tenía alguna razón noble. —¿Cómo lo encontramos?

—Necesitamos algo que tenga su ADN en él, para que yo pueda adivinar dónde está.

—El baño—, de inmediato respondió y salió de la cocina.

El baño era pequeño y necesitaba urgentemente un arreglo. Algunas grietas en el lavabo y la bañera revelaban que el apartamento de alquiler no estaba en la mejor condición. A eso había que añadir el mal vecindario, y Zane sabía que

Haven no estaba allí para quedarse. Cuanto más rápido lo encontraran, mejor, antes de que él se les escapara de las manos.

Francine se apretó en el estrecho espacio detrás de él, un hecho que a Zane no le gustaba. Él era capaz de encontrar un poco de pelo o uñas sin su ayuda.

—¿Alguna cosa?

La molestia hizo que su intestino se contrajera y se alargaran sus colmillos. —Ya lo tengo bajo control—. Con su ancha espalda, él la bloqueó para impedir que su búsqueda continuara.

El lavabo estaba libre de ningún cabello, y el mostrador manchado del baño no mostraba recortes de uñas tampoco. Zane se inclinó y tomó el pequeño bote de basura. Su nariz tomó el tenue aroma de la sangre. Él dio vuelta el basurero y vació su contenido sobre el mostrador. Un rollo vacío de papel higiénico rodó por el suelo. Hilo dental y una caja de pasta de dientes, se entremezclaban con un pañuelo de papel.

—Parece que se cortó al afeitarse—, dijo Zane y sacó un pañuelo de papel con una mancha de sangre roja brillante. —¿Puedes usar esto?

Giró sobre sus talones y sostuvo el pañuelo manchado para que Francine lo viera.

—Perfecto—. Ella lo tomó.

—Vamos—, ordenó y trató de sacarla de la habitación.

Ella bloqueó su salida, mirando hacia atrás de sus hombros. — ¿Dejarás la basura así?

Justo cuando había empezado a caerle menos mal, tenía que enfadarlo. —¿Qué soy? ¿La criada? —Siseó y la empujó fuera de su camino.

19

—¡No puedo creer que hayas hecho esto! ¡Dejar gobernar a tu pene! ¡Estúpido!

Wesley lo estaba insultando por coger a Yvette en el baño. No es que el lugar tuviera algo que ver con ello. Por otra parte, Wes ni siquiera tenía la información correcta, sin embargo, Haven no tenía ninguna intención de corregir las incorrectas suposiciones de su hermano. Haven ni siquiera había cogido a Yvette, no, *ella* lo había cogido a *él*. En grande. Y en lugar de estar enojado con ella por morderle el pene mientras ella se lo estaba mamando como un campeón del mundo de la gimnasia oral, ansiaba más. ¿Qué tan pervertido era eso?

Algo estaba tan mal en ello, pero su hermano era la última persona a quien se lo admitiría.

—No es tu maldito asunto—, gruñó Haven, sotto voce. —Y baja la voz. Te puede oír.

Wesley plantó las manos en su cintura y miró sobre el hombro de Haven. —Oh, quiero que me escuche.

Haven se encogió. Después del increíble e intenso placer que le había dado Yvette unos minutos antes, lo último que quería era hacerla sentir sucia. Ni siquiera había tenido la oportunidad de decirle lo mucho que había disfrutado de su boca sobre él. En el momento en que se percato que ella lo había mordido, ya había huido del baño. Él no le había dicho que a pesar de su pedido de que no lo mordiera, secretamente esperaba que lo hiciera. Y cuando lo hizo, el placer había sido tan asombroso que había tenido que recoger sus células cerebrales del piso del cuarto de baño después.

Incluso ahora, no quería nada más que presionarla contra él y besarla hasta que ella perdiera el conocimiento por falta de aire. Si los vampiros podían desmayarse de esa manera. Sí, mierda, había conseguido la mejor mamada de su vida de un vampiro. Qué irónico. Luego de perseguir y matar a los de su clase desde hace años, el karma lo había alcanzado de repente. ¡Si eso no era justicia poética!

—Vamos, Wes. Lo que hay entre Yvette y yo no tiene nada que ver contigo.

Wes le lanzó una severa mirada. —Ella será tu muerte. Y no me digas que no te lo advertí—. Luego se dio media vuelta y se sentó junto a Kimberly, quien los observaba con atención.

Haven dirigió su mirada hacia Yvette, que se apoyó contra la pared más alejada de ellos, fingiendo interés en sus uñas. Sin embargo, bajo las pestañas, lo observaba. Cuando él se acercó a ella, su cuerpo se tensó casi imperceptiblemente.

Cuando estuvo cerca de ella, se detuvo. —Tenemos que hablar.

Ella levantó la cabeza desconcertada. —¿Acerca de? — Agitó las pestañas inocentemente. Y él que había pensado que Kimberly era la actriz en la habitación.

—¿Necesitas que te lo explique? — Él mantuvo la voz baja, sin querer ser escuchado por su hermano y hermana. Hermana... que maravilloso se sentía de repente esa palabra. Miró hacia ellos y contempló el aspecto de su hermana menor por un momento, antes de volverse a Yvette. —¿O te has sentido de repente tímida?

Yvette levantó la barbilla y resopló.

—Bueno. Entonces dime una cosa: ¿qué ocurrió allí…?

—No sé lo que quieres decir. Vas a tener que ser un poco más específico.

Con una rápida mirada de reojo, bajó la voz aún más. Colocando una mano en la pared detrás de ella, acercó su boca a su oído. —¿Por qué me chupaste así y luego no me dejaste darte el mismo placer a cambio?

La rápida inhalación, le dijo que su pregunta la había sorprendido. Bueno… la última cosa que quería ser era predecible. Los predecibles nunca conseguían a la chica.

¿Conseguir a la chica?

¿En qué demonios estaba pensando?

—Estabas cabreado conmigo por morderte—, interrumpió Yvette su proceso de pensamiento.

Haven se aclaró la voz. Cabreado no era la palabra correcta con C…. contento, complacido, curioso, eran las que más le gustaban. —Correcto—. ¿A dónde demonios iba con eso? ¿Por qué estaba tratando de seducirla? Sin embargo, él parecía que no podía detenerse. —¿Te dio placer morderme mientras me chupabas? ¿Te gustó el sabor? —Este era claramente su pene hablando, pero no tenía idea de cómo callar a ese idiota.

El pecho de Yvette se levantó mientras inhalaba, sus pechos rozaron su pecho. —¿Qué quieres de mí?

Haven movió su cuerpo más cerca, la erección se deslizó en su cadera mientras inclinaba el cuerpo hacia el costado para que su hermano no pudiera observar que había tenido otra erección con sólo hablar con Yvette.

—Quiero cogerte hasta que los dos estemos delirando.

~ ~ ~

El corazón de Yvette tartamudeó de la emoción. Las palabras y el lenguaje corporal de Haven, le decían todo lo que necesitaba saber: que no podía mantenerse alejado de ella. Y todo lo que había hecho era mamarlo y morderlo. Qué sencillo. Él estaba enganchado. Ahora sólo necesitaba enrollarlo, atraerlo más profundo en su engaño de que ella lo quería, y arrojarlo como una herramienta que había cumplido su función.

Todo estaba funcionando a la perfección.

Todo, excepto por una cosa: todavía tenía que convencerse de que ella no lo quería y que lo botaría para darle la máxima humillación cuando hubiera terminado de usarlo. No debería ser tan difícil. Haven tenía un montón de aspectos negativos en su contra: la había secuestrado a ella y a su encargo, que era un brujo, y encima de todo era un imbécil arrogante que creía que ella era una criatura sin corazón. ¿Por qué no era eso suficiente para odiarlo?

Pero con sus palabras en su oído, su cuerpo y aroma tan cerca, tan tentador, no podía concentrarse en sus malos atributos. Sólo podía pensar en lo bien que se había sentido tocarlo y darle placer.

—Dime lo que sientes—, le susurró como un mago tratando de atraerla con su hechizo encantado. Y tal vez eso era lo que estaba haciendo: usando su poder de brujo en ella. No lo había considerado hasta ahora. Pero era la única explicación: al estar junto a sus hermanos, estaba recuperando su poder. Tenía que ser, o nunca se sentiría a sí misma siendo tan débil y tan patéticamente obediente con su presencia.

—Tu sangre sabe a bergamota, rica y espesa—. No pudo evitar que las palabras salieran de sus labios. —Y tu leche es salada, y mezclada con la sangre, es mejor que cualquier cosa que hubiese probado jamás.

Su cuerpo se excitó con sólo pensarlo. Se puso aún más ardiente, cuando su aliento cálido se acercó a su cuello como un fantasma.

—Mierda, Yvette. Ya estoy duro pensando en lo que hicimos—. Haven exhaló varias veces como si estuviera tratando de calmarse. —Cuando esto termine, tú y yo, necesitaremos algo de tiempo juntos. Sólo tú, yo, y una cama.

No podía discutir eso. Él había caído en sus manos. Como un perrito enfermo de amor, él le pedía más. —Pensé que odiabas a los vampiros.

Haven pasó una mirada lujuriosa sobre ella. —Oh, te odio. No me malinterpretes. Te odio lo suficiente como para querer cogerte hasta que te desmayes.

Podía tratar con ese tipo de odio. —Tú, yo...— Hizo una pausa para recobrar el aliento. —...Y una superficie plana.

Pero ahora mismo, necesitaba distanciarse de él, de lo contrario, ella lo mutilaría justo en frente de su hermano y hermana.

20

—¿Qué garantía tenemos de que no nos va a traicionar? — Susurró Zane en el oído de Gabriel. Estaban en el pasillo de la casa de Samson, mientras el resto del equipo de Scanguards y Francine se encontraban en la sala de estar. —¿Y cómo sabemos que realmente buscó a este Haven Montgomery y no sólo nos dio una ubicación falsa?

Gabriel negó con la cabeza. —No lo sabemos. Tendremos que creer.

—Eso no es lo suficientemente bueno.

—Zane, un día tendrás que aprender a confiar en alguien.

Zane entrecerró los ojos a su jefe. —Hoy no es ese día.

—Como lo veo yo, realmente no tenemos otra opción. Sé que estamos en contra de una bruja posiblemente muy poderosa... vamos a suponer que es Haven, ya que todas las pruebas apuntan a él... pero confío en Francine. Si ella dice que nos ayudará a atraparlo, siempre y cuando no lo matemos, yo le creo.

—No me gusta la parte de "no matarlo", en ese acuerdo.

—Cuidado, Zane. Si vas en contra de sus deseos, deberás estar preparado para la venganza. Francine puede no parecerlo, pero tiene un gran poder. Y ella es inteligente. O bien jugamos a su manera y aceptamos que ella nos ayude inmovilizándolo, o nos vamos con toda la artillería. Y sabes lo que eso significa.

Víctimas. Eso es lo que quería decir. Yvette podría ser herida, la actriz Kimberly muerta. Era un riesgo. —Aún así iremos con toda nuestra artillería.

—Claro, pero sólo con el poder de bruja de Francine, podremos incapacitarlo antes de que él pueda lanzar más hechizos. *Entonces*, usaremos nuestras armas de fuego.

—Aún así no me gusta—. Un cosquilleo incómodo en la parte posterior de su cuello le dijo que no estaban solos. Zane se volvió hacia la bruja. —¿Nadie te ha dicho que es de mala educación escuchar las conversaciones de la gente?

Ella sonrió. —Igual que nadie te ha enseñado a no hablar mal de otras personas a sus espaldas.

—Tú no eres gente. Eres una bruja.

—Las brujas son seres humanos.

Como si a Zane le importara de cualquier forma. Le dio a Gabriel una mirada de exasperación. —Tú eres el jefe.

Gabriel asintió con la cabeza. —Tenemos dos horas hasta el atardecer—. Hizo un gesto hacia la sala, y los tres se reunieron con los demás.

No había ni un asiento disponible en la casa. Todos los que podrían ser de alguna utilidad estaban reunidos: Amaury, Thomas, Eddie, Maya, Nina, Samson, Oliver. Incluso Delilah estaba en el sofá, con su gran barriga sobresaliendo de manera prominente. No es que ella fuera a estar en modo alguno cerca del combate, pero Samson siempre la incluía en todos los debates.

¿Podrían seis vampiros, dos humanos (uno de los cuales era una mujer) y una bruja, derrotar a un brujo de gran poder y liberar a Yvette y a Kimberly, sin que nadie saliera muerto? ¡Demonios que sí! Y apostaba a que podrían hacerlo sin la bruja. Si Yvette estaba herida, podían curarla rápidamente, era por eso que llevaban a Oliver con ellos. Había sido uno de los donantes de sangre de emergencia en otras ocasiones y podría actuar como tal, una vez más. Y si Kimberly resultaba herida, cualquiera de los vampiros podía sanarla con su sangre de vampiro. Tenían propiedades curativas más potentes que cualquier antibiótico. Mientras Kimberly no recibiera ninguna herida mortal en la batalla, saldría en una sola pieza al final.

Zane mantendría una estrecha vigilancia sobre Francine. Un movimiento en falso y él la tomaría por el cuello.

~ ~ ~

La oscuridad, finalmente rodeaba el gran almacén en la zona industrial del sur de San Francisco. Zane había escogido ir en la camioneta polarizada que llevaba a Gabriel y a la bruja. Él no la dejaba fuera de su vista, sin importar lo que su jefe le dijera.

Con sospecha, miró la botella de poción que Francine apretaba contra su pecho. Había exigido ser el que la llevara, pero ella se negó firmemente.

Zane deslizó la puerta para abrirla y salieron al frío de la noche. Estaba lloviendo. Casi podía saborearla. A su alrededor, aparecieron más sombras. Los vampiros estaban todos vestidos con sus oscuras ropas habituales para poder mezclarse fácilmente en la noche. Thomas llevaba su equipo motociclista habitual y se veía listo para su parte.

Debido a que las brujas eran en esencia seres humanos, las armas que habían traído en esta ocasión pretendían hacer daño a seres humanos solamente. Las armas estaban cargadas con balas regulares, no balas de plata como las que normalmente llevaban. Nadie quería arriesgarse a dañar a Yvette. En lugar de cuchillos de plata, cada vampiro tenía al menos un cuchillo con una hoja de metal y algunas estrellas de lanzamiento. Habían dejado sus estacas en el hogar, no querían arriesgarse a que su oponente obtuviera en sus manos dicha arma mortal.

Ellos estaban listos para la batalla. Y si hubiera sido su llamado, Zane habría irrumpido en el lugar y lo hubiera arrasado. Pero Gabriel y la bruja tenían otros planes.

Zane observó de cerca como Francine bajaba de la camioneta y se acercaba al edificio. Estaba vestida con ropa igualmente oscura como la suya, y sin su visión nocturna superior, no habría sido capaz de distinguirla, porque todas las luces de la calle en la cuadra estaban apagadas. Thomas había cortado la red eléctrica de la ciudad y se aseguró de que no hubiera entrada de electricidad en la cuadra en la que el almacén estaba. Ya que sólo quitar la energía eléctrica en esa cuadra podría haber alertado a la bruja, Thomas había tomado la decisión de ampliar el radio a varias cuadras. Si Haven miraba por la ventana, simplemente habría asumido que toda una sección de la ciudad había perdido la energía y lo achacaría a los problemas habituales que PG&E estaba experimentando y no lo asociaría con un ataque inminente. Sin embargo, todavía tenían que ser rápidos. Los residentes sin luz, no se sentarían a esperar indefinidamente a que regresara, alguien llamaría y su trampa se acabaría.

—Deberías haber dejado que fuera con ella. ¿Y si nos traiciona? —Le susurró a Gabriel que estaba a su lado, sus ojos estaban pegados en Francine, quien se acercaba a la puerta de la entrada de la bodega.

—Si lo hace, sé que te tomará alrededor de un segundo alcanzarla. No te preocupes, no me he olvidado de lo rápido que eres—. Había un tono casi de burla en la voz de Gabriel, y Zane no lo apreciaba.

Maldijo entre dientes. —¿Por qué soy tu segundo al mando, cuando no tienes en cuenta ninguna de mis sugerencias?

—Siempre considero todas tus sugerencias—, Gabriel no estuvo de acuerdo.

Zane le lanzó una mirada incrédula. —Nunca adoptas ninguna de ellas.

—¿En serio? — Gabriel le dio una sonrisa torcida, su cicatriz casi saltaba de su rostro. Sacó su celular y presionó la tecla de marcado rápido, antes de llevarlo al oído.

—*¿Gabriel?*

Zane podía escuchar ambos lados de la conversación.

—Estamos en posición—. Entonces Gabriel cerró su teléfono y lo guardó en el bolsillo.

—¿Qué fue eso?

—Es seguro.

Antes de que Zane pudiera preguntar lo que quería decir con eso, se dio cuenta de que más figuras salían de atrás de otro edificio. Otros, sin embargo, salían de un callejón. Eran refuerzos.

Zane alzó una ceja con signo de interrogación.

—Son todos de Scanguards—, respondió Gabriel, sin dejar de mirar a Francine y al almacén. —¿No pensarías que iba a dejar la vida de Yvette en manos de una bruja y sólo seis de nosotros? — Él chasqueó la lengua, y luego rio para sus adentros.

—Me alegro de que lo encuentres divertido—, espetó Zane. El humor de la situación se había perdido en él.

Gabriel se encogió de hombros. —Francine sólo sabe acerca de seis de nosotros. Así que, si ella está tratando de comunicarse con Haven y advertirle, él pensará que somos tan sólo seis y se preparará acorde a ello. Pero si llegamos a él con fuerza de otra docena, él se sentirá abrumado. Se irán alrededor del edificio tan pronto como Francine esté dentro.

—¿Y si ella no puede entrar?

—Ella tiene poderes suficientes para abrir una puerta. Por lo tanto, ten un poco de fe.

—¿Y se puede saber por qué estás dejando que se vaya en primer lugar?

—Haven podría reconocerla. Dado que ella era amiga de su madre y la conoció de niño, él no la percibiría como una amenaza. Ella es la única que será capaz de acercarse lo suficiente como para utilizar la poción que lo inutilice.

Zane odiaba admitirlo, pero la teoría tenía sentido. Pero mantuvo la boca cerrada. Él no elogiaba a los demás. Además, era demasiado pronto para decir si el truco funcionaría. Cerró los ojos por un momento y asimiló su entorno con sus sentidos restantes. Más de una docena de vampiros se encontraban en las inmediaciones, así como un ser humano, Oliver. Reconoció a varios de los otros vampiros de Scanguards, todos los guardaespaldas bien entrenados que harían cualquier cosa por sus colegas.

Mientras que el núcleo interior... Samson, Amaury, Gabriel, Thomas, Eddie, Yvette, y Zane eran como una familia muy unida, la otra docena de vampiros que trabajaban para Scanguards, eran los parientes que los rodeaban. Cuando las cosas se ponían feas, ellos podían ser de confianza.

El sonido de una puerta cerrándose hizo que Zane mirara de regreso hacia el edificio. La bruja se había ido. Ella estaba dentro. Con la señal de Gabriel, todo el mundo se acercó sigilosamente deslizándose a través de la noche. Se acercaron a su objetivo sin hacer ruido, reduciendo sus respiraciones, calmando sus pasos. Era como un ejército de sombras cayendo sobre el almacén en ruinas, que parecía haber sido abandonado y programado para su demolición años atrás, y luego olvidado.

Esperaron durante varios minutos, para que Francine tuviera el tiempo suficiente para hacer lo que ella necesitaba… inmovilizar a Haven con la poción. Una vez que estuviera fuera de combate, ellos podrían irrumpir y llegar a Yvette y a Kimberly. ¡Pero en lugar de ir después de Francine, la puerta de entrada se abrió de repente y Francine salió!

—¿Qué pasó? — susurró Zane, sorprendiéndola.

—Mierda, me has asustado—, resopló fuera.

Vio el frasco con la poción en la mano... que estaba todavía lleno e intacto. —¿Qué mierda ha pasado? — Gruñó. ¿Los había delatado a sus enemigos?

—Encantos.

—¿Qué?

—Ha puesto encantos alrededor de varias habitaciones. No puedo entrar más allá. Yo podía sentir que estaban ahí, pero no estoy segura de dónde. Llegué tan lejos hasta una especie de sala de estar, pero estaba vacía. Pero pude sentir la brujería en el edificio. Estaba por todos lados—. Hizo una pausa y respiró. — Necesitamos un perro o un gato.

—¿Un qué?

—Pensé que tenían una audición superior, así que ¿por qué me sigues pidiendo que repita? — Se mordió con los dientes apretados. Parecía que él la estaba sacando de quicio, al igual que ella lo estaba exasperando a él.

—¿Para qué necesitas un perro o un gato?

Ella lo miró primero a él y luego a Gabriel, que se había acercado a ellos. — Los animales no se ven afectados por la magia. Pueden pasar a través de los encantos.

21

—¿Y dónde vamos a encontrar un Lassie, que sea lo suficientemente inteligente para entregar tu poción a Yvette con instrucciones sobre qué hacer? —, dijo Gabriel con las manos en su gruesa y abundante cabellera, quitándose su cola de caballo antes de ponérsela de nuevo con una banda elástica.

—¿No dijiste que era dueña de un perro que seguía sus mandatos? — Francine preguntó.

Zane, Gabriel y Francine estaban parados cerca de las camionetas, donde sus voces no serían escuchadas.

—Claro, pero no podemos encontrar a la bestia. Parece que se escapó. Y no vamos a tener tiempo de buscarla ahora. Ni siquiera tiene una etiqueta o un collar.

Francine frunció el ceño. —Bueno, cualquier perro o gato entonces. Sólo hazlo rápido antes de que él se dé cuenta que está rodeado de vampiros. Los brujos pueden oler a los vampiros, ya sabes. Sobre todo, si hay más de una docena—. Ella los miró directamente a los ojos.

¡Atrapados! Eso por tratar de engañar a una bruja.

—Tienes que entender mi posición, Francine...— Gabriel fue bruscamente interrumpido por la mano que ella levantó delante.

—No se necesita una explicación. Hubiera estado decepcionada de ti si no me lo hubieras ocultado. Entonces, ¿cuántos tenemos?

—Dieciocho vampiros, un ser humano, además de ti.

Zane se burló de la palabra de Gabriel. Si él hubiera sido el jefe, no habría conseguido esa cantidad de información.

—Bueno, entonces consigue un perro o un gato. Preferentemente un perro. Siguen las órdenes con más facilidad.

Tomó más de veinte minutos para que uno de los vampiros encontrara un perro en el vecindario y fuera lo suficientemente dócil como para seguir al hombre que lo persuadía.

Francine amarró un lazo en el cuello del frasco y lo colocó alrededor del cuello del perro caniche.

—Y cómo nos aseguraremos de que llegue hasta Yvette, e incluso si lo hace, ¿cómo va a saber qué hacer con él? — Zane todavía tenía sus dudas de que la idea tuviera algún mérito. —Y, además, yo no conozco ningún perro que abra las puertas por sí solo.

~ ~ ~

A Yvette no le importaba la oscuridad de la habitación. Todas las luces se habían apagado hacía más de media hora. Y ella sabía lo que significaba: sus amigos venían a buscarla. Un vistazo al exterior a través de la ventana le dijo que una cuadra entera se había apagado. Seguramente, ese era un trabajo de Thomas.

—¿Ves algo? — Haven preguntó detrás de ella. Desde que la luz se había apagado se había quedado cerca de ella, lo suficientemente cerca como para tocarla. Ahora su mano se acomodó en la cintura, mientras él acercó su cabeza a la de ella para mirar en la oscura noche.

Tratando de deshacerse de las sensaciones que su toque encendía en ella, se obligó a parecer completamente profesional. —Mis amigos están aquí.

—Ah, mierda—, dijo Wesley.

—¿No es eso algo bueno? — La voz de Kimberly sonó nerviosa.

—Sí, eso es algo bueno—, confirmó Yvette, que no quería alarmar a la joven.

—No para nosotros. Ellos nos verán como el enemigo.

Por desgracia, a la suposición de Wesley no le faltaba razón.

—Quédense a mi lado en todo momento, y me aseguraré de que no les hagan daño.

Su respiración se paró cuando sintió a Haven presionarse contra su espalda y deslizar el brazo por completo a través de su cintura, sujetándola contra él. — ¿Qué tan cerca? — Le susurró al oído sólo para que ella escuchara. Luego tomó su lóbulo de la oreja en los labios y lo chupó con su boca.

Las rodillas de Yvette se hubieran desplomado si no la hubiera sujetado con tanta fuerza. —Deja de hacer eso—, le ordenó en voz baja, con la esperanza de que ni Wesley ni Kimberly la oyeran.

—Voy a parar, pero sólo para ser claros: cuando todo esto haya terminado, tú y yo tendremos una cita. Y si intentas alejarte de mí, yo te encontraré.

Aunque sus palabras eran una advertencia, sus manos eran pura seducción. Una mano se deslizó bajo su cuello halter y encontró su pecho desnudo para juguetear bajo la protección de la oscuridad, mientras la otra se deslizó más abajo para cubrir su sexo palpitante.

—No me digas que la estás besando otra vez—, le preguntó Wesley, con un tono de disgusto en su voz.

Yvette lo empujó para soltarse del agarre de Haven. —¡Por supuesto que no!

—¡No! —, protestó Haven, con la misma vehemencia.

—Está bien si ustedes están—, dijo Kimberly.

—¡No, no lo está! — Wesley dio su dictamen.

—Pero se ven lindos juntos.

¿Lindos? Yvette se alegró de no tener que reprimir su sonrisa. Por suerte, ella era la única de los cuatro, que podía ver en la oscuridad. Lindo no era como hubiera llamado a su cita con Haven, y por el ceño fruncido, él tampoco estaba de acuerdo.

—¡No puedes hablar en serio, Katie! — reprochó Wesley.

—Es Kimberly, y lo digo en serio. Yvette es muy buena, y también Haven... cuando no está secuestrando a las personas.

—Todavía estamos en la habitación—, dijo Haven con una sonrisa en los labios.

Yvette utilizó la cubierta de la oscuridad para mirarlo sin que él supiera. El recuerdo de sus palabras y sus manos, todavía la hacían estremecerse. No, ella no huiría esta vez. Esperaría a tener su cita con él.

—Lo siento, Haven—, se disculpó Kimberly. —Pero realmente no sé por qué Wesley está tan en contra de tu relación con Yvette.

—¡No tenemos una relación! —, Yvette protestó de inmediato y se dio cuenta que Haven se estremeció. ¿Se había estremecido ante las palabras de Kimberly o por la protesta de Yvette? Ella no podía decirlo. Y ni siquiera importaba. La verdad es que no tenían ninguna relación. Ellos se acostarían y luego irían por caminos separados.

—Oye, ustedes son susceptibles. Sólo me callaré entonces.

Yvette pudo ver claramente el puchero en los labios de Kimberly y quiso consolarla. Pero ¿qué le habría dicho? *Claro, ¿voy a salir con tu hermano, si eso te hace sentir mejor?* Eso no era la escuela secundaria.

Ella volvió su atención a la ventana, tratando de discernir el número de sombras que veía moverse en la oscuridad. —Hay por lo menos una docena.

—¿Una docena de vampiros? —, preguntó Haven.

—¡Oh, mierda... estamos tan jodidos! —, comentó Wesley.

—Haz lo que dijo Yvette, y quédate cerca.

—¡Para ti es fácil decirlo!

—¿Sabes qué, Wesley? A veces realmente pones a prueba mi paciencia. Y este es uno de esos momentos.

Un sonido desde el exterior hizo que Yvette regresara su atención a la ventana. Mientras enfocaba sus sentidos, ella sintió algo con lo cual estaba familiarizada. Era la misma sensación que sentía cada vez que un perro estaba cerca, casi como si pudiera sintonizar sus pensamientos, casi como si pudiera sentir lo que su propio perro sentía. Su perro… cuán extraño sonaba eso. Pero ahora que ella se había separado de él, echaba de menos la molesta pérdida. Sin embargo, ella sabía que no era su propio perro el que estaba ahí afuera, era algo más pequeño, una raza diferente. Y el perro se acercaba al edificio, con un hombre alto a su lado.

~ ~ ~

El perro trotó obedientemente a su lado. Zane nunca se habría imaginado a sí mismo como un amante de los animales, pero teniendo en cuenta que necesitaba al animal para conseguir que la poción llegara más allá de los encantos, se había ofrecido para guiar al perro hacia el edificio, aún con dudas de que su plan funcionara.

Algo apestaba, y no era sólo el olor de la bruja que penetraba a través de la construcción, pensó Zane mientras llegaba hasta la puerta y la abrió. ¿Por qué no atacaría Haven todavía? A esas alturas, seguramente sabía que un ejército de vampiros lo rodeaban. ¿O había tomado el camino del cobarde y había huido ya? Pero entonces, ¿estarían los encantos todavía en su lugar si el brujo se había ido? Mierda, no le había preguntado nada a Francine sobre ese pequeño detalle.

Zane caminó por el aire viciado en el pasillo, el confiado perro a su lado como si fuera su dueño. Dejó que su nariz lo guiara hacia el lugar donde el olor del brujo era más fuerte y entró en una habitación grande. Sus ojos recorrieron la oscuridad: piezas sueltas de muebles, algunas alfombras en el piso de concreto, cajas de libros llenos de cosas raras. Con volantes y cosas femeninas, no de la manera como se veía la casa de Haven en la ciudad.

Una sensación de inquietud rodó por su espalda y los vellos de la nuca se le pararon. Se detuvo en seco, el perro imitó sus movimientos sin hacer ruido. Inteligente animal.

Zane inhaló profundamente. El olor era claramente de brujo, sin embargo, era muy diferente de la fragancia en el apartamento de Haven, donde todo había olido enteramente a humano. Y él nunca se equivocaba cuando se trataba de olores. Recordándose a sí mismo del olor en el departamento de Haven, trató de mutar el olor en su mente con el olor del brujo, lo cual añadía una cierta dulzura a cualquier olor humano. Pero la mezcla que había creado su cerebro, no era lo que perfumaba en esa sala.

Estaban tan jodidos.

Haven no era el único brujo en el lugar. Eso era evidente. Tendrían que luchar no sólo contra él, sino por lo menos con otro más. ¿Se habría unido el hermano del que Francine les había mencionado, a la lucha de Haven? Para Zane tenía sentido el asumirlo.

Hundió la mano en su chaqueta de cuero y sacó su celular, presionando el botón de marcado rápido mientras lo abría. En el momento que la llamada se conectó, el celular voló de sus manos, arrancado de él por una fuerza invisible.

Zane giró sobre sus talones, pero no había nadie. El perro gimió.

—¡Mierda!

—¿*Zane?* — Llegó el débil sonido de la voz de Gabriel desde el teléfono celular en el suelo.

Zane se tiró para alcanzarlo, pero una ráfaga de energía le azotó la espalda y lo arrojó contra una estantería. El perro ladró con fuerza.

—¡Gabriel! —, gritó Zane, con la esperanza de que el celular recogiera la voz para que su jefe pudiera escucharlo. —¡Hay más de un brujo!

El ladrido del perro ahogó cualquier respuesta que Gabriel pudiera haber tenido para él.

Zane se levantó. Cerró los ojos por un momento, centró toda su energía en su sentido del olfato, se acercó entonces hacia la dirección donde era más fuerte. Abrió los ojos y su visión de noche captó un movimiento. Él tomó su arma de fuego, tirando de ella fuera de la funda tan rápido que ningún ser humano podría haber visto el movimiento.

Apuntó a la sombra y apretó el dedo en el gatillo antes de que el arma cayera de sus manos. Su piel estaba caliente, y si hubiera sido humano, ya se le hubieran formado quemaduras de tercer grado en la palma de su mano. El arma se había convertido al rojo vivo en una fracción de segundo. ¡Malditas brujas!

Zane alcanzó una estrella ninja en el bolsillo para lanzarla y, haciendo caso omiso al ardiente calor del metal del arma letal, lo tiró. Un segundo después, una explosión acompañada por un rayo, lo golpeó en el estómago y lo catapultó hacia atrás, golpeándolo contra una puerta entre las estanterías de libros. La madera se astilló.

El perro saltó delante de él, ladrando con fuerza a la persona que lo había atacado. Al mismo tiempo, Zane oyó los pasos desde el exterior. Sus colegas estaban descendiendo en el almacén.

—¡Ven aquí, perro! — Ordenó, con la esperanza de que la bestia le obedeciera. Necesitaba el frasco que llevaba alrededor de su cuello para inmovilizar al brujo que estaba atacándolo, y ese brujo no era Haven. Era una mujer, podía olerlo. Qué iba a hacer para eliminar a Haven, una vez que hubiera utilizado el contenido del frasco en esa bruja, no estaba seguro todavía. Pero primero lo más importante.

El perro saltó lejos, claramente asustado por la conmoción. —¡Mierda! — Zane maldijo y alcanzó otra estrella para distraer a la bruja, que a pesar de su visión de noche, no podía ver con claridad.

—¿Zane? — Oyó una débil voz a través de la puerta de cuya madera se había astillado por haberse estrellado contra él.

El alivio lo inundó. Por lo menos estaba viva. —Yvette, venimos por ti—. Empujó todo su peso contra la puerta y la rompió, sin embargo, él no se cayó. Una fuerza invisible le estaba negando la entrada a la habitación, a pesar de que la puerta ya estaba abierta. Se dio cuenta de que era el encanto del cual Francine les había hablado.

Zane no tuvo tiempo para mirar en la habitación para ver en qué condiciones Yvette y su encargo se encontraban, debido a que otro rayo cayó hacia él. Alertados por el ladrido del perro, Zane se lanzó a un lado y vio que rebotó contra el encanto alrededor de la habitación de los cautivos.

Parecía que ni siquiera el propio poder de la bruja podía penetrar en su encanto, lo que le dijo que por lo menos Yvette y Kimberly estaban a salvo por ahora.

Rodó a un lado, él se abalanzó sobre el perro, tratando de agarrarlo por el collar. Mientras él lo alcanzaba y atraía a la bestia más cerca de él, un rayo de energía le golpeó en un costado, cortando a través de su chaqueta y la camisa, quemándolo a través de su piel. Con un grito de dolor, liberó involuntariamente al perro. Que corrió lejos, ahora claramente asustado de él también.

Cuando hizo otro intento de capturar al perro, corrió a toda velocidad hacia la otra habitación, justo a través del encanto como si no existiera. ¡Mierda!

—¡El frasco! —, gritó. —Yvette, vence a la bruja con el frasco del collar del perro.

Fueron todas las instrucciones que él pudo gritarle a ella, antes de que otro ataque golpeara su pierna y le hiciera caer. Al caer, las vibraciones en el piso de concreto anunciaban la llegada de sus hermanos, mientras corrían por el pasillo.

Deslizando su mano en el bolsillo una vez más, se aferró a su cuchillo y apuntó.

22

Por la puerta abierta, Yvette vio a Zane caer al suelo mientras un perro caniche se estrellaba contra ella con toda la velocidad de perro y casi le hizo perder el equilibrio. Si no hubiera sido por Haven, que estaba de pie detrás de ella y la agarró, habría aterrizado sobre su trasero.

Yvette se inclinó hacia el animal asustado y puso sus brazos alrededor de él. El perro inmediatamente le lamió el cuello y los hombros. —Tranquilo, muchacho—, le tranquilizó. —Estás a salvo aquí.

Sus manos buscaron el cuello del perro, tratando de averiguar lo que Zane había estado tratando de decirle. Sintió un pequeño objeto de vidrio rectangular, que colgaba de una cinta desde el collar del perro. Llevaba en su interior un líquido de color. Al atar los cabos, Yvette se dio cuenta de que Francine debió haber preparado algún tipo de poción para ayudarles a derrotar a la bruja.

Destellos de luz llegaron desde la otra habitación, iluminando temporalmente su prisión, mientras la lucha continuaba.

Su mano se cerró sobre el objeto delicado, pero antes de que pudiera tomarlo del collar del perro, una mano grande se envolvió alrededor de su muñeca e inmovilizó su mano.

—¡No! — Siseó Haven. —No lo toques.

Retorció las manos fuera de su control y trató de empujarlo, pero cerró su otro brazo por la cintura y tiró de ella hacia atrás. —¡Podemos acabar con la bruja con eso! — Ella trató de alcanzar al perro de nuevo, pero esta vez Haven luchó con ella tirándola al suelo, haciendo que el perro se alejara de ellos.

—¿Qué mierda estás haciendo? —, le gritó ella.

Con su rostro sólo a centímetros del suyo y su mandíbula apretada por el esfuerzo de sujetarla, finalmente respondió, —¿Qué tal si nos mata también?

Por un instante, su corazón se detuvo.

—Si se supone que debe matar a una bruja, me va a matar a mí y a Wesley—. Hizo una pausa. —Y a Kimberly. ¿Es eso lo que quieres? — Sus ojos se clavaron en ella. —Tal vez no te preocupes mucho por mí o por Wesley, pero pensé que habías jurado proteger a Kimberly. ¿Era todo una mentira?

Yvette cerró los ojos por un momento. Dios, no había estado pensando. Estaba en lo cierto. Si ella liberaba lo que sea que hubiera en el frasco, involuntariamente podría perjudicar a los tres hermanos. El riesgo era demasiado grande.

Ella dejó de empujarlo y permitió que su cuerpo se aflojara, demostrando que él no tenía necesidad de seguir luchando. —Gracias—, susurró. —Yo no lo había pensado.

Haven asintió con la cabeza y la soltó, dándole una mano para levantarse. —Y, además, ¿cómo vas a conseguirlo a través del encanto de todos modos?

Un destello de luz de repente brilló en su prisión, como si alguien hubiera colocado un coche o una camioneta afuera para que sus luces brillaran a través de la ventana. La habitación lanzaba sombras diferentes.

Yvette miró al perro que ahora estaba cerca de la puerta, su cabeza inclinada como si estuviera escuchando la conversación, cuando se dio cuenta. —El perro pasó a través del encanto.

La cabeza de Haven giró hacia el animal. —Mierda, ¿cómo lo hizo?

—Ven aquí, perro—, susurró Yvette y se agachó. El animal se acercó. Con su mente, ella se acercó a él, sintiendo su miedo y confusión casi tan intensamente como si estuviera dentro de su cuerpo.

En su mente, ella formó las palabras que su boca no pronunció, palabras que sólo iban dirigidas para el perro.

No tengas miedo de mí, yo soy tu amiga.

El perro movió sus patas y se acercó. Cuando se detuvo ante ella, le acarició las manos sobre su pelaje y enterró su cara en su cuello. El perro la lamió.

Buen chico. Ahora tienes que ayudarme con algo.

El perro se alejó y volvió su rostro hacia ella como si esperara instrucciones.

—¿Qué estás haciendo? — Preguntó Haven detrás de ella.

Yvette se volvió hacia él. —Si no puedo sacar el frasco para matar a la bruja, el perro tendrá que hacerlo.

—¿No acabo de explicarte que no puedes arriesgarte a eso?

—Vamos a estar protegidos a través del encanto. ¡Mira! — Ella señaló hacia la puerta donde los relámpagos todavía rebotaban en el escudo invisible alrededor de la habitación. —Ni siquiera sus propias armas pueden entrar. Siempre y cuando lo que esté en el frasco se libere fuera de este encanto, tú, Wesley y Kimberly estarán seguros.

Un signo de inquietud se deslizó por su rostro mientras contemplaba claramente sus palabras. —¿Estás segura?

¿Lo estaba? ¿Estaba realmente cien por ciento segura que no haría daño a ninguno de ellos? Un escalofrío recorrió su espalda con el pensamiento de que podría estar equivocada, que tal vez la poción que Francine había preparado era más fuerte que eso y podría penetrar en los encantos. Pero ¿qué otra opción tenía?

Mirando a la otra habitación, se dio cuenta de que la lucha continuaba. Sólo tres de los demás vampiros, además de Zane, se habían reunido en la habitación. Los demás parecían estar impedidos de entrar por la puerta del otro lado. De alguna manera la bruja parecía haber construido otro campo de fuerza. Yvette se preguntó cuánto tiempo los poderes de la bruja durarían, si tenía que mantener tanto el encanto de la habitación y el campo de fuerza, intactos, mientras luchaba contra tres vampiros, más Zane, que estaba herido.

Yvette se volvió hacia el perro y acarició su pelaje antes de poner su mano en su hocico para que la mirara.

Vuelve por ahí. Llévale el frasco de regreso a Zane.

Los ojos redondos del perro la miraban, mientras sentía su miedo crecer. Echó un vistazo a la puerta, y luego a ella. El perro le había entendido, pero su cuerpo se puso rígido, el miedo era demasiado grande para que pudiera seguir sus órdenes.

Por favor. Puedes hacerlo. Nadie te hará daño.

Un gemido suave fue la respuesta del perro.

—Yvette—. La voz de Haven la hizo mirar hacia arriba. Había olvidado que estaba esperando una respuesta de ella.

—Estoy segura. Si puedo conseguir que el perro traspase el encanto, mis amigos podrán utilizarlo para derrotar a la bruja.

Haven negó con la cabeza. —¿Qué te hace pensar que el perro hará lo que dices?

—Lo hará. Sólo lo sé.

¿Verdad?

Volvió a mirar al perro cuyos ojos inteligentes rebotaron entre ella y Haven.

Por favor, ayúdanos. Lleva el frasco a Zane. Ve.

Un momento después, el animal se apartó de ella y miró a la puerta abierta. Cuando miró hacia atrás por encima del hombro, Yvette simplemente asintió con la cabeza, sintiendo el miedo de la bestia disiparse. De reojo, se dio cuenta que Haven la miraba, con la boca abierta mientras veía al perro acercarse hacia la puerta abierta.

—¿Cómo hiciste eso?

—Hablé con él.

—No dijiste ni una palabra.

—Me escuchó de todos modos.

Ella vio que el perro se detuvo en la puerta y miró hacia afuera en el caos. La bruja se defendía de sus atacantes con rayo tras rayo, pero Yvette notó que los rayos parecían ser más cortos y menos luminosos, como si llevaran menos energía. ¿Estaba ya debilitada? Gabriel y otros dos vampiros estaban luchando contra ella con estrellas voladoras, palos y cuchillos. Sus armas no estaban por ningún lado.

Zane retorcido de dolor en el suelo, sin embargo, aun lesionado y apenas capaz de estar sentado, parecía participar en la lucha, lanzando estrella tras estrella, tirándoselas hacia la bruja.

¡Ve!

El perro siguió su orden silenciosa.

23

Zane hizo a un lado el dolor en su pierna. Uno de los relámpagos de la bruja había destrozado su muslo. Se curaría con el tiempo, pero ya que no tenía sangre humana para ayudarlo en el largo proceso y, ciertamente, no había tiempo para caer en un sueño reparador, bien podría seguir luchando.

Sus colegas estaban haciendo un trabajo formidable, haciéndola retroceder a pesar de la pérdida de sus armas de fuego... su oponente las había derretido fuera de sus manos. Por lo que Zane podía ver, la bruja se estaba debilitando, pero no era suficiente para dar el *coup de grâce*. Sólo tres de los vampiros habían entrado a la habitación con él, uno de ellos era Gabriel, pero entonces la bruja había levantado otro encanto, por lo que fue imposible que más de sus hermanos se unieran a la lucha.

Cuando se dio cuenta de un movimiento, su cabeza se dirigió hacia la puerta abierta donde había visto a Yvette. Automáticamente, su mano se dirigió a su última estrella de lanzamiento. Tenía que hacer que ésta contara. Su acción fue detenida en su hombro cuando notó que el perro caminaba con cuidado hacia él.

¡Mierda! Casi había matado al pobre animal.

La visión nocturna de Zane se concentró hacia el collar del perro. El frasco todavía colgaba de él sin haber sido tocado. Yvette había entendido claramente que no tenía sentido desatar la poción detrás de los encantos. Cómo se había asegurado de que el perro hubiera vuelto hacia el caos, no le importaba.

El animal movía sus patas lentamente acercándose a él. Demasiado lento para el gusto de Zane, pero no quería asustar al perro, se mantuvo tan quieto como pudo, al mismo tiempo, mantuvo un ojo en la lucha para evitar que los rayos se desviaran para golpearlo.

—Ven aquí, perrito—, susurró él y esperaba que nadie lo oyera en los gruñidos y gritos que llenaban la sala. No sobreviviría a la vergüenza.

Por alguna razón, el perro se acercaba a él, sus ojos se encontraron con Zane como si se tratara de comunicar. Cuando el animal estuvo lo suficientemente cerca para tocarlo, Zane le tendió la mano, lentamente, sin prisa como para no hacerlo cambiar de opinión. Cuando sus manos se conectaron con el pelaje del perro, lo acarició, y el perro cerró la distancia entre ellos.

Zane sintió el collar y tomó el frasco fuera de él.

Un rayo se dirigió hacia la cabeza del perro y sin pensarlo, Zane se arrojó sobre el animal, aplastándolo contra el suelo. El calor del rayo pasó sobre su cabeza, lo suficientemente cerca como para chamuscar el pelo si hubiera tenido alguno.

El animal debajo de él gimió. —Shh, buen muchacho.

Los dedos de Zane se apretaron alrededor del frasco, mientras se levantaba de encima del perro y torcía su parte superior del cuerpo hacia la bruja. Por un instante, vio que sus ojos se conectaron con el objeto en su mano. Un destello de miedo cruzó su rostro mientras ella parecía reconocer su importancia.

El brazo de Zane se levantó hacia atrás, listo para tirar el frasco a sus pies para que la poción se soltara, cuando un rayo lo cegó brevemente. Cuando parpadeó, la bruja se había ido.

Un segundo más tarde, más vampiros irrumpieron en la habitación, el encanto que los había mantenido fuera, de repente desapareció. Se reunieron en la habitación, armados hasta los dientes, gritando sus gritos de batalla, sin embargo, no quedaba nadie para pelear.

—¡Yvette! —, gritó Zane hacia la puerta abierta. Podía oler su aroma, ahora con el encanto deshecho también. Pero todavía había un persistente aroma de bruja, y a él no le gustaba. ¿Francine había entrado con los otros vampiros?

Echó un vistazo al grupo, pero Francine no estaba entre ellos. Sin embargo, el olor residual de la bruja era más fuerte ahora. ¿Estaban sus sentidos engañándolo, porque la adrenalina no fluía tan libremente en sus venas como lo hacía durante la lucha? Hizo una mueca de dolor, mientras el dolor en su pierna se intensificó.

—¡Gracias a Dios! — La voz aliviada de Yvette lo hizo girar la cabeza hacia atrás, a la habitación donde habían estado en cautiverio. Ella salió corriendo, con sus ojos al instante estudiando la situación. Un sentimiento de alivio se extendió por su cara, hasta que se dio cuenta de que Zane estaba tirado en el suelo.

—¡Ah, mierda, Zane! — corrió hacia él y se agachó.

—¿Estás bien? — Le dijo con los dientes apretados, tratando de no gritar cuando ella puso su mano en su muslo herido, tratando de evaluar la gravedad de su herida.

—Mejor que tú. Te ves como la mierda.

De repente, sintió los efectos de un mareo en su cabeza. Mierda, iba a desmayarse. No, no podía hacer eso. No, delante de todos sus colegas. Y menos aún frente a Yvette. No podía mostrar debilidad. Se mordió el interior de su mejilla para distraerse del dolor en la pierna.

—Necesitamos sangre aquí—, instruyó Yvette, agitando la mano hacia Gabriel, quien de inmediato se apresuró a ellos mientras también emitía órdenes de buscar a la bruja. —¿Está Oliver contigo?

Gabriel asintió con la cabeza y ordenó a uno de los vampiros detrás de él. —Ve por él—. Luego se volvió de nuevo a Yvette. —Estábamos preocupados por ti.

—Estoy bien.

—¿Y tu encargo? ¿Dónde está Kimberly?

Yvette volvió la cabeza hacia la puerta abierta detrás de ella. —Es seguro salir ahora.

Por encima del hombro de Yvette, Zane vio a la joven aparecer. Él la reconoció, pero algo había cambiado. Mientras que claramente tenía el mismo aspecto que cuando la había visto un par de noches antes, algo estaba muy mal. Había un aire extraño en ella. Pero él no tuvo la oportunidad de averiguar lo que era, porque detrás de la joven aparecieron dos hombres.

Uno que reconoció al instante por la imagen que Samson había dibujado: Haven, el hombre que había secuestrado a Yvette y a Kimberly.

Había sido una trampa.

Zane respiró hondo, se preparó a sí mismo para otra pelea, cuando el olor que tomó en él lo sacudió.

¡Mierda! ¡Son brujos! ¡No sólo Haven, sino los tres!

—¡Atrápenlos! —, gritó al mismo momento en que llevó su brazo hacia arriba, con el frasco todavía sujeto en su mano. Atrapó la mirada aturdida de Yvette en el instante en que movió su muñeca hacia atrás y lanzó el frasco de la forma en que un jugador de béisbol hubiera lanzado una bola curva.

—¡NO! — Traspasó el grito de Yvette en el repentino silencio mientras se tiraba para tratar de atraparlo.

Sin embargo, Zane sabía que su brazo lanzador era tan malvado como su corazón. Ella no tenía ninguna posibilidad de detenerlo. Por qué lo quería, en primer lugar, no lo podía comprender. Síndrome de Estocolmo, brevemente se preguntó, antes de ver que el frasco se hiciera añicos a los pies de los tres brujos. Un vapor verde se levantó desde el líquido que había soltado.

Un segundo más tarde, los tres se desplomaron.

Yvette llegó primero hasta ellos, pero si él esperaba que arremetiera hacia la joven que había estado protegiendo, estaba equivocado. Se fue a Haven. —¡Oh Dios! Zane! ¿Qué has hecho?

Ella cayó de rodillas y levantó su cuerpo, presionando su cabeza contra su pecho. —¡NO!

Zane nunca había visto llorar a Yvette, y esperaba en Dios que nunca tuviera que volver a verla. Sus lágrimas eran rosadas mientras se deslizaban por sus mejillas, y él sintió cómo su corazón se partía por la mitad al oírla sollozar.

Ella estaba derramando lágrimas por el brujo, que la había secuestrado.

24

La cabeza de Haven dolía como si hubiera estado en una borrachera de tres días. No es que no hubiera ocurrido antes, pero de alguna manera no creía que fuera la razón de su punzante dolor de cabeza del tamaño de una sandía. ¿Qué diablos le había pasado? Lo último que recordaba era a Yvette diciéndole a él y a sus hermanos, que era seguro salir. La lucha ya había cesado y la bruja inexplicablemente había desaparecido en medio de ella.

Obligando a sus pesados párpados a abrirse, observó su entorno. Una habitación desconocida lo recibió. Lujosamente decorada, nada parecido a la escasez de su anterior prisión. El colchón debajo de él era suave.

Haven se sentó de un salto. Seguía llevando la misma ropa que antes… pantalones, sin camisa, ya que la bruja la había destrozado con su látigo. Alguien le había quitado las botas.

Un sonido a su lado le hizo girar la cabeza. Se sintió aliviado: Wesley estaba despertando lentamente a su lado. Haven le sacudió el hombro.

—¡Wes!

Los ojos de su hermano se abrieron. Al instante se sentó y miró a su alrededor. —Mierda, ¿dónde estamos? ¿Qué pasó?

Haven negó con la cabeza. —No sé—. Dio otra mirada al cuarto, antes de darse cuenta que algo faltaba. —¡Mierda! ¿Dónde está Kimberly? — Saltó de la cama, seguido por Wesley.

—¡Kimberly! — gritó mientras se dirigía a la puerta y giraba el picaporte. Al abrir, Haven se vio enfrentado a un tipo del tamaño de Hulk con el pelo largo y oscuro.

—¡Mierda! — Maldijo Haven. —¿Bastardos que han hecho con Kimberly? — No tenía que ser un genio para darse cuenta de que el tipo que estaba bloqueando la puerta era un vampiro: uno de los colegas de Yvette de seguro. Al pensar en ella, sintió una punzada en el pecho. ¿Los había vendido después de todo? ¿Les había mentido cuando ella les prometió que estarían a salvo? Por qué ese pensamiento dolía tanto, no quería saberlo. Tenía que haberlo esperado. Después de todo, ella era un vampiro. Un vampiro que le había seducido. Una mujer a la que quería de nuevo.

—Kimberly está bien—, respondió el tipo grande. —¿Por qué no se arreglan un poco y entonces bajan a conocer a todo el mundo?

Haven entrecerró los ojos. —¿Quién eres tú?

El hombre sonrió. —Amaury es el nombre—. Entonces sus músculos faciales se tensaron. —Yvette es mi amiga—. Había una amenaza subyacente en sus palabras.

—¿Dónde está?

—En casa.

Desinflado, los hombros de Haven cayeron. Se había ido sin él y los había servido a los lobos. ¿Por qué alguna vez había empezado a confiar en ella?

Una extraña sonrisa se formó alrededor de los labios de Amaury. —Ella regresará—. Se alejó de la puerta, entonces como pensándolo nuevamente, los miró de nuevo por encima del hombro. —Estaba un poco agitada. Pensó que Zane te había matado—. Y señaló hacia el interior de la habitación. —Ahí hay un cuarto de baño. Bajen las escaleras cuando estén listos.

Haven cerró la puerta y se volvió hacia Wes, que estaba justo detrás de él.

—¿Es uno de los vampiros, no? — Preguntó Wesley.

Distraídamente, Haven asintió con la cabeza. Pero él no podía formar palabras, porque todavía estaba digiriendo la afirmación de Amaury. ¿Yvette estaba agitada porque pensó que alguien lo había matado? ¿Quería eso decir que le importaba? ¿Él?

—¡Mierda, Hav! ¿Qué vamos a hacer ahora?

—Voy a tomar una ducha.

—¿Cómo puedes pensar en algo tan mundano en este momento?

Muy fácil. Si Yvette iba a volver, no quería apestar como un cerdo. No se había duchado en dos días. Él no quería darle ninguna razón para alejarse de él.

—Si ese vampiro quería hacernos daño, ya lo hubiera hecho mientras estuvimos inconscientes—. Tal vez la promesa de Yvette era verdad después de todo. Lo esperaba, por el bien de todos.

Veinte minutos más tarde, él y Wes estaban listos para entrar en la guarida del león. El pasillo estaba vacío cuando dejaron la habitación atrás. Por lo que Haven había visto hasta ahora, estaban en una casa de estilo victoriano. Desde la ventana, había visto el vecindario y las luces en la oscuridad. Estaban en algún lugar de Nob Hill o Russian Hill, las zonas elegantes de San Francisco. Supuso que los chupasangres tenían dinero.

Bajando la escalera de caoba oscura, Haven observó su entorno. Sí, el lugar era elegante y bien cuidado. Las voces se perdieron cuando llegó al pie de las escaleras. Miró a su lado.

—¿Estás listo?

Wes se encogió de hombros y miró la pesada puerta de entrada. —Si Kimberly estuviera con nosotros, me gustaría huir.

—Lo sé. Pero no podemos dejarla aquí.

Su hermano asintió con la cabeza. —Esa es la única razón por la que voy a entrar allí—. Inclinó la cabeza hacia la puerta de la cual provenían las voces.

—Igual yo—, Haven mintió. Se preocupaba por su hermana, por supuesto. Pero también quería ver a Yvette. No sólo quería, lo necesitaba. Para entender lo que estaba pasando entre ellos. Lo que había sentido cuando estaba encerrado con ella simplemente no lo podía atribuir a la lujuria. Claro, estuvieron como conejos en celo, pero sabía que había algo más entre ellos.

—¿Van a estar allí para siempre o están pensando en huir? — Vino una voz desde el largo y oscuro pasillo.

Haven volvió la cabeza y entrecerró los ojos, tratando de reconocer la figura de un hombre alto mientras se acercaba. Era delgado, la cabeza afeitada, los ojos mirándolos a él y a Wes. Su boca presionada en una fina línea, y había algo peligroso flotando a su alrededor. Haven suprimió el escalofrío de inquietud que le bajaba por la espalda. El instinto le dijo que no mostrara ninguna debilidad al extraño.

—¿Acaso te importa?

El hombre calvo… mejor dicho vampiro, teniendo en cuenta el gruñido desagradable que desató… dio otro paso hacia ellos. —Quiero advertirles. Si cualquiera de los dos se mete con nosotros, los aplastaré con una mano. Muy, muy lentamente—. Por la manera en que emitió su amenaza, Haven estaba seguro de que el idiota obtendría mucho placer al hacerlo.

—¿Y quieres decirme quién está haciendo esta amenaza? — Haven ignoró la mano de Wes sobre su brazo, claramente tratando de detenerlo de decir algo estúpido. —¿O sólo te llamo idiota?

Antes de que pudiera parpadear, el vampiro estaba sobre él… ¡ni siquiera lo había visto moverse!

Haven estaba ahorcado por dedos como trampas de acero.

—¡ZANE! — Una voz le ordenó que el idiota soltara su agarre mortal de la garganta de Haven.

Haven tosió y tomo una bocanada de aire. Mierda, ese hijo de puta era fuerte… y rápido. No había tenido tiempo de reaccionar: el vampiro era una serpiente rápida.

Desde la puerta abierta, un hombre salió: igual de alto y moreno, pero con el pelo corto y negro. Le frunció el ceño a Zane. —Si no puedes ser civilizado con nuestros invitados, puedo sacarte del equipo.

Zane entrecerró los ojos y dio un paso más atrás. Con los dientes apretados, emitió una sola palabra. —Entendido—. Luego entró en la sala sin volver a mirar a Haven o a Wesley.

Lo que sea que fuese el "equipo", claramente el idiota calvo no quería ser retirado de él. La mirada de Haven regresó al hombre que había intervenido.

—Samson Woodford—, se presentó y extendió su mano.

Sin pensarlo, Haven la estrechó. —Haven Montgomery.

—Lo sé—, Luego le estrechó la mano a Wesley. —Yvette ya nos puso al tanto— Él asintió con la cabeza hacia la sala de estar detrás de él. —Entren.

La elegante sala victoriana estaba repleta. ¿Era toda esa gente vampiros? Haven contó las cabezas: seis hombres y varias mujeres. Sus ojos buscaron por la habitación.

—¡Kimberly! — gritó con alivio cuando la vio. Ella se levantó del sofá y se arrojó en sus brazos extendidos. —¿Te hicieron daño? — Él la alejó para buscar cualquier lesión, pero todo se veía bien. Por lo visto, se había duchado y se había vestido de jeans y una camiseta.

—Estábamos preocupados—, dijo Wes a su lado y arrebató a Kimberly de él para abrazarla con fuerza.

—Estoy bien—. Ella echó un vistazo a Haven. —Han sido muy amables conmigo.

Haven asintió con la cabeza, luego miró a los extraños frente a él. Una vez más buscó en la habitación: cuatro mujeres, pero Yvette no estaba entre ellas. Un sentimiento de decepción se extendió en él. Amaury había dicho que iba a volver. Haven vio al hombre con aspecto de Hulk y le dio una mirada interrogadora, pero Amaury no dijo nada. Y Haven era demasiado orgulloso para preguntar dónde estaba Yvette.

—Tomen asiento, por favor—Ofreció Samson y señaló uno de los sofás.

—Prefiero estar de pie—. La mayoría de los hombres en la habitación estaban de pie. No quería tener que mirarlos hacia arriba. Ya era bastante malo que todos parecieran intimidantes. Enormes tipos, todos ellos: uno con una cola de caballo y una cicatriz horrible en la mejilla, uno rubio con atuendo de motociclista, el maligno Zane, un jovenzuelo de cara fresca y de aspecto inocente, era probablemente el menos intimidante del grupo, Amaury y Samson. Las mujeres estaban sentadas: cada una de ellas hermosas en su propia forma. ¿Eran todos vampiros? Él los miró, tratando de no ser demasiado obvio en su examen, en caso de que alguno de los vampiros se opusiera.

Cuando trasladó los ojos de una mujer a otra, de repente se cayó en una forma redondeada que estaba extrañamente fuera de lugar. ¡Mierda, una de las mujeres estaba embarazada! Y grande. Por como se vía, estaba lista para estallar. ¿Una vampiro, embarazada? Al instante sus pensamientos volvieron a Yvette que le había asegurado de que no tenía que preocuparse por dejarla embarazada.

—Creo que las presentaciones están en orden—, dijo la voz de Samson, como si sucediera todos los días, el dar la bienvenida a un cazador de vampiros en su casa. —Has conocido a Amaury y a Zane.

Cuando mencionó su nombre, Zane simplemente apretó los labios con más fuerza. Haven no le hizo caso y siguió la mano de Samson que señalaba al presentar el resto de sus colegas.

—Gabriel, mi segundo al mando—. El hombre con cicatrices, asintió con la cabeza.

—Thomas, nuestro especialista en Informática—. Ah, el motociclista. ¿Quién hubiera pensado?

—Eddie, él es el más reciente—. El jovenzuelo. Se lo imaginó.

—Nina la esposa de Amaury— le presentó una rubia despampanante.

—Maya la esposa de Gabriel—. La bella morena se echó el pelo largo sobre su hombro y asintió con la cabeza.

—Mi esposa, Delilah—, presentó a la mujer embarazada. Ella le dio una sonrisa encantadora.

—Disculpa si no me levanto para darte la mano, pero el bebé está volviéndose un poco pesado.

Al instante, Samson se movió a su lado, con preocupación en su rostro. —¿Por qué no te acuestas, dulzura? Te ves cansada.

Ella le hizo una seña de despreocupación con la mano. —Te agitas mucho. Estoy bien. Pero un poco de comida no estaría mal.

Samson se levantó y gritó hacia la otra puerta que había detrás de la zona del comedor. —¿Oliver? — Un segundo más tarde, un joven apareció.

—¿Sí, Samson?

—Trae un poco de comida para mi esposa e invitados—. Entonces se giró. —Nina, ¿tienes hambre también?

Haven vio el intercambio con sorpresa. ¿Alimentos? ¿Qué estaba pasando ahí? Sabía con certeza que los vampiros no ingerían comida. Si una vez había tenido alguna duda al respecto, el estar encerrado con Yvette había disipado todas ellas. ¿Iban a beber sangre justo en frente de él y Wesley? Los labios de Haven se curvaron hacia abajo en disgusto.

—Un sándwich estará bien— dijo Nina.

Haven le dio una mirada de sorpresa. —¿Sándwich? — Dijo en eco.

Samson volvió la mirada hacia él y sonrió. —Perdón por el malentendido, pero tal vez debería haber dejado claro que no todos nosotros somos vampiros.

Haven levantó las cejas.

—Estás bromeando—, dijo Wesley.

—Mi esposa y Nina son humanos.

El sonido de alguien aclarándose la voz, hizo que Samson diera un vistazo a la última mujer que todavía no había presentado. —Lo siento, Francine. Mis disculpas por no haberte presentado. Esta es Francine. Ella es una bruja.

La cabeza de Haven estaba inundada con información que necesitaba digerir. ¿Dos de los vampiros estaban casados con mujeres humanas? ¿Y una de ellas estaba embarazada? Demonios, si alguna vez había tenido una sobrecarga de información, era ahora. ¿Cómo era eso posible? ¿Cómo podría una mujer humana casarse con un chupasangre?

¿Y qué tan común era eso? ¿Vampiros durmiendo con seres humanos? ¿Quería eso decir que el querer coger con Yvette, no era tan perverso como pensaba que era?

Haven miró a la mujer que había sido presentada al final: Francine. Ella le resultaba familiar. La conocía de alguna parte, pero el recuerdo de su rostro estaba borroso. —¿Nos conocemos? — Le preguntó.

Francine sonrió. —Me preguntaba si me recordarías. Yo era amiga de tu madre. Tenías diez u once años en aquel entonces.

Haven cerró los ojos por un momento, dejando que los recuerdos inundaran su mente. Sí, Francine había visitado a su madre. La última vez que recordaba haberla visto fue poco antes de que Katie naciera. —Ustedes... discutieron.

La cara de Francine se puso seria. —No hablemos de eso ahora. Estoy feliz de ver que finalmente encontraron a Katie.

Instintivamente, su mirada se trasladó hacia su hermana, que se sentaba junto a la embarazada Delilah. Parecía estar cómoda y muy a gusto en su entorno, a pesar de saber que los hombres a su alrededor eran vampiros. —Fue esa bruja quien la encontró, sin embargo, la tenemos de regreso.

Sintió la mano de su hermano en el hombro. —Sí, la tenemos.

Samson cruzó los brazos sobre el pecho. —Dejando a un lado la reunión familiar, ahí es donde comienza nuestro problema.

—¿Problema? Escucha…—, comenzó Haven. —…sé que probablemente están molestos porque secuestré a Yvette y a Kimberly, pero no tenía otra opción. Esa bruja, Bess se hacía llamar, mantenía cautivo a Wesley. Y yo no podía dejar que se pudriera ahí.

—Sabemos todo eso—, dijo Samson con calma. —Ese no es el problema. Ya no de todos modos. Nadie murió en el combate. Pero ese no es el final.

—Nos han liberado de la bruja. Gracias por eso. Ahora, dado que ya no hay resentimientos, me gustaría tener unas palabras con Yvette y luego salir de aquí. Sin ánimo de ofender.

—En absoluto—, reconoció Samson. —Pero no se marcharán. Ninguno de los tres.

Haven se sorprendió ante el shock. ¿Habían simplemente intercambiado una prisión por otra?

25

Haven respiró y miró a Samson, dando dos pasos hacia él, antes de que Zane bloqueara su avance. El vampiro calvo mostró sus colmillos. Vagamente, Haven escuchó a Kimberly jadear y sintió que Wesley se movía a su lado. Pero no podía apartar los ojos del vampiro hostil.

—¡Fuera del maldito camino!

—¡Zane! — Samson amonestó.

Tensos segundos pasaron antes de que Zane sacara los hombros y siguiera las órdenes de su jefe.

—Disculpa a mi compañero, pero él tiene una aversión contra las brujas—, explicó Samson.

¡Genial! Y si Yvette decía la verdad, él y sus hermanos eran brujos. Esto no presagiaba nada bueno para su futuro inmediato. Haven echó una rápida mirada a su hermana y se dio cuenta cómo la embarazada Delilah daba palmadas a la mano de Kimberly para tranquilizarla, mostrando una cálida sonrisa alrededor de los labios.

El grupo reunido era un estudio en contradicción. Por un lado, Amaury y Delilah lo trataban a él, Wesley y Kimberly cortésmente, por otro lado, Zane mostraba hostilidad abierta, mientras que Samson los mantenía prisioneros. Cuál era la opinión del resto de los vampiros, y dónde encajaba Francine, no lo podía determinar todavía... estaba completamente a oscuras.

—Me gustaría que me explicaras qué es lo que quieres de nosotros—, exigió Haven, lanzando una mirada desafiante a Samson, mientras que al mismo tiempo ampliaba su postura. Sin embargo, en el fondo sabía que luchar contra ellos sería una misión suicida. Y no podía arriesgar la vida de su hermano y hermana. Había saltado de la sartén al fuego.

Samson asintió con la cabeza, una mirada contemplativa sobre su cara. —Y mereces una. Permítanme asegurarles que no tenemos interés en hacerles daño, pero tenemos que protegernos a nosotros mismos, y el liberar el Poder de Tres alterará el equilibrio de poder en nuestro mundo. No podemos permitir eso.

—Alto ahí—. Haven, levantó la mano. —Todavía no sé de lo que estás hablando. Como le dije a Yvette antes, no tenemos poderes. Podemos oler como brujos, pero no tenemos poderes.

—Todavía no—. Se levantó Francine de su asiento.

Frustrado, Haven resopló. —¿Y qué demonios significa eso? — Él miró a Francine. —¿Qué tal si me dices lo que sabes y terminas con los comentarios crípticos?

Francine intercambió una mirada con Samson. Después de unos segundos, él asintió con la cabeza. —Adelante. Si queremos su cooperación, van a tener que saberlo todo.

—Es posible que quieras sentarte para esto Haven. Tú también Wesley. Es una larga historia.

Haven miró a su hermano, quien se encogió de hombros y se dirigió al sofá, donde Kimberly hizo espacio para que él pudiera sentarse a su lado. La besó en la frente. —¿Estás bien?

Kimberly asintió con la cabeza. —No nos harán daño.

Haven deseaba tener la misma confianza que su hermana menor mostraba, pero la hostilidad que salía de Zane era todavía palpable, y si las cosas se ponían feas, sabía que el vampiro calvo lo mataría en un instante.

—Estoy bien—. Haven miró a la bruja, indicando que prefería estar de pie.

—Está bien entonces. Como sabes, yo conocía a tu madre, Jennifer. Ella era una amiga muy querida, pero teníamos diferentes puntos de vista cuando se trataba de nuestros poderes. Los suyos eran de menor importancia: algunos hechizos, pociones, pero no podía controlar los elementos. Sólo las brujas poderosas controlan los elementos. Ella quería más. Quería un poder real. Y sabía cómo conseguirlo.

Por un momento, Francine cerró los ojos como si fuera demasiado doloroso el recuerdo.

—Ella eligió a tu padre no porque ella lo amara, sino a causa de la sangre real que corría por sus venas.

Haven escuchó con interés. Nunca había oído nada acerca de que su padre era un aristócrata. No es que le importara saber nada de él que no supiera ya: él los había dejado antes de que Katie naciera. Sólo se apartó y se fue como si nunca hubiera amado a sus hijos. Haven apretó los puños por los recuerdos. El odio por lo que había hecho su padre, nunca se había desvanecido.

—No es el tipo de real que podrías suponer. No era un aristócrata europeo, sino un descendiente de una de las primeras brujas.

—¿Nuestro padre era un brujo también? — Jadeó Wesley.

Francine negó con la cabeza. —No. Su abuela había renunciado a sus poderes para que los de su descendencia no fueran brujos.

—¿Cómo puedes renunciar a tus poderes? —, preguntó Kimberly, con los ojos muy abiertos.

—No es una tarea fácil, pero hay un ritual por el cual se puede liberar el poder atrapándolo en otro recipiente. Eso es lo que hizo. Sin embargo, no destruyó la línea de sangre. La sangre que fluía por las venas de su padre aún era real, y eso era todo lo que tu madre necesitaba.

Ella suspiró. —Hay una profecía. Los tres hijos de una bruja común, que no pueden controlar algún elemento, recibirán el Poder de Tres si proceden de sangre real. El Poder de Tres anula cualquier otro poder. Nada es más fuerte. No hay nada más tentador, más atractivo que ese poder. Pocos serían capaces de resistirlo. Los que tengan el Poder de Tres gobernarán este mundo. Jennifer quería cumplir esta profecía, y ella hizo todo lo posible para alcanzar su objetivo. Al dar a luz a Katie, ella tenía los tres hijos que necesitaba.

Haven tragó saliva. —Ella y papá peleaban mucho antes de que Katie naciera.

—Tu padre no quería el tercer hijo. Para entonces, ya se había dado cuenta de lo que ella estaba tratando de hacer, y quería detenerla. Pero Jennifer ya estaba embarazada, y ella se negó a hacerse un aborto.

Un pequeño sollozo salió del pecho de Kimberly. La mirada de Haven se fue hacia ella, y vio cómo Wesley había puesto el brazo alrededor de ella y le apretó la cabeza contra su pecho. —Katie... Kimberly, siempre te hemos amado— le susurró.

Haven se alegró de que Wesley estuviera consolándola. El saber que su padre no quería que naciera, tenía que doler. Aún más el saber que su padre no la amaba lo suficiente como para quedarse. Le dio mucha lástima.

—Lo siento, Katie, pero esa es la dura realidad. Tu padre quería evitar la profecía. Pero no pudo. Jennifer no se dejó convencer. Ahora sólo tenía que esperar a que Katie llegara a su primer cumpleaños.

—Pero yo tengo veintidós años. ¿Por qué no tenemos nuestros poderes? — Pregunto Kimberly.

—Cada brujo tiene poderes cuando él o ella nace. Estos se perfeccionan hasta la edad adulta antes de madurar y convertirse en verdaderas habilidades. Pero tu madre canceló tus poderes ordinarios de brujos al nacer y los de tus hermanos, para que no interfirieran con lo que había planeado para más adelante.

—¿Y qué es eso? —, preguntó Haven, a quien no le gustaba lo que Francine les estaba diciendo. Estaba dando a su madre una mala imagen, y él no quería que su memoria fuera ensuciada.

—Una vez que Katie tuviera la edad suficiente, Jennifer habría realizado el ritual para aprovechar el Poder de Tres.

—No tiene sentido—, intervino Wesley—Acabas de decir que nos quitó nuestros poderes al nacer.

—Eso es correcto, pero el poder que aún corría por sus venas a causa de su sangre real, todavía estaba ahí. Y eso era todo lo que ella necesitaba.

—¿Entonces por qué quitarnos nuestros otros poderes? —, preguntó Haven, totalmente confundido ahora.

—Ella no quería que lucharan en su contra.

—¿Luchar con ella por qué? — Él nunca hubiera luchado con su madre. Demonios, había luchado para salvarla y fracasó.

—El ritual que tenía que realizar dejaría a uno de ustedes muerto; no quedaría suficiente fuerza vital para que todos vivieran después de que ella extrajera el Poder de Tres de ustedes y lo llevara dentro de sí. Ese era su plan: ser la bruja más poderosa que jamás haya existido.

Wesley se levantó del sofá al mismo tiempo que Haven daba un paso hacia Francine. —¡Estás mintiendo! ¡Admite que estás mintiendo! ¡Mamá nunca nos haría daño de esa manera!

—¡Maldita perra! Tú no eres amiga de mamá— gritó Wesley.

—Tranquilícense —, interrumpió Samson.

Haven le lanzó una feroz mirada. ¿Cómo puede alguien creer en tales tonterías?

—Me temo que lo que te está diciendo Francine es cierto. Todo apunta a eso: no olían como brujos cuando Yvette los conoció; comenzaron a adquirir el aroma de brujos, cuando los tres fueron lanzados juntos, la otra bruja quería hacer lo que su madre había planeado. Todo tiene sentido.

Haven negó con la cabeza, todavía negándose a creer. —¿Entonces por qué nos lanzó juntos, si eso nos convertiría en brujos? ¿No estaría preocupado nuestro captor que la derrotaríamos con nuestros poderes?

—No— respondió Francine. —Porque sin el ritual no tienen poder. Sí, comenzaron a oler como brujos cuando fueron encarcelados juntos, finalmente la unidad fue restaurada, pero hay otro paso para obtener sus poderes.

Algo todavía no tenía sentido. —La bruja nos torturó, tratando de encontrar nuestros poderes. ¿Por qué haría eso si ella sabía que no teníamos ninguno en ese momento?

—Una medida de precaución. Una prueba. Para que fuera seguro para ella realizar el ritual, tenía que estar segura de que no tenían poderes, de lo contrario podrían luchar contra ella para asegurarse de que no pudiera tomar el Poder de Tres de ustedes. Si eso ocurría durante el ritual, ustedes serían tan poderosos, que la destruirían.

Impresionado, Haven se apoyó contra la pared, tomando fuerzas. ¿Era esa la verdad? ¿Era posible? —Me preguntó dónde estaban anclados mis poderes. ¿Qué significa eso?

—Es una manera para que puedas acceder a tus poderes y recuperarlos.

—No entiendo.

—Los poderes que su madre selló. Están en otro contenedor. Si tú tienes la llave del mismo, podrías recuperarlos. Eso es lo que quería saber, si tenías la llave.

La frustración creció en su pecho. —¿Podrías explicar eso en mi idioma?

Francine suspiró. —No estoy segura de cómo explicar esto, pero si supieras en lo que tienes que concentrarte con el fin de acceder a esos poderes, entonces podrías tenerlos de vuelta. Eras un niño entonces. Dudo que te hubieras dado cuenta cuál era la llave. Eran demasiado jóvenes, y mientras que su madre lo sabía, no estoy segura que se los hubiera dicho.

Francine puso su mano sobre su boca, pareciendo como si ella de repente recordara algo. —Aunque—, Miró directamente a Haven. —Para asegurarse de que pudieran defenderse en caso de emergencia o si algo le sucedía a ella, les habría dado una pista.

Haven buscó en su memoria, pero ni siquiera sabía por dónde empezar. Fragmentos de conversaciones con su madre se mostraban en su mente, trayendo de vuelta recuerdos enterrados hace mucho. Pero fue inútil. No encontró la llave.

—¿Qué esperaba Bess? ¿Por qué no realizó el ritual justo cuando nos había capturado? —preguntó Haven, tratando de entender todas las noticias.

—Tiene que esperar la próxima luna llena.

—¿Entiendes ahora por qué no podemos dejar que se vayan? —, preguntó Samson, con los ojos una fracción más serios que antes. —Si esa bruja los vuelve a capturar, va a realizar el ritual y controlará el Poder de Tres—. Miró a su alrededor y señaló a sus amigos y colegas. —Todos estaríamos en peligro. A ninguna criatura se le puede permitir obtener tal poder absoluto. Nos aniquilaría.

Haven se separó de la pared, mirando primero a Samson y después a los demás en la habitación. —¿Eso quiere decir que ustedes nos matarán en su lugar?

—¡La única persona que va a morir es la bruja! — La voz femenina que provenía desde atrás de él, envió partes iguales de sorpresa y deleite a través de sus huesos.

26

Yvette cerró con fuerza la puerta de la sala detrás de ella, un gesto simplemente hecho para dar efecto, ya que la habitación podría haber estado mejor con un poco de aire. Había decididamente demasiada testosterona flotando en el aire.

Ver a Haven levantado y bien, la llenó de alivio, pero no lo demostró. Ya sus colegas le habían dado miradas raras cuando había llorado pensando que Zane había matado a Haven. Sólo cuando Francine se les unió y explicó que la poción que había preparado simplemente noquearía a cualquier brujo durante al menos doce horas, se secaron sus lágrimas.

¡Qué terriblemente humillante, uf! Mostrar tal debilidad frente a sus colegas, había sido un error. Pero cuando había visto caer a Haven, todo lo que había sido capaz de sentir era el dolor de perderlo. Había partido su corazón en dos, y se había dado cuenta de que sus sentimientos por él no tenían nada que ver con el odio.

¿Qué haría ahora? ¿Tenía ella incluso una opción cuando su cuerpo gritaba para correr a los brazos de Haven? Claro, él la cogería como se lo había prometido. Pero luego entraría en razón: odiaba a los vampiros. Él nunca se enamoraría de ella.

Poniendo una cara valiente, Yvette miró a sus colegas. Se sentía mejor después de haber estado en casa. Por desgracia, su perro se había ido. Y debido a que la luz del día se acercaba, ella no había sido capaz de salir a buscarlo. Todo lo que había sido capaz de hacer, fue enviar sus pensamientos a él y esperar que el estúpido perro pudiera escucharla y volviera. Había dormido, y luego se duchó y se cambió a unos pantalones de cuero y a un suéter de cuello alto… y cortó su pelo. Ella era la mujer fuerte de nuevo. Nadie podía conseguir atravesar su armadura ahora.

—Yvette, has pasado suficiente. ¿Por qué no te tomas unos días de descanso? —, preguntó Samson. —Nosotros podemos manejar esto.

—No, gracias de todas maneras. Tengo una cuenta pendiente con esa bruja de mierda—. De reojo, se dio cuenta de que Haven la miraba de arriba abajo, su mirada caliente. Bajo su inspección, sintió que su temperatura corporal se elevaba y por una vez se alegró de que los vampiros no se sonrojaran, porque ella hubiese hecho que una cereza madura se viera pálida comparándola con ella.

Samson asintió con la cabeza. —Muy bien.

Incapaz de lograr acercarse a Haven para preguntarle cómo se sentía, ella miró a Kimberly. —¿Cómo te sientes? Espero que la poción elaborada por Francine no tenga efectos secundarios.

—Me sentí un poco mareada cuando desperté. Pero estoy bien ahora.

—¿Tú elaboraste la poción Francine? — Haven gritó a la bruja. —¿Por qué la desataste sobre nosotros? — Hizo un gesto hacia sus hermanos.

—Zane pensó que eras el enemigo—, explicó Yvette, por primera vez mirando directamente a Haven. Dios, se veía sexy. Obviamente se había duchado y afeitado, y pese a la esencia de brujo aferrándose a él, su aroma masculino sexy dominaba todo lo demás. Le trajo recuerdos de su encuentro en el baño. Otra ola de calor viajó a través de su centro, amenazando con derretirla desde el interior.

Haven miró a Zane. —¡Era de imaginarse!

Su colega, simplemente frunció el ceño y torció los labios en una fina línea.

—No tuve la oportunidad de explicarles...

—No te culpo a ti, Yvette. Lo estoy culpando a él—. Haven apuntó su puño hacia Zane, pero no quitó los ojos de ella. Su voz se suavizó cuando él continuó. —Me alegro que estés bien.

Yvette asintió con la cabeza dejando atrás el nudo en su garganta, sintiéndose de pronto como la vergonzosa por excelencia, hablando torpemente con el mariscal de campo en el pasillo de su escuela secundaria. Eso no era bueno. No podía permitir que ella misma se disolviera en un charco de necesidad, cuando lo tenía a su alrededor. ¡Qué patético! Eso es lo que era: completa y totalmente patética.

—Gracias—, acertó a decir, antes de quitar su mirada de él y centrarse en las otras personas en la habitación. Se aclaró la voz, lo que la obligó a tener más fuerza en su voz. —Entonces, ¿cuál es el plan?

Samson asintió a Gabriel, que estaba de pie. Como Director de las Operaciones de San Francisco de Scanguards, tomará todas las grandes decisiones. —Samson y yo discutimos una serie de escenarios, y hemos acordado la más viable. Vamos a separar a los hermanos y…

—¡Basta, espera! Tú no nos separarás—, interrumpió Haven con voz tensa.

Gabriel levantó la mano. —Lo siento, pero no podemos correr el riesgo de que los capturen a los tres juntos de nuevo. Es más seguro así. Y no será para siempre, sólo hasta que hayamos eliminado la amenaza.

—¿Hasta cuándo? — Presionó Haven.

—Pocos días, tal vez una semana. Gracias a Francine y el hecho de que conocemos el nombre de la bruja, ya tenemos una idea de quién es y cómo podremos encontrarla. Nuestra gente está buscándola. Una vez que la tengamos, estarán a salvo de nuevo.

—¿A salvo? Creo que estás pasando algo por alto.

—Créenos, una vez que la hayamos eliminado, tú, tu hermano y tu hermana estarán a salvo.

Haven negó con la cabeza. —Sí. De ella.

Con sus palabras, Yvette se dio cuenta de lo que quería decir. Estaba en lo cierto. Ellos no estaban a salvo. Nunca estarían a salvo.

—¿Qué hay de todas las brujas que hay por ahí que saben acerca de la profecía? ¿Qué te hace pensar que no vendrán por nosotros también?

Cuando Yvette escuchó las maldiciones colectivas de sus colegas, sabía que entendían la amenaza al igual que ella.

—La única manera de eliminar a la bruja y a cualquier otro que pudiera tratar de robar el Poder de Tres es si Wesley, Kimberly y yo, lo aprovechamos nosotros mismos.

Con la sugerencia de Haven, todos sus compañeros se levantaron, sus enojadas voces hablaban y gritaban entre sí.

—¡Imposible!

—¡Mierda, no!

—¡Sobre mi cadáver de mierda!

—Yo no lo permitiré.

—¡De ninguna manera!

—¡SILENCIO! —, gritó Samson y todo el mundo se calló al instante. Miró alrededor y luego a Haven. —Me temo que no podemos dejar que lo hagas. Cualquier intento de aprovechar el Poder de Tres, y daré la orden de matar a uno de ustedes.

Yvette miró los ojos de Samson, dándose cuenta de lo duro que las palabras eran para él. Samson no era un asesino, pero tenía que proteger a sus amigos y a su familia. Ella lo entendía.

—Oh, ya veo—, espetó Haven. —Ustedes quieren el poder para sí mismos, ¿no? ¡De esa manera ustedes serán los que gobiernen!

—Incluso si yo quisiera el poder, que no lo quiero, no hay manera de que lo pudiera tener—. Samson miró a Francine. —Explícale para que él entienda.

—Sólo un cuerpo humano puede aprovechar el poder de una bruja. Ningún demonio. Ningún vampiro. Samson está en lo correcto. Incluso si él quisiera el poder, su cuerpo de vampiro no sería capaz de contenerlo. Ningún poder de brujas puede sobrevivir en un cuerpo que no sea humano.

Una señal de alivio cruzó los hermosos rasgos de Haven, el ceño menos fruncido en su rostro, la mandíbula tensa relajándose un poco.

—Entonces, ¿por qué no la aprovechamos y nos aseguramos de que sea seguro para siempre? ¿O uno de nosotros moriría si lo hacemos?

Samson sacudió la cabeza. —No, sólo si el poder es robado, entonces el más débil de ustedes va a morir. Sin embargo, no se puede permitir que ninguna de las partes tenga un poder supremo.

—Les prometemos que no les haremos daño—, afirmó Kimberly.

Samson le dio una suave sonrisa. —Eso es lo que dices ahora. Pero una vez que tengan el Poder de Tres, querrán usarlo. La tentación será demasiado fuerte para resistirse. Incluso si tú crees ahora que nunca nos harías daño, lo harás. No podemos correr el riesgo.

Francine asintió con la cabeza. —Samson está en lo correcto. Incluso resistir el poder cuando está tan cerca, será prácticamente imposible. Una vez que esté a tu alcance, querrás tenerlo. Y querrás usarlo para tus propios fines. Tienen que tener un corazón puro para ser capaces de resistirlo. Y seamos sinceros, nadie lo tiene.

Kimberly puso mala cara con la explicación.

—Entonces, ¿qué se supone que debemos hacer? —, preguntó Haven, viéndose desalentado.

Sus ojos azules buscaron a Yvette. Un cosquilleo agradable se extendió por su cuerpo, cuando sus miradas se conectaron. Quería asegurarle de que no tenía nada que temer de sus amigos, pero con tanta audiencia en torno a ella que la estaba mirando a cada paso, se sintió paralizada, y no se atrevió a decir las palabras que él estaba buscando.

Gabriel se aclaró la voz, obligándola a romper el contacto visual con Haven. —Bueno, este es el plan: se separarán los tres. Kimberly se quedará aquí en la casa de Samson bajo la protección de Samson y Amaury. Wesley se vendrá conmigo, Maya y Oliver. Lo vamos a proteger en mi casa. Eso deja a Haven. Que estará protegido en la casa de Thomas. Zane y Eddie también estarán ahí.

Yvette notó que su nombre había sido convenientemente dejado fuera de la ecuación. —Yo me quedo en la casa de Thomas también.

Gabriel levantó una ceja. —Eso no va a ser necesario.

Yvette dio un paso hacia su jefe. —Si crees que voy a dejar a Haven bajo la supervisión de Zane, no me conoces en absoluto. Él trató de matarlo una vez—. Ella miró a su colega calvo de reojo. —Sin ánimo de ofender, Zane, pero eres una bala perdida.

Zane se limitó a contestar con un gruñido.

—Zane sabe que no debe hacer daño a nuestros invitados—, le aseguró Gabriel.

—¿No te importa si puedo comprobar eso yo misma? — No sería convencida de otra cosa.

—Está bien. Un guardaespaldas más no hará daño.

Cuando Yvette se apartó de su jefe, sintió la mirada de Haven. ¿Habría adivinado que la única razón por la que quería estar en la casa de Thomas, era para que pudiera robar algo de tiempo a solas con Haven? ¿Era ella así de transparente para él?

~ ~ ~

Haven llevó aparte a Francine, mientras ella salía al pasillo de la casa de Samson. —Unas palabras.

Ella asintió y le sonrió. —¿Alguien alguna vez te dijo lo mucho que te pareces a tu padre?

Sin querer hurgar entre sus sentimientos por su padre, Haven trató de luchar en contra de los recuerdos. Ahora comprendía por qué él y su madre, habían discutido antes del nacimiento de Katie. Pero él no estaba dispuesto a perdonar a su padre por dejarlos. ¿No los había querido a él y a Wes en absoluto?

—¿Por qué no luchó contra ella? ¿Por qué no nos llevó con él?

La mirada de Francine estaba llena de compasión. Haven desvió la mirada, sin querer mostrar cómo los recuerdos de su padre le afectaban.

—Jennifer lo amenazó.

La ira comenzó a hervir en él. —Él podría haber luchado por Wes y por mí.

Francine le puso la mano en el antebrazo y apretó. —Él lo hizo. Pero perdió.

—¡Pero él nos dejó!

Ella sacudió la cabeza. —No los dejó—. Hizo una pausa y suspiró. —Él te amaba y también a Wes. Incluso más de lo que la amaba a ella.

La confusión se alojó en el pecho de Haven. —Pero tú misma lo dijiste: le contaste a todos ahí que nos había dejado—. Hizo un gesto hacia la sala, donde los vampiros se estaban preparando para las tareas por delante.

—Tuve que mentir. Wes y Katie no pueden manejar la verdad. Pero tú, tú eres más fuerte. Siempre has sido el más fuerte, incluso cuando eras un niño.

Sabía la respuesta a su pregunta antes de siquiera preguntarle, sin embargo, las palabras se tambalearon de sus labios. —¿Qué hizo con él?

—Ella lo mató.

Haven sintió que sus rodillas se doblaban y se agarró de la barandilla, los nudillos se le pusieron blancos debido a la tensión. —No, no puede ser verdad—. Pero en su corazón él sabía la verdad.

—Estaba obsesionada con la ambición de poder. Ella lo ocultó bien durante mucho tiempo. Pero yo pude verlo. Una vez que se apoderó de ella, no podía dejarlo ir. Era como una maldición. Como una enfermedad que se apodera y te estrangula. Una vez que estás aquejado, es sólo cuestión de tiempo hasta que sucumbas. Ella nunca tuvo la oportunidad—. Los ojos de Francine estaban húmedos de lágrimas. —Espero que tú, tu hermano y tu hermana nunca sucumban a ella. Tienes que parar antes de que sea demasiado tarde.

Haven negó con la cabeza, sus pensamientos estaban confusos. Su madre los había traicionado a todos y les había robado a su padre. ¿Cómo podría olvidarse de eso? Y durante todos esos años había odiado a su padre cuando él no lo merecía. Había luchado por ellos, dado su vida para protegerlos. La vergüenza se propagó en el corazón de Haven por los sentimientos que había albergado ahí durante tantos años. Desearía poder pedirle perdón.

—No tengo ningún interés por el Poder de Tres. Yo no lo quiero.

—Dices eso ahora, porque no sabes aún lo que es estar al alcance del mismo—. Sus ojos destellaron con el brillo de un niño bajo el árbol de Navidad. —Pero una vez que puedas sentirlo, probarlo, y saborearlo...

—Yo no lo quiero—. El Poder de Tres era la razón por la cual su padre había muerto, el por qué su hermana había crecido sin ellos. Nunca podría aceptar una fuerza tan destructiva.

—Entonces tienes que destruirlo.

—Pero...

—Encontrarás la manera—. Soltó su brazo e hizo un movimiento para irse.

—Espera, hay una pregunta que quería hacerte.

Ella lo miró, levantando su barbilla. —¿Sí?

—Hablaste de una llave para el poder que mi madre selló. ¿Cómo puedo encontrarla?

Francine permaneció en silencio durante unos momentos, antes de que ella respondiera con una pregunta propia. —¿Murió al instante cuando el vampiro la atacó, o ella tuvo la oportunidad de decir algo?

—Ella cantaba un conjuro.

Francine negó con la cabeza. —Eso no es lo que quise decir. Cuando supo que se estaba muriendo, estabas ahí con ella. ¿Dijo algo?

La mente de Haven viajó de nuevo a aquella fatídica noche en la cocina de su madre. Dijo algo entre dientes, pero las palabras estaban fuera de su alcance. —No lo recuerdo.

—Eso es una pena, Haven, porque a pesar de todo lo que te dije acerca de tu madre, una vez que supo que había perdido, te tenía que haber dado la clave para que pudieras defenderte en el futuro. Tienes que tratar de recordarlo.

Recordar el qué. Esas palabras desencadenaron algo en él... Trató de alcanzarlas, pero no fue lo suficientemente rápido, el eco de las últimas palabras de su madre se le escapaban una vez más.

27

Para cuando habían terminado la charla de cómo encontrar y derrotar a la bruja hostil, y Haven había dicho adiós a Wes y a Kimberly, la luz del día se acercaba de nuevo. Una camioneta polarizada lo llevaba a él y a sus captores, hasta el barrio de Twin Peaks, donde se ubicaba la casa de Thomas.

Haven estaba dolorosamente consciente de la presencia de Yvette en la camioneta. Sentado junto a ella, sin embargo, no lo suficientemente cerca, su cuerpo se encendió de deseo. No habían intercambiado ni una palabra en privado desde que habían escapado de su prisión, y si él tenía que esperar más tiempo antes de que pudiera tocarla, se prendería en llamas.

Dejó que sus ojos recorrieran su cuerpo. Vestida con ajustados pantalones de cuero negro, parecía tan caliente y sexy como en su vestido sin mangas, pero la hubiera preferido en un vestido. Se tardaría unos preciosos segundos en quitarle esos pantalones, mientras que un vestido podría simplemente alzarse hacia arriba y alcanzaría su objetivo en un instante.

Haven se movió en su asiento, ocultando su creciente erección. Hacía mucho que se había dado por vencido de tratar de suprimir las reacciones de su cuerpo hacia ella, sabiendo que sería inútil. Lo excitaba, y simplemente no había dos maneras de manejarlo. Tenía que hacer lo mejor de ello.

Thomas condujo la camioneta hacia un garaje. En el momento que la puerta del garaje bajó detrás de ellos, todos salieron. Haven miró a su alrededor. Aparte de una modesta camioneta, varias motos se alineaban en el gran espacio. Alguien tenía claramente un amor por las motocicletas. Eso explicaba el atuendo de cuero de Thomas.

—Ven, te mostraré mis investigaciones—, dijo Thomas despreocupado y dio señas a Haven, para que lo siguiera por una estrecha escalera.

Sin mirar atrás, sabía que Yvette lo estaba siguiendo, lo suficientemente cerca para tocarla. Nunca había estado tan consciente de otra persona.

En la parte superior de las escaleras, Thomas abrió la puerta. La luz del sol entraba a raudales y golpeó a Haven en la cara, cegándolo por un momento. Él alcanzó a ver una ventana… sin persianas o cortinas que la cubrieran. Le asaltó el pánico, su corazón le latía en la garganta y se alojó allí, golpeando con furia.

—¡Mierda!

Sabiendo que no había un segundo que perder, giró en la escalera, se apoderó de Yvette detrás de él y la estrelló contra la pared, cubriendo su cuerpo con el suyo, con la esperanza de que los rayos del sol no la hubieran tocado. Él le apretó la cabeza contra su pecho, sintiendo su aliento caliente contra él. Sus manos se metieron en la camisa.

—Cariño—, susurró. —¿Estás bien?

La carcajada proveniente un poco más abajo de la escalera, le hizo voltear su cabeza apresuradamente. Zane estaba ahí golpeándose el muslo, riéndose a carcajadas con la boca abierta. De alguna manera había pensado que el tipo no era capaz de reírse, pero al parecer, Haven había subestimado al vampiro. Junto a él, Eddie se echó a reír también.

—Tienes un buen protector contigo, Yvette— bromeó Zane.

Desde la puerta abierta, Thomas volvió a aparecer. —Haven, creo que puedes soltarla. Lo que ves no es luz natural. Es seguro.

Mirando a Thomas parado allí, con la luz haciendo una silueta de él, no tuvo más remedio que creerle. Thomas se habría quemado y hecho cenizas, si la luz realmente era la luz del sol. A regañadientes, Haven soltó a Yvette.

—Lo siento—, susurró. —Yo no sabía…

—No te preocupes—. Finalmente, se dirigió a él directamente. —Es la intención lo que cuenta—. Yvette estaba agarrando su camisa, y él esperaba que ella no se diera cuenta de que no hizo ningún intento de separar su cuerpo del de ella. Cuando la miró a los ojos, la necesidad de besarla lo abrumó. Habían pasado demasiadas horas desde que la había probado. Como si lo tiraran por hilos invisibles, bajó sus labios a los de ella.

—¿Vienen o qué? —, preguntó Thomas, rompiendo el hechizo.

Haven dio marcha atrás y giró. Cuando llegó a la cima de las escaleras, echó una mirada. Había entrado en la sala de la casa de Thomas. Estaba rodeada por ventanales desde el piso hasta el techo. Y ninguna de ellas, estaban cubiertas con cortinas, proporcionando una vista de San Francisco. Una vista impresionante *de día*.

—Muy realista, ¿no? — Le preguntó su anfitrión y señaló las ventanas.

—Yo pensé que ustedes se quemaban con la luz del sol.

—Y así es. Pero esa no es luz solar. Lo que ves es una pantalla de cine: transmisión en vivo. Y la luz es artificial, pero el aspecto es muy natural. Diseñé todo yo mismo. Algo que no puedes conseguir en Home Depot—. Sonrió Thomas.

Haven asintió con la cabeza y volvió su mirada a Yvette y a sus colegas, que habían entrado en la habitación detrás de él.

—No sé ustedes, pero estoy molido—, declaró Eddie. Luego se dirigió a Thomas. —Creo que Haven puede tomar la habitación de invitados, e Yvette podrá usar mi cuarto. Así que yo me quedaré en tu habitación.

Un rápido destello de pánico apareció en los ojos de Thomas antes de que rápidamente se escondiera. —Claro, no hay problema—. Miró a Zane. —¿Está bien si duermes en la sala de estar?

Zane asintió con la cabeza. —Yo no pienso en dormir.

Haven miró al vampiro calvo, consciente de la advertencia implícita. Sí, él entendía: Zane estaría vigilándolo a *él* en lugar de estar de centinela por si la bruja aparecía. Cabrón desconfiado.

—Te voy a mostrar tu habitación—, dijo Eddie detrás de él.

Haven buscó los ojos de Yvette para enviarle un mensaje silencioso que aún tenían que hablar. Nada en su rostro impasible mostraba que hubiese entendido o aceptado. Sin querer dar a Zane ninguna razón para ser más sospechoso de lo que ya era, se volvió hacia Eddie.

—Sí, gracias.

—Todas las habitaciones están en la parte trasera de la casa. No hay ventanas.

Eddie abrió una puerta, y entró en un corredor que estaba iluminado con la misma luz de aspecto natural como la de la sala de estar. Varias puertas se alineaban por el pasillo.

—Aquí es—. Eddie empujó la puerta de la habitación, la abrió y entró. Haven lo siguió a una habitación cómodamente amueblada. Una gran cama queen, mesitas de noche, y un tocador, que eran de la misma madera. En una esquina de la habitación había un gran sillón con una lámpara de lectura. La habitación estaba bañada con una luz cálida proveniente de las tiras de iluminación ocultas, detrás de las cornisas de las paredes.

Gracias.

—Tienes tu propio cuarto de baño—. Eddie señaló una puerta corrediza.

—¿Así que ésta es tu casa y de Thomas?

Eddie se echó a reír y le dio una palmada en el hombro como si fueran viejos amigos. —Desearía. No, es de Thomas. Yo sólo vivo aquí. Él es mi mentor.

—¿Tu mentor? — Haven había asumido a primera vista que vivían juntos porque eran novios, aunque ninguno de los dos se mostraba amanerado. Sin embargo, cuando Eddie le había ofrecido a Yvette su propia habitación, pensó que si fueran amantes compartirían un dormitorio.

—Soy nuevo en esta cosa de vampiros—. Eddie sonrió, mostrando sus hoyuelos. —Thomas ha aceptado ayudarme desde que me convertí, a enseñarme cosas, ya sabes.

Haven asintió con la cabeza, aunque él no entendía realmente qué significaba lo que decía Eddie. —¿Cómo morder? — Como si un vampiro necesitara ser enseñado. Estaba seguro de que el instinto le decía cómo.

—Eres gracioso, ¿lo sabes? — El buen carácter de Eddie no cambió. — Confía en mí, sé cómo morder. Viene con el territorio. Thomas me enseña a controlar mis poderes e instintos, para que no lastime por accidente a la gente. Es un poco difícil entender tu propia fuerza en un primer momento.

Haven era consciente de dicha fuerza muy íntimamente. Yvette la había usado con él, pero también era consciente de la suavidad con la que ella había llevado a su pene hacia su boca y lo chupó, pudiéndolo fácilmente haberlo destrozado. La idea de Yvette, le recordó la razón por la que había empezado una pequeña conversación con Eddie al principio: tenía que averiguar dónde estaba su habitación.

—Es bueno que Thomas te permita quedarte con él. Por lo que hasta tienes tu propia habitación aquí—. Haven hizo un gesto con la cabeza, hacia la puerta abierta. Esperaba que Eddie no viera a través de su patético intento de maniobra.

Un destello en los ojos de Eddie, le dijo que el joven vampiro era tan inteligente como el resto del grupo. Y la sonrisa que le siguió, confirmó que no estaba tan preocupado de mantenerlo alejado de Yvette como Zane parecía estarlo. —Al final del pasillo, última puerta a la izquierda.

—Oye, gracias, yo…

Eddie levantó la mano. —Dos cosas: permanece bajo el radar de Zane, y no hieras a Yvette. Ha tenido unos días difíciles.

—Lo sé. Estuve ahí.

Eddie negó con la cabeza. —No, no entiendes. Primero pensó que estabas muerto, y luego tuvimos que decirle que su perro se había ido, que simplemente desapareció. Ella está a punto de desplomarse.

¿Yvette tenía un perro? ¿Quería eso decir que formaba lazos emocionales? ¿Era ella capaz de eso? —¿Estaba molesta?

Eddie lanzó una rápida mirada hacia la puerta como asegurándose de que todavía estuviesen solos. —Pareces un buen tipo, trataste de protegerla cuando pensaste que el sol entraba.

Haven se estremeció, deseando borrar ese momento vergonzoso de su memoria. Había expuesto sus sentimientos por ella, sentimientos que no quería admitir a sí mismo, y mucho menos a un grupo de vampiros. —Sólo fue un reflejo.

Un rápido movimiento de su cabeza demostró que Eddie no le creía. —Extraño reflejo para un cazador de vampiros. Hey, no soy nadie para juzgar. Simplemente te digo, sé amable con ella. No quiero verla llorar de nuevo. Es como si me clavaran un puñetazo en el estómago.

Eddie se giró y salió, cerrando la puerta detrás de él.

¿Yvette había llorado? ¿Por él?

Haven pasó la mano por su pelo. ¿Qué se suponía que iba a hacer ahora? ¿Hacer que todo eso que ocurría, dejara de repente de ser sobre sexo y atracción sexual? Porque si así era, entonces todas las apuestas eran demasiado altas. Él no estaba como para entrar en una relación con un vampiro, no importa qué tan caliente y sexy fuera.

Haven se quitó las botas y se dejó caer sobre la cama, cruzando los brazos detrás de su cabeza mientras miraba hacia el techo. Tal vez no significaba nada. Tal vez ella había llorado la desaparición de su perro, y Eddie lo había entendido todo mal. Demonios, el vampiro era todavía un muchacho, apenas de veinte años por el aspecto de su rostro fresco. ¿Qué sabía él de las mujeres?

Si Haven fuera a su habitación ahora para tener sexo con ella… y él *iba* a tenerlo, eso era tan seguro como la salida del sol… ¿ella lo tomaría como una invitación para algo más? ¿Trataría Yvette de arrastrarlo a una relación?

Él se sentó. Sólo había una manera de averiguarlo.

28

Yvette se paseaba, apenas haciendo caso de la acogedora habitación de Eddie. Se había creado como un pequeño hogar para sí mismo. Pero a pesar de su ambiente confortable, Yvette se sentía cualquier cosa, menos cómoda.

Cuando Haven le había protegido de lo que él pensaba que era el sol, todo había regresado inundándola nuevamente: los acontecimientos en el pequeño cuarto de baño de su prisión, las manos de Haven sobre su piel, su boca sobre la de ella, su sangre en los labios. La necesidad de consumirlo, había comenzado a hervir en ella otra vez, ahora más fuerte que antes. Al mismo tiempo, el miedo que había sentido de perderlo estaba de regreso.

Ahora que la tensión de la prisión había terminado, ¿regresaría él a sus cabales y la apartaría de nuevo? ¿Sería el cazador de vampiros una vez más, el hombre que despreciaba a los vampiros? ¿O es que Samson había llegado hasta él y le había hecho comprender que los vampiros no eran los malos?

Por mucho que ella quisiera ir con él y simplemente cogerlo hasta hacerle perder la cabeza y que ninguno de ellos pudiera pensar con claridad, el orgullo no le permitía hacer precisamente eso. El orgullo y la auto-preservación. No había protegido su corazón, y ahora yacía expuesto. Si Haven se enteraba, podría hacerle daño con su rechazo, siendo ese un acto tan severo, como si le clavaran una estaca a través de él. ¿Y por qué no lo haría?

Ella no había hecho nada para hacerse querer. Durante todo el tiempo de su encarcelamiento, habían peleado. Y ella incluso lo había mordido, dos veces. Una vez con su permiso, y la otra sin él, y de hecho en contra de su expresa voluntad. Él tenía todo el derecho de estar enfadado con ella. Y al final, ella ni siquiera había sido capaz de protegerlo a él y a sus hermanos del asalto de Zane. Fue sólo gracias a Francine que aún estaban vivos. Yvette se estremeció ante la idea de qué hubiese pasado, si hubiera hecho una dosis letal de su poción y no sólo una dosis debilitante.

Lo que sea que Haven le había hecho prometer mientras estaba en prisión… que tendrían una cita… ella no esperaría que lo cumpliera. Era mejor si supiera que lo que había planeado no iba a funcionar. Ella le diría lo mismo. Decidida a explicarle que nada saldría de su atracción mutua, abrió la puerta y salió al pasillo.

Era mejor dar ese paso ahora, antes de que llegara a ella y le dijera que él no la quería. Al menos así tendría la ventaja de nuevo. Lo tiraría antes de que él hiciera lo mismo con ella.

Yvette respiró hondo cuando se detuvo delante de la habitación de huéspedes. Tratando de calmar su corazón tronante, se convenció de la importancia de sus acciones. Cuando la puerta se abrió de repente, la tomó por sorpresa.

~ ~ ~

Ver a Yvette fuera de su puerta hizo que el corazón de Haven se sacudiera, entonces tomó un ritmo errático. Rápidamente echando un vistazo por el pasillo y encontrándolo vacío, la atrajo hacia dentro de la habitación y cerró la puerta detrás de ella.

Había querido hablar con ella, explicarle que las cosas no podían ir más lejos, pero con Yvette tan cerca, no podía recordar nada de su razonamiento del por qué no deberían tener una aventura, o tal vez una relación a corto plazo. Sólo había una cosa en la que podía pensar, y ejecutó la idea de inmediato.

Haven presionó a Yvette contra la pared, atrapándola entre dos superficies duras: la pared y su cuerpo. Y en ese momento él no estaba seguro de que la pared fuera la superficie más dura de las dos. Su gemido indicó que podía sentir su erección presionándola.

—Estaba por ir a verte—, le susurró contra sus labios.

—¿Para qué? — Su mirada se conectó con la suya, sus párpados a media asta, eran una invitación tan buena como cualquiera que alguna vez conseguiría de ella.

—Para cobrar nuestro acuerdo: tú, yo y una superficie plana.

Mierda, se había prometido a sí mismo hablar con ella primero, para explicarle que esto no podía ir más lejos, que no era el tipo de persona que se quedaba. Sin embargo, su pene no podía esperar tanto tiempo.

—Tenemos que hablar—, dijo Yvette.

—Más tarde—. Él hundió sus labios en ella, por un lado, a la espera de que ella le diera un empujón, y por otro lado de que no lo hiciera. Tomó su labio superior en la boca y acarició con su lengua sobre él. Un sonido parecido a un gemido fue su respuesta.

—Te odio—. No había odio detrás de sus palabras.

—Entonces odiémonos a fondo—. Porque no podía admitirle a ella que lo que estaba sucediendo, no podía estar más lejos del odio. Lo cual no significaba que tenía que admitirle nada.

Era más seguro no hacerlo. Había pasado los últimos veintidós años odiando a los de su especie. De repente no podía darse la vuelta y reconocer que el odio no lo manejaba más.

Las manos de Yvette frenéticamente rasgaron la ropa de su cuerpo y lo llevó de vuelta al presente.

—¿No puedes esperar para empezar a odiarme?

—Cállate, Haven, y ponte a trabajar antes de que cambie de opinión.

Una pequeña sonrisa se le escapó. Ella no iba a cambiar su opinión. El olor de su excitación era tan fuerte ahora, que él estaba seguro de que los otros vampiros en la casa ya lo habían sentido, también. Pero si a ella no le importaba un comino quién pudiese oírla ni olerla, a él tampoco. Todos sabían que era lo suficientemente hombre como para tomar a una mujer como Yvette: fuerte, independiente, y tan llena de una pasión apenas contenida que él sabía que lo mataría si le negaba algo ahora. Pero no se lo negaría.

Haven llegó a su boca, abriendo sus labios para invadirla con su lengua. Su sabor lo drogó y lo hizo al instante volverse loco de deseo. Se zambulló en su interior y buscó su lengua. Ella discutía con él, acariciando contra él con movimientos fuertes y poderosos. Gimió su placer, sin poder contener su excitación. Ninguna otra mujer lo había llevado a encenderse con sólo un beso. Maldición, lo había excitado con tan sólo mirarlo.

Haven pasó la lengua por los dientes, saboreándola, explorándola, haciendo un mapa mental de su boca que para siempre reconocería. A lo largo de sus dientes superiores, sintió una afilada esquina pequeña. Lo lamió, por lo que Yvette gimió en su boca. Su obvia excitación envió una corriente de lava a través de su interior. Sin siquiera pensarlo, lamió contra el filo saliente nuevamente y lo sintió crecer.

Yvette apartó la boca de él. —No. Por favor, no.

Él la miró, sus ojos estaban rojos. Miedo… él claramente lo vio. Tenía miedo de lo que estaba haciéndola sentir. Ahora comprendía: él la hacía sentir algo muy intenso, cuando la había acariciado contra sus colmillos.

—Son muy sensibles.

Era como si el diablo se apoderara de él cuando se enteró de sus palabras. ¿Lamer sus colmillos la excitaba? Haven capturó el rostro en su gran mano y la acercó hacia él. —Eso es bueno—. Sin darle un segundo para protestar, se hundió nuevamente en sus labios e invadió su dulce cueva. Su lengua acarició inmediatamente contra un colmillo. El estremecimiento que pasó por ella como resultado, atravesó su cuerpo hasta la punta de su pene, el placer era tan intenso que apenas podía mantener su control.

Yvette arrancó la camisa de su cuerpo y hundió sus manos sobre su pecho. Sus propias manos no se quedaron ociosas: tiró de su ajustada blusa y sólo soltó sus labios lo suficiente para sacársela por sobre su cabeza. Sus pechos se sintieron libres, y los aplastó contra su pecho mientras la acercó para continuar el sensual ataque a sus colmillos.

Con cada golpe en su contra, crecían hasta alcanzar su longitud máxima. Para su propia sorpresa, no le disgustaban. Ni tampoco le asustaba el hecho que lo lastimaría. Por el contrario, el saber lo que sus colmillos le habían hecho, sólo aumentaba más su propio deseo. Si quería morderlo, no se opondría.

—Esto es una locura—, susurró ella, con respiraciones cortas e irregulares.

—Sí, pero una buena locura—. Pasó su lengua sobre sus colmillos una vez más. —¿Te gusta?

—Haven, por favor…— Pero su voz se quebró mientras se retorcía contra él.

Nunca la había visto tan fuera de control… ¡nunca había visto a *ninguna* mujer tan fuera de control!... Y le gustaba el espectáculo, así que continuó lamiendo a lo largo de sus colmillos extendidos, desde su orificio hasta la punta afilada y hacia arriba nuevamente. Sus gemidos eran la música más dulce que jamás había oído. Y saber que él era el director, hizo vibrar a su pene con una necesidad desesperada.

Como si Yvette supiera lo que estaba haciendo con él, llevó sus manos por la cintura de sus jeans, abriendo el botón superior. El cierre bajó casi sin que ella lo tocara, ayudado por la presión que su pene ejercía en sus pantalones. Ella lo liberó primero de sus jeans, luego de su bóxer. A toda prisa, salió de ellos, alegrándose de haber estado descalzo y no tener que lidiar con los cordones de los zapatos.

Cuando su mano se envolvió alrededor de su erección, calmó sus movimientos y rompió el beso. —Bebé, cuidado. Estoy propenso a acabar en cualquier momento.

—Entonces será mejor que no perdamos tiempo.

Él nunca la había visto usar su velocidad sobrenatural a no ser en la batalla, pero en cuestión de segundos, su propio pantalón yacía en el suelo, y estaba parada delante de él completamente desnuda. Como a él le gustaba. Haven la envolvió en sus brazos, apretando su cuerpo caliente contra él, disfrutando del contacto piel con piel.

Esta vez, cuando él tomó su boca, su beso lo consumió. Con una mano en la parte posterior de la cabeza y la otra en la suave curva de su trasero, él la abrazó y devoró sus labios, consciente de que ella lo podría alejar en cualquier momento. Hizo que su posesión de ella fuese aún más dulce.

No podía dejar de buscar sus colmillos de nuevo y rodar su lengua en contra de ellos, disfrutando de los temblores que recorrían su cuerpo. Saber que podía reducirla a un charco de necesidad y lujuria desenfrenada, hizo que su pene creciera unos centímetros más… no es que no estuviera duro ya y listo para estallar.

Con resuelta determinación, la maniobró hacia la cama. Cuando bajaban ambos sobre ella, los muslos de Yvette se abrieron automáticamente, haciéndolo colocarse en posición, mientras aterrizaban en las sábanas. Sin darle un momento de alivio, empujo su pene en ella y lo hundió hasta el fondo.

—¡Mierda! —, gruñó. Estaba tan lisa y tan apretada, que pensó que perdería su control al instante.

~ ~ ~

Yvette sintió su dura longitud llenarla en un solo golpe. Justo a tiempo. No podía haber esperado un segundo más para sentirlo en su interior. Él la había excitado en cuestión de segundos, y no había otra manera de llenar ese vacío que la había hecho sentir. Sólo ahora, con su pene dentro de ella, se sentía completa.

Cuando Haven había acariciado su lengua contra sus colmillos, casi había perdido la cabeza, el placer había sido tan intenso. Siempre había sabido que los colmillos de un vampiro eran las zonas erógenas, pero nunca había sentido tales sensaciones intensas. Ella tampoco se lo había esperado. Haven odiaba a los vampiros… había supuesto que él sería el último hombre en este mundo que acariciaría sus colmillos con la lengua. Pero incluso ahora, cuando estaba dentro de ella sin moverse, bajó su boca a la suya otra vez, y se fue directo a sus colmillos, lamiéndolos, acariciándolos, probándolos.

Yvette apartó su boca lejos de él, respirando con dificultad. —¿Estás tratando de matarme? — Ella no podía aguantar más su ataque sensual.

Le dio una sonrisa diabólica. —Si quisiera matarte, ya lo habría hecho.

—Entonces, ¿cuál es tu plan?

Haven sacó las caderas hacia atrás, deslizándose hasta la mitad de ella. —Bebé, en todo lo que puedo pensar ahora, es que espero poder durar más de diez segundos, porque lo que realmente quiero es que termines alrededor de mi pene—. Estrelló su duro pene nuevamente en ella con un fuerte impulso.

Los pulmones de Yvette expulsaron un largo suspiro con el impacto. —Mantente así, y no tendrás que durar más de diez segundos—. Su cuerpo estaba caliente, y el latido de su corazón casi se había triplicado desde que la había arrastrado hasta el dormitorio. Su clítoris palpitaba sin control a pesar del hecho de que ni siquiera la había tocado allí.

Dio la bienvenida a su pene grueso, deslizándose hacia atrás y adelante, con los labios en los suyos, con la lengua empujando al mismo ritmo que sus caderas. Y por primera vez en mucho tiempo, simplemente se dejó sentir. Ella se permitió descansar su mente y cerrarla, para que su cuerpo pudiera saborear las sensaciones que Haven despertaba en ella, sin analizarlas.

Su respiración era tan frenética como la de él, ella empujó sus caderas contra él. Su respuesta fue un ligero cambio de su ángulo antes de que su mano se deslizara entre sus cuerpos.

—Lo siento, nena, pero no puedo contenerme—, presionó la mano y acarició con el dedo sobre su clítoris, encendiéndola en un instante. —Ahora, bebé, ahora.

Ella no necesitaba su insistencia, porque su orgasmo ya se venía. Un segundo después, alcanzó su cúspide y una ráfaga de placer explotó en su interior. —¡Haven!

Él gimió y su cuerpo se sacudió, su pene palpitaba en su interior. Ella sintió el cálido rocío de su semen llenándola, mientras continuaba sus movimientos antes de que él dejara escapar un largo suspiro.

—Lo siento, cariño—. Él la besó suavemente. —La próxima vez lo haré mejor.

Ella quería decirle tantas cosas: el hecho de que a ella le gustaba la forma en que la llamaba "bebé", la forma en que había lamido sus colmillos, y sobre todo cómo la hacía sentir. Pero no podía pronunciar las palabras más allá de su boca. Si le decía algo de lo que estaba sintiendo, ella se haría aún más vulnerable.

—Bebé.

Ella volteó su mirada a la suya, reconociendo la confusión en sus ojos.

—Daría cualquier cosa por saber lo que estás pensando.

Tratando de distraer la atención de lo que estaba pensando, ella bromeó: —No valen tanto.

—Yvette—, advirtió. —¿Qué es lo que no me estás diciendo?

Un infierno de cosas, pero ella no admitiría nada de eso. Al igual que no admitiría para sí misma que se estaba enamorando de él. —Nada, Haven.

Él negó con la cabeza y se deslizó fuera de ella. Mientras él salía, ella sintió una sensación de pérdida. Haven se sentó, dejando caer las piernas sobre el costado de la cama, de espaldas a ella. —Viniste a hablar. Así que habla—. El tono resignado en su voz le dio una pausa. ¿Se arrepentía de lo que había hecho?

Yvette carraspeó y tiró de la sábana, tratando de cubrirse con una porción. —Creo que ambos sabemos que esto no funcionará. Es solamente sexo.

—¿Es así? —, respondió él en forma desafiante con una fuerte voz, el gentil hombre de antes había desaparecido.

—Sí. ¿Ya te has olvidado lo que soy? Soy la criatura que has odiado toda tu vida.

—¿Eso te asusta?

Yvette se detuvo, la confusión la invadió. —¿Asustarme? — Ella no tenía miedo de otra cosa más que le rompieran el corazón.

Haven miró sobre su hombro. —¿Tienes miedo de que tengamos algo que va más allá del sexo?

Yvette tiró de la sábana, tratando de cubrir sus pechos desnudos en un intento de ocultar su vulnerabilidad. —No tenemos nada.

—Eres una terrible mentirosa, Yvette. Incluso peor que yo.

—No lo soy…— Su protesta quedó atascada en la garganta cuando su mirada se cruzó con la suya.

—Lloraste.

El corazón de Yvette se detuvo. —¿Quién te lo dijo? — Un sentimiento de traición la atravesó. Cómo pudieron sus amigos hacerle eso a ella, exponerla de esa manera.

Haven hizo un movimiento despectivo de su mano. —No importa. Lloraste cuando pensaste que Zane me había matado, lo que significa que sientes algo.

—¡No soy una piedra! — Dijo entre dientes. Por supuesto que sentía algo. — ¿O crees que los vampiros no tienen corazón, que no tienen capacidad para las emociones? — Estaba enfadada, enojada con su suposición de que ella no tenía corazón.

Se acercó hacia ella, la agarró del brazo y la acercó hacia él. —Me entendiste mal. Sientes algo por mí. Y quiero que lo admitas—. Sus ojos se clavaron en ella, y su mano alrededor de sus bíceps quemaba, como si fuera un hierro caliente.

—¿Y por qué habría de hacerlo?

—Porque quiero estar seguro de que no soy el único que siente que esto es más que un rapidito—. La atrajo hasta que ella estuvo en su regazo, donde su pene estaba poniéndose tan duro y pesado como antes. Haven bajó la cabeza a la suya. —Porque quiero más de ti.

29

Haven rozó los labios contra Yvette, sabiendo que sin duda había perdido los estribos en ese momento. Pero no le importaba más. Cuando Yvette estaba en sus brazos, el mundo parecía correcto a pesar de todo lo que había sucedido. Todavía estaba tratando de digerir el golpe que le habían dado anteriormente: su propia madre lo había usado y a sus hermanos, para obtener poder. Y ella había matado a su padre por ello… el padre que erróneamente había odiado todos esos años. El saberlo había volcado todo su mundo. Si ni siquiera podía confiar más en el amor de una madre, ¿en qué o en quién podría confiar?

Y tal vez por eso ahora lanzó toda la precaución al viento, confiando en la única cosa que nunca le había fallado antes: sus instintos. Y su instinto le decía que necesitaba a Yvette. Lo que era… una criatura que había perseguido durante toda su vida… no le importaba ahora. Porque de pronto, su razón para cazar vampiros no era tan pura como siempre lo había pensado. El vampiro que había matado a su madre y tomado a Katie, lo había hecho para proteger a su propia raza de un poder que pudo haberlos destruido. ¿Podía realmente culparlo por eso? Pero lo más importante, ¿podría perdonar a su madre por lo que había tratado de hacer?

A pesar de lo que Haven había hecho a los miembros de la raza de vampiros, ni Samson, ni ninguno de sus colegas, se habían vengado en él o de Wesley, a pesar de que les hubiera sido fácil. ¿No era hora de mostrar el mismo tipo de perdón hacia ellos? ¿O estaba tratando de crear una razón para permitirse a sí mismo estar con Yvette?

—Haven, no podemos hacer esto—, le susurró contra sus labios. —Sólo vamos a causarnos daño el uno al otro.

—No, no nos dañaremos… nos sanaremos—. Haven capturó su boca suave, tirando de su labio superior entre los suyos y lamiéndolo suavemente. —Podemos curarnos el uno al otro.

—Esto es peligroso.

—Lo sé. Entonces seamos valientes—. Suspiró profundamente, y luego tomó aire y junto con él su aroma. —Déjame hacerte el amor—. Era la primera vez que había pronunciado esas palabras. Ninguna otra mujer las había escuchado de él. Sin embargo, con Yvette era lo que quería, hacer el amor, para que sus cuerpos se unieran y se sintieran.

Esta vez, cuando se deslizó dentro de ella, lo hizo poco a poco, olvidándose de la frenética carrera hacia un clímax y permitiendo que los segundos se estiraran a minutos. Él no quería apresurar nada, sino explorarla para que pudiera aprender lo que necesitaba, cómo podría darle placer, y cómo iba a aprender a entenderla. Sus cuerpos estaban entrelazados y sus miradas también, Haven no podía imaginarse haciendo otra cosa, que hacer el amor con Yvette.

Su resbaladizo calor se sentía como en casa, con las manos sobre él como el abrazo tranquilizador, el cual no había tenido por demasiado tiempo. El muro alrededor de su corazón, se fracturó con cada sonrisa y cada gemido de los labios de Yvette. Y el brillo en sus ojos, el deseo que ardía allí por él, era como un ariete contra el vaivén de la puerta de su corazón, golpeándolo para que se abriera. Él no hizo nada para detenerlo.

—Muéstrame tus colmillos, bebé—, le animó, con ganas de demostrarle a su vez, que ya no estaba más asqueado por lo que era.

Yvette se echó hacia atrás un poco, con negación en los labios. —No, no puedo…

—Si no me los muestras, voy a lamer tus dientes y me aseguraré de que desciendan.

Sus ojos se ensancharon con sorpresa, pero luego poco a poco, ella abrió los labios. Él alcanzó a ver el blanco de sus colmillos y sintió que su pene se sacudía al verla.

—Dios, eres hermosa—. Haven nunca pensó que llamaría a un vampiro con colmillos extendidos hermoso y que lo diría en serio. Pero lo hizo. —¿Vas a morderme cuando termine esta vez?

—¿Quieres eso? — Su sorpresa era evidente, como lo era su deseo inmediato de lo que él le ofrecía.

—No he sido capaz de pensar en otra cosa, desde que me mordiste la primera vez.

—Yo tampoco.

El admitirlo encendió su corazón. —¿Te gusta mi sangre?

—Sí.

—¿Te excita de la misma forma en que me excita a mí?

—Más.

—Imposible.

—Los vampiros tienen los sentidos intensificados.

Nunca había pensado en eso, pero tenía sentido. —Lo que yo daría por los sentidos intensificados en este momento. Pero como no los tengo, prométeme una cosa.

Yvette le dirigió una mirada expectante.

—No te detengas. Quiero sentir todo lo que sientes—. Haven aumentó su ritmo, entrando y saliendo de su concha empapada. —¿Me lo prometes?

—Prometido—, repitió.

Luego sus labios se inclinaron hacia los suyos y la tomó en un beso apasionado, plenamente consciente del filo de sus colmillos y la certeza de que pronto los hundiría en su cuello. Sin embargo, no pudo resistirse tratando de robar su control, lamiendo contra los dientes afilados una vez más. El saber que ella casi perdió el control cuando los había lamido antes, era algo que lo excitaba más que cualquier otra cosa. Y volver a Yvette loca de deseo se había convertido en su misión más importante.

Haven se embebió con los gemidos que lanzaba y disfrutó sus uñas que cavaban en su trasero, mientras ella lo instaba a penetrarla más profundamente. Detectando lo cerca que estaba, él inclinó la cabeza, ofreciéndole su cuello. Él no sabía por qué confiaba en ella, pero sabía con absoluta certeza que ella no le haría daño.

Un rayo de fuego atravesó su cuerpo cuando sus colmillos rozaron la sensible piel de su cuello y ella entrelazó sus manos detrás de él para mantenerlo quieto, como si tuviera miedo de que cambiara de opinión.

—Despacio, bebé—, le susurró al oído. —No iré a ninguna parte. Soy todo tuyo—. Y maldición, si no lo decía en serio.

Cuando Yvette rompió a través de su piel y enganchó sus afilados colmillos en el cuello, todo pensamiento racional desapareció de su cerebro. Su control se hizo añicos al instante, su orgasmo explotó en él como un tsunami monumental sin previo aviso, destruyendo todo lo que había a su paso. El tiempo dejó de existir. La Tierra dejó de rotar sobre su eje. Pero en lugar de que su orgasmo fluyera y retrocediera, lo golpeó de nuevo como una ola que chocaba contra él. Y esta vez sintió un impacto aún más fuerte que antes: con los músculos de Yvette convulsionando alrededor de su pene, todas las sensaciones se intensificaron, duplicándose, *triplicándose*, hasta que de repente todo culminó en una explosión.

Haven exhaló. Nunca había tenido una experiencia sexual más poderosa en toda su vida.

~ ~ ~

Yvette se acurrucó… sí, se acurrucó… contra el pecho ancho de Haven, saciada como nunca lo había estado antes. —¿Estás bien?

Él gruñó dramáticamente. —¿Bien? — Presionó un beso en la parte superior de su cabeza. —Eso sería una descripción modesta—. Tiró de sus brazos para acercarla más, una mano deslizándose hacia abajo de su espalda, acariciándola perezosamente. —Si eso es lo que se siente cuando los vampiros hacen el amor, me pregunto cómo a tus colegas les queda energía suficiente para trabajar o pelear.

Yvette sonrió y levantó la cabeza para mirarlo. Sus ojos se abrieron y se mantuvieron fijos en ella con una mirada intensa, que de inmediato se volvió deseo. Bajo su muslo, que ella había colocado cerca de su cintura, sintió a su pene moverse. —Nunca ha sido así para mí.

—¿Nunca?

Yvette negó con la cabeza. —Quiero decir, ha sido bueno, pero… no tan bueno.

—¿Significa que me estás dando algo de crédito por esto? — Haven sonrió.

—Tal vez.

—¿O fue así porque me mordiste?

—Nunca he mordido a nadie durante el sexo—. Ella nunca había querido perder el control con ningún otro. El sexo siempre había sido suficiente. Pero lo que ella y Haven habían hecho juntos, era algo más grande, mejor.

La aprobación brilló en sus ojos. —Bien—. Luego puso la barbilla en su mano y bajó la cabeza hacia la suya. —Y sólo quiero que me muerdas a mí a partir de ahora. ¿Me entiendes?

¿Eran celos los que se detectaban en su tono áspero? El diablo la hizo preguntar: —¿Por qué?

Su mandíbula se contrajo. —Porque esos labios sexis y colmillos sólo le pertenecen a mi cuerpo. Si haces esto con otro hombre, voy a matarlo.

Antes de que pudiera volver con una réplica, apretó los labios a los suyos y la besó apasionadamente. Ella se quedó sin aliento cuando él la soltó. Cuando ella le sonrió, Haven pasó la mano por el pelo y cambió de tema.

—Te cortaste el pelo otra vez.

Yvette se encogió de hombros. —¿No te gusta?

—Sí, me gusta de ambas formas—. Acarició la mano por el pelo como si quisiera demostrar que él decía la verdad. —Simplemente me pregunto por qué lo haces.

—No hay ninguna razón en particular.

Un momento después se encontró de espaldas, Haven fijándola hacia abajo con su cuerpo de Hulk. —Bebé, ¿por qué tienes que mentirme después de lo que acabamos de experimentar juntos? ¿No merezco algo mejor?

No había enojo en su voz, sólo una dosis de resignación. Yvette levantó la mano, apartando un mechón de pelo de su frente. —Lo siento. Estoy tan acostumbrada a…

—… mantener lejos a los demás?

Por un momento, cerró los ojos, tratando de desterrar el recuerdo, pero no desapareció, esta vez no. —Estoy tan acostumbrada a ser fuerte.

Él la alivió de su peso y rodó a su lado, atrayéndola hacia sus brazos en el proceso. —Eres fuerte, y no hay nada malo en ello. ¿Yvette?

—¿Mm?

—Has escuchado hablar mucho acerca de mi pasado hoy en día, y me siento desnudo frente a ti. Pero todavía estás tratando de esconderte detrás de esa pared. Por favor, déjame entrar.

—No sé cómo hacerlo—. Porque dejarlo entrar, significaba abrirse al dolor. ¿Qué pasa si la lastimaba? ¿Qué pasa si no le gustaba la mujer que era en su interior, la que necesitaba ser amada, pero tenía demasiado miedo de admitirlo?

—Estás a salvo conmigo.

¿Segura con el gran cazador de vampiros? Por extraño que sonara, cuanto más tiempo pasaba con él, más se filtraba en ella y le infundía un sentimiento de paz. ¿Estarían sus sentimientos realmente seguros con él?

—Yo confié en ti de que no me hicieras daño con tu mordida. Ahora confía en mí.

Yvette reconoció la sinceridad en sus ojos y asintió con la cabeza. Luego miró a la distancia, fijando su mirada en un cuadro en la pared del fondo, así no tendría que mirar a Haven, mientras le decía quién era.

—No siempre fui así. Yo era la esposa perfecta: cocinaba, mantenía la casa impecable, tenía una bebida preparada cuando mi marido llegaba a casa del trabajo. Yo le apoyaba en todo lo que hacía. Sus amigos tenían envidia de lo que ellos pensaban que era la vida perfecta. Bueno, no era perfecta—. Ella dejó escapar una risa amarga, incapaz de mirar la reacción de Haven.

—*Yo* no era perfecta. Yo…

—¡No digas eso!

—Pero es verdad. Yo no era la esposa perfecta, porque no podía darle a Robert lo que quería. Después de la primera vez que perdí al bebé, estaba decepcionado, pero todavía me apoyó. Pero después del segundo, me odió. Me odió por matar a su hijo que estaba por nacer.

—Los abortos espontáneos ocurren todo el tiempo. Eso no es asesinato.

—Se sentía así. *Él* me acusó de no quererlo, porque si yo realmente hubiera querido al niño, tenía que haber hecho todo lo posible para prevenir la pérdida. Pero mi cuerpo lo rechazó. Mi cuerpo estaba defectuoso… es defectuoso. No soy una mujer de verdad, porque no puedo hacer lo que las mujeres reales pueden hacer: tener hijos.

Haven dejó escapar un profundo suspiro. —Eso es ridículo. ¡Espero que te hayas divorciado de ese idiota!

Yvette suspiró. —Él se divorció de mí.

—Él no te merecía.

—Pero él tenía razón. No era perfecta. Todavía no lo soy.

—Hay un montón de mujeres que tienen un hijo sano después de un par de abortos espontáneos. Si realmente quieres uno, no es demasiado tarde.

Ella sacudió la cabeza. Él no entendía. —Las mujeres vampiro son estériles.

Yvette sintió la sorpresa de su cuerpo rígido.

—Pero… la mujer de Samson… ella está…

—Delilah está embarazada porque ella es humana. Y los machos vampiros pueden aparearse con humanos. Los hombres vampiro pueden procrear. Las mujeres no pueden.

La mano de Haven acarició su cabeza. —Lo siento, cariño.

Ella tragó saliva, sabiendo que ahora que él sabía esto, se daría cuenta de que todo lo que tenían no podría llegar más lejos. ¿Por qué él, un ser humano sano, renunciaría a la posibilidad de tener hijos sólo para estar con ella? —Así que ya lo ves, soy defectuosa.

De repente, su mano se apoderó fuertemente de sus bíceps y acercó su cabeza hacia él.

—¡No digas eso! No es cierto. No eres defectuosa. No hay nada malo contigo. Por el contrario, eres la mujer más perfecta con la que he estado. Eres fuerte, inteligente, y eres hermosa. Y cuando estoy dentro de ti, me haces sentir completo. Mejor que completo. Eso por sí solo sería suficiente. Pero cuando hundes tus colmillos en mí y tomas mi sangre…

Haven cerró los ojos por un momento, como buscando las palabras adecuadas. Cuando los abrió, una calidez fluyó hacia ella. —Cuando haces eso, le das vuelta a mi mundo. Me haces olvidar todo: el dolor de todos esos años en busca de Katie, la muerte de mi madre— tragó saliva. —Incluso su traición.

Yvette tocó su mejilla con la palma de su mano, acariciando su barba. ¿Estaba realmente tratando de decirle que no le importaba si ella era capaz de tener hijos o no?

—Los años buscando a Katie y cazando vampiros, fueron impulsados por el deseo de venganza. No quiero volver a sentir ese tipo de dolor de nuevo. Yo prácticamente lo crie a Wes. Nos enviaron con un tío abuelo después de la muerte de nuestra madre. Pero Wes siempre me admiró como guía. Ahora, no estoy tan seguro de que lo que hice, estuviera bien. Alimenté el odio que había en él también. Me aseguré de que no lo olvidara, siempre manteniendo el deseo de venganza con vida. Me admiraba como a un padre. He tenido todo esto. He sentido las responsabilidades de un padre sobre mis hombros, y con la pérdida de Katie, sentí como si hubiera perdido a mi propio hijo.

Él apretó la mano contra la de ella, sosteniendo con más fuerza su mejilla. —Yo no quiero esa responsabilidad de nuevo. Porque no podría soportar perder a otro hijo.

A Yvette le tomó unos segundos procesar sus palabras y su significado. ¿Él no quería niños?

—Pero, tú no puedes saber eso. Nadie se…

Haven puso un dedo en sus labios. —No podrías ser más perfecta para mí—. Luego sonrió. —Y en cuanto a la razón por la cual te cortas el pelo tan corto, si estás tratando de ocultar tu feminidad, te contaré un pequeño secreto: no está funcionando. Nunca serás capaz de ocultar que eres una hermosura de sangre caliente, y mujer apasionada.

Antes que la última palabra hubiera dejado sus labios, ella apretó su boca contra él y lo besó.

30

Zane respondió al primer llamado de su teléfono celular.

—Estamos bajo ataque—, le gritó Gabriel a través de la línea. —Ella está tratando de llevarse a Wesley.

—Estamos en camino—. Desconectó la llamada y al mismo instante, apretó el número de Amaury con la tecla de marcado rápido, mientras se dirigía a los dormitorios.

—¿Sí? —, respondió Amaury.

—Gabriel está bajo ataque. Estamos en camino, pero tú estás más cerca—. Zane acechó por el pasillo, golpeando la puerta de Thomas antes de abrirla.

—Estoy en ello—, dijo Amaury, desconectando la llamada.

—La bruja está detrás de Wesley—, informó Zane a Thomas, quien salió corriendo del cuarto de baño, vestido sólo con una toalla.

—¡Mierda! — Maldijo Thomas. —No esperaba que ella se recuperara tan rápidamente.

La cabeza de Eddie se levantó de la almohada. —¡Maldita sea! — Vestido con una camiseta y calzoncillos, se levantó de un salto.

—¡Prepárate!

Entonces Zane se giró y dio a la puerta de Yvette un golpe breve, abriéndola sin esperar una respuesta. La habitación estaba vacía.

—¡Ah, mierda! — Él no tenía que ser un neurocirujano para darse cuenta de dónde estaba. ¿Acaso la mujer no tenía ningún sentido de auto-conservación? ¿Acaso tenía que involucrarse con un maldito brujo?

Enojado, se dirigió a la habitación y abrió la puerta sin llamar. La vista que lo recibió, fue algo que él hubiese dado cualquier cosa para borrarla de su memoria. Yvette desnuda acostada de espaldas con la cabeza de Haven entre sus piernas. No sólo el hombre la estaba chupando como un campeón del mundo, sino también que sus manos estaban entrelazadas, lo que indicaba que era una conexión más profunda que sexo.

Por suerte, Zane sólo tuvo que mirar la escena por una fracción de segundo, porque Haven, había escuchado la puerta abrirse. Su cabeza se hizo a un lado, y de inmediato deslizó el cuerpo de Yvette, cubriendo su desnudez mientras le ponía el acolchado de edredón para ocultarla completamente de la vista de Zane.

—¡Qué mierda! — Gruñó Haven. —¡Fuera!

—¡Zane! — Yvette le gritó al mismo tiempo. —¿No puedo tener algo de privacidad?

—No, no puedes. Ahora no. Gabriel está siendo atacado. La bruja está tratando de atrapar a Wesley.

~ ~ ~

Haven maldijo. ¡Mierda! Mientras que él había estado pensando sólo en sí mismo y en hacerle el amor a Yvette, su hermano estaba en peligro. Él debería haber sabido que dividirlos no era una buena idea. Se deberían haber quedado todos juntos.

—Prepárate, Yvette. Eddie se quedará aquí con Haven—, instruyó Zane.

—No. Yo iré con ustedes.

Pero Zane cerró la puerta, antes de que la última palabra hubiera salido de la garganta de Haven.

—No, estarás más seguro aquí con Eddie. Ella no podrá atacar dos lugares a la vez—. Yvette se deslizó por debajo de él y buscó su ropa. Al instante que Zane había abierto la puerta, Yvette se había tensado, lo cual era comprensible, pero, sin embargo, la frialdad que había en su voz lo sobresaltó.

—No voy a dejar que todos vayan ahí afuera y peleen mis batallas por mí.

Haven saltó de la cama detrás de ella y agarró sus jeans… bueno, probablemente eran de Amaury, pero ahora eran suyos. Yvette se vistió más rápido de lo que jamás había visto vestirse a una mujer. ¿Alguna vez superaría que ella tuviera velocidad sobrenatural? ¿Le importaba? No.

—Olvídate de tu orgullo. No se trata de eso. Somos más fuertes que tú.

A pesar de todo lo que había pasado entre ellos… o tal vez porque… sintió una punzada de dolor en sus palabras. ¿Podría vivir con el hecho de que Yvette era mucho más fuerte que él? ¿Habría siempre la batalla de poder entre ellos?

Se peinó con la mano su cabello despeinado. Mierda, ¿cuándo había empezado a pensar de esa manera? ¿Cómo había llegado a esto… a ésta relación? Porque eso era exactamente como se sentía: como una relación. Esperó a que la sensación de claustrofobia le diera un puñetazo en el estómago, pero no pasó nada. No se extendía ninguna sensación de estar atrapado. No había miedo asomándose porque estuviera haciendo las cosas mal.

Sólo la sensación de que lo que estaba haciendo era lo correcto, se instaló en su pecho. —Bebé, odio tener que decírtelo, pero no vas a deshacerte de mí tan fácilmente.

Puso la mano en el picaporte de la puerta, volvió la cabeza y le lanzó una mirada sorprendida. —¿Quién dijo que yo estaba tratando de deshacerme de ti?

Haven se puso la camisa rápidamente y dio dos pasos hacia ella. —Levantaste tu pared otra vez al momento en que Zane entró en la habitación. Muy bien. No tienes que decirles a tus amigos lo que está pasando entre nosotros. Todavía no. Pero no me van a excluir—. Entonces él tomó sus labios en un fuerte beso, haciendo valer su derecho sobre ella. Maldito sea el infierno, pero él la quería, quería a un vampiro.

—Ahora vámonos.

Sus labios rojos parecían completamente magullados y aún más deseables que antes, y una vez que todo esto hubiese terminado, él regresaría a ellos, pero ahora era hora de luchar contra la bruja.

Haven se puso las botas de un tirón y le tomó la mano. Para su sorpresa, ella deslizó su mano en la suya. —Somos más fuertes juntos—, murmuró.

Yvette asintió con la cabeza.

~ ~ ~

En el momento en que llegaron a la casa de Gabriel, la lucha había terminado y Bess se había ido.

—Mierda, ¿qué pasó? — Vio Haven la estela de destrucción en el vestíbulo de la casa victoriana de Gabriel. Maya estaba arrodillada junto a Oliver, en cuyo brazo había una larga herida. Desesperadamente, buscó en la habitación por su hermano. —¿Dónde está Wes?

La voz de Gabriel venía de las escaleras que conducen hasta el garaje. —Él está bien. Me las arreglé para encerrarlo abajo en una habitación segura, antes de que la bruja pudiera acercarse lo suficiente—. Gabriel se apareció en el pasillo. Detrás de él, Wesley salió viéndose de lo peor por la situación.

El alivio inundó a Haven mientras abrazaba estrechamente a su hermano. Luego miró a Gabriel. —No nos puedes separar de nuevo. No lo permitiré. Es obvio que no estaremos más seguros si nos separamos. Por el contrario, ella tendrá menos de ustedes con quienes luchar. Y mira qué pasó—. Señaló a Oliver, que estaba siendo atendido por Maya.

Gabriel enderezó su postura. —Voy a hablar con Samson. Será su decisión—. Abrió su celular y marcó. Pasaron unos segundos. Haven notó que de repente todos los demás vampiros, Amaury, Zane, Thomas, Eddie, e incluso Yvette, se quedaron completamente inmóviles. Un momento más tarde, incluso Haven, pudo escuchar: la llamada pasó al correo de voz. Samson no respondía.

—¡Mierda! — Amaury de repente gritó. El pánico se deslizó sobre sus rasgos faciales. —La bruja está atacando la casa de Samson—. Entonces, su rostro se distorsionó en agonía. —¡Nina! Oh Dios, está lesionada.

Confundido acerca de cómo Amaury podía saber que su esposa estaba herida, Haven se concentró sólo en lo que ahora sabía: que había sido una trampa, una distracción. Un profundo temor corrió por él. —Ella quiere a Kimberly—. Y no era difícil adivinar por qué: si la bruja tenía a Kimberly, Haven y Wes irían por ella, tan simple como eso. Y estarían de regreso al punto de partida.

31

La puerta de la casa de Samson estaba bien abierta. No era una buena señal. Amaury corrió pasando al lado de Haven por las escaleras, como si una horda de hombres con estacas lo estuviera persiguiendo. Detrás de él, Gabriel gritaba órdenes para asegurar el área.

—¡Kimberly! — Haven gritó por la casa mientras corría en su interior. Nada se movía en el primer piso, por lo que siguió el ejemplo de Amaury y se precipitó por las escaleras. Irrumpió en una de las habitaciones a unos pasos detrás de Amaury y se paró en seco.

La embarazada Delilah estaba en la gran cama de cuatro postes, con el rostro distorsionado por el dolor, sus piernas abiertas con los pies apoyados en el colchón. Respiraba rítmicamente.

—Maya— dijo Samson, su rostro y torso desfigurado por quemaduras, y, aun así, tomaba la mano de su esposa. —Te necesitamos aquí. ¡El bebé viene!

Maya entró en la sala en el instante siguiente y de inmediato se dirigió a la cama. —Estoy aquí—. Ella miró hacia el lado opuesto de la habitación, y Haven siguió su mirada.

Amaury tenía a Nina en su regazo. Su torso estaba cubierto de marcas de quemaduras y cortes, y estaba sangrando profusamente.

—No, Maya—, dijo Delilah. —Tienes que ayudar a Nina en primer lugar.

—Amaury la tiene. No te preocupes—, le aseguró Maya. —Ahora vamos a sacar al bebé.

Haven volvió a mirar a Amaury y a la mujer en sus brazos.

—No tendría que haberte dejado sola, *chérie*—. Se dio cuenta cómo los colmillos de Amaury se alargaban y luego, sin previo aviso, atravesó su propia muñeca con ellos, haciendo brotar la sangre de ella.

Nina le dio una débil sonrisa.   Tuve que patear el culo de la bruja.

—Por supuesto que lo hiciste —, respondió, y llevó la muñeca hacia sus labios. —Ahora bebe—. Fascinado, Haven observaba, recordando cómo Yvette lo había sanado de la misma manera sólo dos días antes.

Cuando Samson se acercó a él, Haven se apartó de la escena y lo miró. Antes de que el vampiro dijera una sola palabra, Haven ya sabía lo que venía.

—Lo siento. No pude evitar que tomara a Kimberly. Ella estaba atacando a Nina. Luchamos contra ella lo mejor que pudimos, pero cuando se fue sobre mi esposa… lo siento, era demasiado fuerte para mí y Nina solos—. Un verdadero lamento brilló en sus ojos.

—Kimberly era mi responsabilidad—, dijo Haven, sintiendo el afilado filo del fracaso atravesarlo. Él no podía culpar a Samson: había tenido que proteger a su esposa y a la de Amaury. Aquellas eran sus primeras prioridades, no Kimberly.

Una mano suave se deslizó en su mano, y se volvió para ver a Yvette pararse junto a él. —Vamos a recuperarla. Te lo prometo—. Sus palabras eran de poco consuelo para el dolor que lo abrumaba una vez más. Ella debió haber notado su mirada abatida, porque hizo algo que no hubiese esperado que hiciera.

Delante de todos sus colegas y amigos, Yvette puso sus brazos alrededor de él y lo besó. Cuando se apartó para mirarlo, se sintió ahogado y no podía decir lo que quería, así que simplemente dijo: —Gracias— y la abrazó.

Cuando la soltó de sus brazos, él captó la mirada de Wesley fija en ellos. Por una vez, su hermano no estaba con el ceño fruncido. Él simplemente se encogió de hombros como si quisiera expresar que sea lo que sea que pasara, no era algo que él podría cambiar. Tal vez su hermano menor se había dado cuenta finalmente que algunas cosas eran parte el destino, y no tenía que meterse con el destino.

—¿Podemos tener algo de privacidad para Delilah aquí? — pidió Maya e hizo movimientos con los brazos tratando de espantarlos. —Tenemos un bebé por nacer, así que dennos un poco de espacio.

A pesar de que Nina ya se veía mucho mejor después de beber la sangre de su marido vampiro, Amaury la cargó fuera de la habitación. —Puedo caminar, ya sabes—, protestó ella.

Amaury simplemente gruñó. —Vamos, Nina. No te vas a salir con la tuya.

Sólo Maya y Samson permanecieron en el dormitorio con Delilah después de que todos los demás bajaron las escaleras y se reunieron en la sala de estar. Una sensación de *déjà vu* se apoderó de Haven mientras miraba alrededor. Era más o menos lo mismo, y sin embargo tanto había cambiado desde que se habían reunido en la misma habitación, menos de veinticuatro horas antes.

Haven atrajo a Yvette más cerca. —¿Cómo supo Amaury que su esposa resultó herida? — Él mantuvo su voz baja, sin querer que los demás lo escucharan.

—Ellos han hecho el vínculo de sangre. Pueden comunicarse telepáticamente.

Las palabras susurradas de Yvette, alcanzaron el punto máximo de su curiosidad. —¿Cómo es eso?

—Así es como es. Una pareja con vínculo de sangre, tiene una conexión muy profunda.

—Pero Nina es humana—. Que un vampiro tuviera poderes especiales, no le sorprendía, pero Samson había dicho claramente que la esposa de Amaury era un ser humano.

—No importa. Una vez que hizo el vínculo de sangre con Amaury, está conectada a él. Siempre será así para ellos. Están más cerca de lo que cualquier otra pareja humana jamás podría estar—. Había deseo en su mirada.

—Pero si es humana, y él es un vampiro, va a envejecer y morir—. Y tendría que ver a su marido quedarse tan joven como ahora, mientras ella se marchitaba. Haven negó con la cabeza. ¿Qué tan bueno podía ser eso? No, una relación entre un humano y un vampiro… o un brujo y un vampiro, para el caso… tenía que estar condenado desde el principio.

Una sonrisa se mostró alrededor de los deliciosos labios de Yvette. —Están vinculados por sangre. Ella no envejecerá mientras él esté vivo. Esa es la belleza de un vínculo de sangre. Él nunca tendrá que convertirla. Ella puede permanecer humana y todavía estar con él.

Haven se quedó boquiabierto cuando volvió a mirar a Amaury, quien tenía ahora a Nina en su regazo, mientras estaba sentado en uno de los sillones, acariciando suavemente su cabellera rubia. Se sorprendió por el gesto tierno de este armatoste de vampiro. Las emociones entre ellos estaban claramente visibles en cada sonrisa y cada acción. Él la amaba, y ella no parecía tener miedo, a pesar del hecho de que Amaury podría ser capaz de aplastarla con una mano.

Mientras miraba a Amaury y a Nina, todo el sistema de creencias de Haven se vino abajo. Ninguna de las cosas que creía saber acerca de los vampiros tenía sentido ya. Lo que había experimentado con Yvette, cómo lo había sanado y había hecho el amor con él, ya le había mostrado destellos de una verdad que no había querido ver. Y Amaury sólo consolidó esas creencias: los vampiros vivían, respiraban, eran criaturas capaces de amar y de ser compasivos, como los seres humanos.

El intestino de Haven se retorció con el recuerdo de los vampiros que había matado. ¿Habría quitado una esposa a su marido, una mujer a un amante, habría robado un hijo a su padre? Y a pesar de que los vampiros reunidos en torno a él sabían lo que había hecho, lo habían dejado vivir. En todo caso, eran mejores que él.

—¿Qué pasa? —, susurró Yvette junto a él.

¿Podía sentir su confusión, el sentimiento de culpa que lo inundaba? Haven apretó la mano. —Tenemos que encontrar a Kat...Kimberly.

Las voces en torno a ellos se callaron cuando Gabriel hizo un gesto a todo el mundo para calmarlos. —Hemos cometido errores. Yo soy el primero en admitirlo.

Nadie le contradijo.

—Nuestros métodos tradicionales de hacer frente a una amenaza, no han funcionado en este caso. No podemos luchar contra una bruja con nuestros poderes de costumbre, ella es muy fuerte. Y tenemos que actuar con rapidez. La luna llena es mañana por la noche, y podemos estar seguros de que la bruja hará un intento de robar a los dos, Haven y Wesley, bajo nuestras propias narices para llevar a cabo el ritual. No podemos permitir que eso suceda.

Haven soltó la mano de Yvette y dio un paso adelante. —No estoy de acuerdo.

Varios pares de ojos de golpe miraron en su dirección.

—Ella me quiere a mí y a Wes. Así que le entregaremos lo que quiere.

—¡Fuera de discusión! — Contestó Yvette. —Tú no...

Haven tomó su muñeca y la detuvo. —Sé que tienes miedo por mi seguridad, pero es la única manera de conseguir a Kimberly de regreso. Sólo tienes que confiar en mí. Tengo una idea.

Odiaba mentirle y al resto de ellos, pero sabía que, si él sugería lo que pensaba, Yvette sería la primera en llamarlo loco... justo después de que su hermano le golpeara en la cabeza con un objeto pesado.

***

—¿Qué idea? —, preguntó Yvette, preocupada que lo que sugiriera lo pondría en el camino del peligro. No es que él nunca hubiera salido de ese camino.

Ahora que había admitido ante sí misma que Haven era más importante para ella que ninguna otra persona en su vida, no podía permitir que le pasara nada. Tenía que protegerlo, incluso si eso significaba que lo protegería contra sí mismo y contra sus ideas heroicas.

Una sensación de inquietud se instaló en su nuca cuando Haven finalmente habló. —No estoy seguro si alguno de ustedes sabe lo que hago para ganarme la vida, pero soy muy bueno en ello. Soy un cazador de recompensas. Yo sé cómo descubrir a las personas que no quieren salir de sus agujeros. Todo se trata del anzuelo.

A Yvette no le gustaba una sola palabra de lo que estaba diciendo. "Anzuelo" era sinónimo de "suicidio".

—No tenemos idea de dónde se esconde la bruja, ¿verdad?

Gabriel intentó protestar. —Todavía estamos buscando. Nuestros guardias están afuera, peinando la ciudad en busca de ella. Por desgracia, sin nada con su ADN en él, Francine no será capaz de adivinar su paradero, de lo contrario ya habríamos intentado ese camino.

—Eso es lo que me imaginé. Sabemos que va a tratar de atraparme y también a Wes, antes de la luna llena de mañana. De lo contrario, tendrá que esperar otro mes para tener la oportunidad de realizar el ritual. Puesto que no podemos ir a buscarla, vamos a tratar de controlar lo que podemos. La próxima vez que nos capture, será en nuestros términos.

—Sigue—, lo alentó Gabriel.

—Wes y yo volveremos a mi apartamento y esperaremos…

—¡No! ¡Tú no puedes salir de nuestra protección! — Interrumpió Yvette. Si ella y sus colegas no estaban a su alrededor, ¿cómo podrían impedir que los capturaran?

—Tenemos que hacerlo. Porque esta vez, atacará durante las horas del día. De esa forma ella sabrá que no la podrán seguir si no están preparados. Es por eso que tienen que prepararse. Una vez que nos tenga, nos llevará con Kimberly, y ustedes tendrán que seguirnos. Tendrán que mantenerse lo suficientemente lejos para que ella no los sienta, pero lo suficientemente cerca como para intervenir cuando lo necesitemos.

Yvette sabía que lo que estaba sugiriendo era demasiado arriesgado. ¿Qué pasaría si perdían el rastro de ellos, cuando la bruja se los llevara?... Necesitamos una manera de rastrearlos.

Thomas asintió con la cabeza. —Puedo poner un dispositivo de seguimiento GPS en el zapato de cada uno. Es pequeño, ella no será capaz de encontrarlo.

—Bien—, aprobó Gabriel. —Ve.

Thomas se levantó y llamó a Eddie. —Eddie, vamos a buscar un par de chips. Te mostraré cómo programarlos—. Entonces miró a Haven y a Wes. — Estaremos de regreso en una hora.

Cuando la puerta se cerró detrás de ellos, Yvette sintió el carácter definitivo de la decisión de Haven. Quería ofrecerse a sí mismo para salvar a Kimberly, ¿pero qué pasaría si algo salía mal? —No fuimos capaces de derrotarla la última vez. ¿Qué te hace pensar que podremos hacerlo esta vez?

Haven tomó su mano y la apretó. —Creo que todos sabemos los poderes que tiene. Estamos preparados. Si vamos a ella con más gente, la podremos debilitar.

Con los ojos, trataba de transmitirle que él estaba cometiendo un error. —Saber lo que ella puede hacer y ser capaz de derrotarla, son dos cosas diferentes.

—Conseguiremos la ayuda de Francine. Parecía lo suficientemente interesada en ayudar la última vez. Puede mantener a Bess a raya con brujería, mientras que una docena de vampiros tratan de debilitarla con sus tradicionales armas. Mientras tanto, algunos de ustedes pueden liberar a Kimberly, a Wes y a mí—, sugirió Haven.

Gabriel dio a Yvette una confiada sonrisa a medias. —Y esta vez duplicaremos el número de vampiros que luche contra ella—. Miró a Zane. —Elabora una lista de nuestros mejores hombres y prepáralos.

El llanto de un bebé interrumpió las órdenes de Gabriel. Levantó la cabeza. Un momento después, sonrió. —Maya sólo quiere que les diga que Delilah dio a luz a una niña saludable.

~ ~ ~

Después de felicitar a Delilah y a Samson por su hermoso bebé, Yvette cerró la puerta de la habitación principal y se dirigió a las escaleras, dejando al resto de sus colegas con el recién nacido.

—Yvette.

La voz de Haven detrás de ella, la hizo girar. Sin decir una palabra, la jaló a la habitación de huéspedes y cerró la puerta detrás de ellos.

—Yo sé que no estás feliz con mi plan, pero necesito que confíes en mí. Todo va a estar bien.

Yvette se apartó de sus brazos. —Es un suicidio—. ¿Acaso no tenía algún sentido de auto-conservación?

Haven le tomó los hombros y la atrajo. —No es así. ¿No dijiste tú misma que tus amigos eran los mejores guardaespaldas, que eran los mejores luchadores?

—Así que ahora estás usando mis palabras contra mí. Imagínate.

Puso su dedo bajo su barbilla y levantó su cara para que tuviera que mirarlo, frente a sus ojos penetrantes. —Bebé, no tengo ningún interés en poner mi vida en peligro, pero no puedo perder a Katie de nuevo. Ella es mi familia. Tú lo entiendes, ¿no?

Por supuesto, su familia era lo primero. Yvette no era de la familia, tal vez ni siquiera alguien que realmente le importara. ¿O lo era? —Así que todo lo que dijiste antes, no lo decías en serio.

—Yo quise decir cada palabra que pronuncié—. Él la apretó contra su pecho. Ella no pudo resistirse a inhalar su aroma y perderse en él.

—Cuando esto termine, tú y yo, tenemos una cita—, le susurró al oído.

—Lo dijiste una vez antes.

—Y he cumplido mi promesa. Tuvimos una cita. Sólo que la próxima vez, será más larga.

Ella levantó la cabeza para mirarlo, aumentando sus esperanzas con ello.

—Mucho, mucho más tiempo. Y esa es una promesa que pretendo cumplir—, añadió antes de tomar sus labios y besarla como si se estuviera muriendo de hambre. Ella le devolvió el beso, aferrándose a él con la esperanza de que nunca fuese a terminar.

32

Haven cerró la puerta de su apartamento y siguió a su hermano hacia la sala de estar, donde se dejó caer en el sofá bien gastado. Wes se pasó la mano por el pelo y empezó a pasear.

—¿Estás seguro de que es una buena idea?

Haven asintió con la cabeza. —Nadie tenía nada mejor que ofrecer—. A pesar de su voz tranquila, se sentía todo lo contrario. El último beso que dio a Yvette cuando tuvo que decirle adiós, lo había sacudido. Había estado lleno de miedo y desesperación. Esperaba que él hubiera interpretado correctamente sus sentimientos y que ella haría lo correcto cuando tuviera que hacerlo. Por más que hubiera querido confiar su plan en ella, él se había detenido. En cualquier caso, sólo era una medida cuando todo lo demás fallara. A pesar de que, dentro de su corazón sabía que era la única manera de asegurarse de que el Poder de Tres no se desataría. Y en última instancia tendría que dar ese paso.

—¿Qué va a pasar, Hav?

Haven se encogió de hombros. —No sé. Ella nos secuestrará, nos llevará a algún…

Wesley se detuvo frente a él. —No. No con la bruja. Con Yvette. Tú y ella, ¿qué es? ¿Sólo una picazón que necesitas rascar? — Había una mirada atormentada en los ojos de Wes.

Haven rompió el contacto visual y miró por la ventana. —Yo no sé hacia dónde va—. ¿Cómo podía decirle a su hermano lo que realmente sentía, cuando él ni siquiera se lo había dicho a Yvette? Sentía que no era correcto confesárselo a Wesley, cuando él había sido demasiado cobarde para decirle a Yvette lo que necesitaba escuchar de él.

—¿Estás enamorado de ella?

Haven se levantó y caminó hacia la ventana. —Demonios, Wes, apenas la conozco.

—Eso no tiene nada que ver.

—¿Qué te importa?

Wes se unió a él en la ventana mientras miraban a la calle a media mañana y a sus sucesos habituales. —No se te puede haber escapado que dos de los vampiros están casados con mujeres humanas.

—¿Y? — A Haven no le gustaba la dirección que tomaba la conversación. Su hermano estaba a punto de acorralarlo.

—Por lo tanto, significa que las relaciones entre nuestras dos especies son posibles. No te hagas el tonto conmigo. Sé qué se cruzó por tu mente.

Cuando Haven no respondió de inmediato, Wes continuó. —¡Maldición, estabas tomado de la mano con ella!

—¿Y qué mierda se supone que significa eso?

—¿Cuándo has andado de la mano con una mujer?

—Un montón de veces—, mintió Haven. No podía recordar ni una sola vez. Él no era de ese tipo, y no tenía relaciones. Sólo tenía aventuras de una sola noche.

—Sabes, Hav, yo siempre pensé que mi futura cuñada, sería una mujer caza recompensas fuerte que hubieses conocido en uno de tus trabajos, incluso alguna ex-convicta. Que llevarías a casa un día a un vampiro, ni siquiera me lo esperaba.

—Yo no voy a llevarla a casa...

Una mano en el hombro lo detuvo. —No lo hagas. Creo que podría ser peor. Yvette no parece del todo mala. Al menos es obvio que ella se preocupa por ti.

Haven cruzó miradas con su hermano. —Lo siento, Wes. Yo sé que se siente como traicionar la memoria de mi madre, pero hay cosas con las que no puedo luchar—. Al pensar en su madre, volvió a sentir una puñalada en el pecho. Y estaba claro que no era el único molesto por las revelaciones que Francine había hecho esa noche en casa de Samson. Si su único hermano supiera qué otra cosa la bruja le había confesado, el horrible crimen que su madre había cometido… pero Haven, sabía que nunca podría decirle a su hermano. Era un secreto que tenía que llevarse con él a la tumba.

—No quiero hablar de mamá en este momento.

Antes de que Wes pudiera darse la vuelta, Haven lo agarró del brazo. —Creo que tenemos que hacerlo. Si Francine estaba diciendo la verdad, y creo que lo estaba, entonces estábamos equivocados todo este tiempo. *Yo* estaba equivocado. Y *yo* te he arrastrado a eso, cuando eras lo suficientemente joven como para olvidar.

Wes dejó escapar un largo suspiro. —¿Realmente crees que podría haber olvidado lo que pasó esa noche, aunque no me lo hubieses recordado constantemente? ¡Hav, fui el que le permitió tomar a Katie! ¡No corrí! Yo no la mantuve a salvo.

Era la primera vez que Haven se daba cuenta, que Wesley cargaba con la misma culpa que él. Ya era hora de dejarlo ir, de perdonar y de olvidar. Tendrían que rescatar a Katie. Y esta vez, la mantendrían a salvo. Haven se aseguraría de eso, incluso si eso significara sacrificarse a sí mismo para detener que la profecía se cumpliera.

Tomó por los hombros a Wesley y lo sacudió. —¡Detente, Wes! No fue tu culpa. Y no fue culpa mía. Éramos niños. Nosotros hicimos lo que pudimos. Lo que pasó fue debido a nuestra madre. Ella trajo esto sobre nosotros—. Mamá les había robado a su padre. Pero él no podía decírselo a Wes. Se destrozaría si lo supiera. —Hemos perdido a Katie por su culpa, por lo que ella quería.

Vio lágrimas brotar de los ojos de Wes y acercó a su hermano en un abrazo. —El pasado ya pasó.

—¿Cómo pudo hacernos eso a nosotros? ¿Es que no nos amaba?

¿Amor? ¿Su madre los había amado? Haven contempló la pregunta de su hermano, recordando la última vez que había oído a su madre hablar de amor. ¿Había significado algo?

—No sé. Creo que nunca lo sabremos—. ¿Podría haber un corte más profundo que la traición de una madre? —Pero haremos las cosas bien ahora. Te lo prometo.

Wes asintió con la cabeza. —Sí. Haremos lo correcto.

Haven apartó a su hermano de sus brazos. —Tenemos que destruir el Poder de Tres. Ha traído demasiado dolor a todos los involucrados. Yo no lo quiero.

—Yo tampoco.

—Bueno, entonces estamos de acuerdo. Pero necesito tu ayuda. Hay una segunda parte del plan que no le he contado a nadie, ni siquiera a Yvette.

33

Yvette se mordió las uñas. No lo había hecho desde que era un ser humano. Sin embargo, la espera en la furgoneta polarizada por cualquier noticia sobre lo que estuviera pasando en el apartamento de Haven, le destrozaba los nervios. Junto a ella, Zane estaba sentado como una estatua de piedra, sin moverse, sin revolver todo, y ciertamente no estaba inquieto como ella. Como si nada le molestara. Lo que probablemente era el caso.

—¿Hambre? —, le preguntó de pronto y metió la mano en el refrigerador al lado de él, sacando una botella de sangre.

Ella sacudió la cabeza.

—Ah, supongo que cenaste de Haven antes. ¿Qué se siente, la sangre de brujo?

La paciencia de Yvette se partió como una goma elástica. Sus dedos se fueron alrededor del cuello de Zane, presionándolo contra el reposacabezas. —¡Cierra la boca o te clavaré una estaca aquí mismo!

Él la agarró por la muñeca y se liberó, y luego movió la cabeza de lado a lado, tronándose las vértebras de su cuello. El sonido le hizo sentir un escalofrío por la columna vertebral a Yvette.

—Delicada. Supongo que me vas a enseñar a no interrumpir la próxima vez que él te esté haciendo sexo oral.

Zane realmente no sabía lo que era bueno para él.

—¡Mantente fuera de mi vida privada! — Ella tiró su mano para liberarse de su agarre y entrecerró los ojos. —Sabes qué, Zane… si yo tuviera un deseo, ¿sabes cuál sería? ¿Lo sabes? Sería que te enamoraras de tu mayor enemigo. ¿Y sabes lo que haré entonces? Me cagaré de la risa.

Ella cruzó los brazos sobre su pecho y miró por las ventanas polarizadas. —¡Así que déjame en paz, mierda!

—¡Yo no *amo*!— Resopló Zane.

—¿Sí? Bueno, tampoco lo hacía yo, así es la vida—. Yvette se sentía un poco mejor con la idea de que ella estaba poniendo nervioso a Zane. Por lo menos, lo había hecho callarse. Mejor que tenerlo metiendo la nariz en sus cosas. Lo que sentía por Haven era privado. Nadie necesitaba saberlo. Tendría que aceptarlo ella misma en primer lugar, antes de que otros pudieran agregar sus opiniones sobre el asunto.

No es que permitiera que las opiniones de sus amigos la disuadieran al final: lo que ella decidiera hacer, sería su decisión y solo suya. No importaba lo que los otros pensaran acerca de que se enamorara de un hombre que no era ni humano ni vampiro, sino brujo. ¿Habría habido alguna vez una pareja entre vampiros y brujos? Ella no sabía que algún hecho así se hubiera producido. Pero, de todas maneras, Haven no era realmente un verdadero brujo. Él no tenía poderes en ese momento. ¿Haría eso que las cosas estuvieran bien?

Yvette exhaló, tratando de aliviar la tensión en su cuerpo. En realidad, no importaba lo que Haven fuera, porque él sólo era… Haven. Un hombre que la hacía olvidar todo el dolor de su pasado. Un hombre que tal vez podría incluso aceptarla como era: dañada, no una mujer real. Y si el destino le arrojaba ese hueso, ¿quién era ella para tirarlo?

Un pitido la sacó de su concentración. Su mirada voló hacia el monitor frente a ella. Dos puntos verdes parpadeaban como uno solo. Puntos rojos los rodeaban. —Ellos están en movimiento.

—Vamos—, ordenó Zane al conductor humano. —Mantente lejos. Vamos a ver dónde los está llevando.

Yvette miró en el monitor como los puntos verdes se trasladaban a la ciudad, los puntos rojos que eran las camionetas polarizadas de Scanguards, se movían en sincronía con ellos, pero siempre manteniéndose al menos a tres cuadras de los puntos verdes. Era inevitable que la bruja no se diera cuenta que la estaban persiguiendo, a pesar de que lo podría sospechar. Pero dado que era de día, probablemente se sintió a salvo de los vampiros. Pero no lo estaba.

Con los ojos pegados al monitor que mostraba un mapa de San Francisco, Yvette siguió el movimiento de los puntos verdes. Hacia el oeste aproximadamente a la misma velocidad que su propia camioneta, el otro vehículo atravesaba lentamente el pesado tráfico del mediodía. Poco a poco avanzaba por una de las principales arterias, antes de que fuera hacia el norte en la carretera que conducía hacia el Puente Golden Gate. La bruja se dirigía hacia el campo.

Yvette pensó por un momento. Si la suposición de Francine estaba en lo cierto, entonces el ritual tendría que llevarse a cabo fuera, bajo la luna. El condado de Marin, al norte del puente Golden Gate, ofrecía muchos lugares apartados y boscosos donde dicho ritual pasaría desapercibido. Además, la zona estaba llena de adictos a la nueva era, y otra bruja desnuda bailando en la luz de la luna, no despertaría sospechas. No es que Francine le hubiese dicho nada sobre el bailar al desnudo.

Al cruzar el puente Golden Gate a una milla detrás del vehículo de la bruja, Yvette miró por la oscura ventana. La vista de la ciudad era impresionante. Pero ella no estaba en una visita turística. Si todo salía bien, ella volvería aquí con Haven una noche para mirar abajo, hacia las luces de la ciudad. Compartir un abrazo. Un beso.

—Están dirigiéndose hacia al Monte Tam.

A causa del poco tráfico hasta el sinuoso camino de dos carriles hacia el Monte Tamalpais, tenían que irse más atrás para pasar desapercibidos. El nerviosismo trepó por el estómago de Yvette y se instaló en su garganta. ¿Qué pasaría si los perdían?

No se dio cuenta que había empezado a inquietarse otra vez, hasta que Zane le puso la mano en el brazo. —No te preocupes. Ella no va a escapar—. Su voz era extrañamente tranquilizadora, tanto era así que ella le dirigió una mirada atónita.

Se encogió de hombros como si adivinara su sorpresa. —Con todas las pruebas apuntando en lo contrario, no soy del todo sin corazón.

Ella asintió con la cabeza, sin habla ante su espectáculo inesperado de compasión. La desaceleración de la camioneta le hizo mirar de vuelta al monitor. Los dos puntos verdes ahora parpadeaban sin moverse. —Se detuvieron.

—No te acerques—, instruyó Zane al conductor. — No queremos que ella escuche el motor del coche o nos vea.

El conductor se detuvo y apagó el motor. Luego se volvió hacia ellos. —Voy a echar un vistazo—. Corrió una cortina entre el habitáculo del conductor y el área de pasajeros antes de abrir la puerta de la camioneta y salir, con cuidado de no permitir que la luz del día penetrara en el área que Zane e Yvette ocupaban.

A pesar de saber que su conductor era uno de sus mejores guardaespaldas humanos, y capacitado en sigilo al igual que ella y Zane, Yvette no podía dejar de preocuparse. —¿Qué pasa si la bruja lo detecta?

—Es humano. Ella no va a pensar nada al respecto. Hay excursionistas alrededor de esta montaña durante todo el día, y él viste para la ocasión.

Sintiéndose ridícula, ella no respondió. Por supuesto, Zane estaba en lo cierto. Pero esperar la puesta del sol, nunca se había sentido tan tortuoso.

34

La cabaña a la que Bess los había llevado era rudimentaria: una habitación grande con un área en la esquina que servía de cocina y un baño pequeño del otro lado. Se sentía frío y húmedo. Haven no había notado que los seguía alguien, pero esperaba que los vampiros no estuvieran muy lejos. Con varias horas más de luz solar… aunque penetraba muy poco a través de la zona boscosa… la misión de rescate no llegaría antes del anochecer.

Cuando él y Wesley entraron en la cabaña con la bruja a sus espaldas, sus ojos inmediatamente buscaron a Kimberly y la encontraron acurrucada en la única cama de la habitación. Ella se levantó de un salto cuando los vio.

—¡Haven, Wesley! ¡No deberían haber venido! Ahora nos tiene a todos—, se lamentó Kimberly.

Wesley la tomó en sus brazos. —Vas a estar bien, hermana.

—Al menos estás bien—, señaló Haven con alivio y le palmeó el hombro.

—Sí, sí, sí—, zumbó la bruja detrás de ellos. —Cómo odio las reuniones empalagosas de las familias.

Bess estaba desarmada, a excepción de la daga ceremonial enfundada en su cadera. Los ojos de Haven enfocaron el arma secretamente. Tendría que poner sus manos sobre él más adelante.

—Ahora siéntense, y no me molesten—, les ordenó y empujó una ráfaga de aire contra él. El balance de Haven fue arrancado de raíz, pero se contuvo con la suficiente rapidez. No había necesidad de que la bruja tuviera ningún tipo de armas para mantenerlos a raya, porque todo lo que necesitaba eran sus poderes. Haven, recordó su última conversación con Wesley antes de que Bess los hubiera arrebatado, y esperaba no haber calculado mal acerca de cómo derrotarla.

~ ~ ~

Tan pronto como cayó la noche, Zane e Yvette se unieron a Gabriel en un bosquecillo de árboles. Francine estaba con él. El resto de los vampiros estaban dispersos, creando un amplio círculo alrededor de la cabaña, los guardaespaldas humanos estaban fuera de alcance.

Yvette deslizó su auricular en su oreja derecha. Le permitiría que su equipo se comunicara entre sí para coordinar el ataque.

—Necesitaremos diez minutos para llegar a la cabaña, otros cinco para llegar al claro donde creemos que el ritual se llevará a cabo—, explicó Gabriel.

Francine asintió con la cabeza. —Haven, Wes, y Katie tendrán que estar en un semicírculo alrededor del altar. Tendremos que esperar hasta que Bess inicie el canto del ritual. Su concentración estará en el ritual y sus sentidos cognitivos estarán disminuidos. Es el único momento en que ella estará más débil de lo normal.

—Francine usará sus poderes para acabar con la bruja—, dijo Gabriel. —Una vez que esté derrotada, los encantos que ella hubiese levantado caerán y nos permitirán poner a los tres a salvo.

—Entendido—, confirmó Zane.

Yvette tragó saliva. Sonaba tan fácil, pero, sin embargo, sabía que un millón de cosas podrían salir mal, incluso con la ayuda de Francine. —Gracias por ayudarnos, Francine. Estoy segura que no puede ser fácil tener que luchar contra uno de los tuyos.

Una sonrisa tensa se formó alrededor de los labios de Francine reconociendo las palabras de Yvette. —A veces no tenemos otra opción sobre lo que hacemos. Ciertas cosas son más fuertes que nosotros.

El comentario de Francine evocó una visión de Haven y sus sentimientos por él. Sí, algunas cosas eran más poderosas de lo que Yvette era. Una vez que esto hubiese terminado, le diría a Haven que lo amaba, aún si eso significara dejar al descubierto su corazón y hacerla vulnerable. Si él no la amaba también, le dolería. Pero si lo hacía, entonces ella tendría todo para ganar.

Caminaron en silencio, con cuidado de donde pisaban para no crear ningún ruido mientras se acercaban. La luna les prestaba más luz para su camino, a pesar de que podrían haberlo hecho con facilidad sin ella. La visión de un vampiro por la noche, era tan buena como la visión de un ser humano durante el día. Todo era claro y nítido. Yvette se concentró en la misión por delante, sobre la importancia de lo que tenía que hacer: no sólo para destruir a la bruja que podría alterar el equilibrio de poder en su frágil mundo, si no también lo más importante era salvar al hombre que había llegado a significar todo para ella. Y para preservar la familia que había luchado tan valientemente para mantener.

Ella entendía sus temores ahora, porque mientras ella subía hacia la montaña a su destino, ella se puso en el lugar de Haven. Desde hace años, había buscado a la hermana que había perdido y protegido al hermano que amaba. Yvette se daba cuenta ahora de que la familia no tenía que significar dar al hombre que se amaba un hijo. La familia eran todos: un hermano, una hermana, amigos, colegas de confianza. Ella ya tenía una familia, y había luchado por ella también, los protegió cuando tuvo que hacerlo al igual que ellos la habían protegido. Incluso le salvaron la vida. Zane lo había hecho meses antes. Y ahora todos estaban a su lado para salvar lo que era más querido para ella.

—Lo amo—, susurró.

Junto a ella, Zane volvió la cabeza y los ojos se fijaron en ella. —Lo sé—. Y, qué diablos, si esa no era una tierna sonrisa alrededor de la boca.

Cuando llegaron a la cabaña de madera, ya sabían que estaba vacía. Yvette encendió el auricular, asegurándose de que estaba conectada con el resto del equipo. Uno por uno, sus colegas se anunciaron comprobándose por su nombre. El único que no iba a unirse a su lucha era Samson. Se había quedado atrás con Delilah, dividido entre su deber como líder y su amor por su esposa e hija y la necesidad de protegerlas.

Por primera vez desde que descubrió que Delilah estaba embarazada, Yvette sintió verdadera alegría por la pareja. Sus sentimientos de envidia se habían disipado. Ella tendría que hablar con Maya, haciéndole saber que no quería continuar con los inútiles intentos de forzar un embarazo, cuando realmente no importaba. En realidad, nunca lo había hecho. Debido a que todo lo que en realidad había querido, era a alguien que la amara. Y si Haven era ese alguien, sería suficiente. Ella no tendría que darle un hijo para que él le diera su amor. Ella sola era suficiente.

Cuando el paso de Gabriel aminoró y luego se detuvo, Yvette se paró justo al lado de él y siguió su mirada en la distancia. En medio de un pequeño claro más allá de la cubierta protectora de los árboles que la albergaban a ella y a sus colegas de ser vistos, la luz de la luna inundaba una gran piedra larga plana y lo suficientemente amplia como para que una persona se acostara en ella. En tres lados, el área estaba rodeada de árboles en los que sus colegas se ocultaban. Sin embargo, por un lado, detrás del altar de piedra, una formación de rocas estaba cerca de una pared vertical, por lo que era imposible acercarse por detrás.

El altar de piedra tenía varios elementos: velas encendidas, una daga, y un caldero. Detrás de ella, la bruja estaba mirando al cielo como si esperara que la luna se pusiera en la posición que necesitaba. Rodeando el altar, estaban parados los hermanos. No estaban atados. Al darse cuenta de que se movían muy ligeramente, Yvette se dio cuenta de que ellos estaban probablemente limitados por algún encanto o hechizo para que no escaparan, pero podían mover sus brazos y piernas.

Yvette alejó su preocupación por Haven, su hermano y su hermana, sin querer destruir su concentración. Ella tenía que luchar y necesitaba una mente clara.

Francine siguió la mirada de la bruja hacia el cielo lleno de estrellas. —Es hora—, susurró. —Tan cerca, casi puedo sentirlo.

En su auricular, Yvette escuchó a sus colegas confirmar que estaban en posición, Gabriel había traído tres docenas de vampiros y humanos guardaespaldas. No habría escape para la bruja esa noche.

El canto rompió el silencio de la noche, obligando a los sonidos del bosque hacia el fondo. Extrañas palabras en un idioma antiguo susurraban a través del aire, provocando que el viento soplara las velas. Sólo la luna brillaba en el escenario ahora. Sus brazos se extendieron a lo alto hacia las estrellas, la bruja alzó la voz, repitiendo el mismo canto más fuerte ahora. Una ráfaga de viento sopló sobre el altar, sacudiendo la olla y la daga que yacían junto a él.

—Ahora, Francine—, instó Gabriel.

Una expresión de dolor y horror cruzó los rasgos faciales de Francine antes de que ella pisara en el claro, apuntando las manos hacia el suelo debajo de ella. —Ordeno a la tierra—, murmuró ella y levantó los brazos. Le temblaban los labios con palabras que no llegaron a los oídos sensibles de Yvette.

Desde las yemas de los dedos de Francine salían chispas como pequeñas cargas eléctricas. Un momento después, la tierra bajo los pies de Yvette se estremeció con temblores como de un terremoto. Sólo duró un segundo, pero lo que Francine había tratado de hacer, fue suficiente.

Relámpagos salían de los dedos de Francine, mientras cargaba hacia la otra bruja, apuntándole. La cabeza de su adversario se volteó con rapidez hacia ella, el canto interrumpido, su concentración quebrada. Después de reunir sus fuerzas para un contra ataque, Bess extendió los brazos hacia Francine.

La orden de Gabriel llegó a través del auricular de Yvette. —¡Muévanse!

Desde todos los lados, las sombras surgían de los árboles con sigilo, descendiendo rápidamente en el claro, mientras los primeros rayos del contra ataque de Bess iluminaban la noche.

Yvette corrió hacia adelante, consciente de permanecer fuera de la trayectoria de Francine. Mientras las dos brujas enviaban relámpagos la una a la otra, Francine se acercó a su adversario. Asediada no sólo por Francine, sino por los muchos vampiros acercándose a ella por tres lados, Bess envió rayos en todas las direcciones, mientras sin esfuerzo, prevenía a los hermanos de moverse.

Yvette se agachó, mientras un destello de luz brillante disparaba hacia su dirección y rodó sobre el suelo, evitando por poco la llama ardiente. En el momento en que volvió a levantarse, vio a tres vampiros atacando a Bess del costado. Mientras uno conseguía hacerse con su brazo y girarlo detrás de su espalda, su fuerza de combate se redujo de inmediato a la mitad. En cuestión de segundos, los otros dos vampiros la tenían fuertemente sujetada, incapacitándola para lanzar cualquier otro rayo de fuego.

Aliviada, Yvette corrió hacia la escena. De reojo, vio un destello a su paso. Una fracción de segundo más tarde, un rayo de energía golpeó a Bess de lleno en el pecho. Los vampiros que la habían restringido fueron lanzados al aire y cayeron a varios metros de distancia.

El olor a pelo y carne quemada viajaron a través del aire mientras Bess caía al suelo, su cuerpo en llamas, sus gritos resonando en la fría noche, como el llanto de un niño en agonía.

Yvette giró la cabeza hacia la dirección en la que el rayo había provenido y se quedó mirando a Francine. —La teníamos—La incredulidad caía sobre Yvette mientras ella gritaba, —¿Qué estabas…

Sin embargo, un rayo procedente de las manos de Francine cayó al suelo delante de los pies de Yvette, instintivamente se lanzó hacia atrás.

—No más—, gritó Francine.

Shock, y la dura advertencia en la voz de Francine, hizo que Yvette se congelara inmediatamente. Cuando ella miró los ojos de Francine, mientras la mujer se acercaba al altar, extendiendo los brazos como un escudo, Yvette vio un destello en sus ojos que sólo podía significar una cosa: Francine se había vuelto contra ellos.

—¡No, Francine! — Gabriel gritó mientras corría hacia ella. Lanzó un rayo de advertencia hacia él, haciéndole parar en seco.

—¡Muévanse! — Gabriel dio un comando susurrado a través del auricular. — ¡Derríbenla!

Pero ya era demasiado tarde. Mientras Yvette y sus colegas avanzaban hacia ella, de pronto rebotaron contra un muro invisible que los separaba de Francine y el altar, y de los hermanos delante de ella.

Había levantado un escudo.

Gritos furiosos llegaban de todas partes.

—¡Francine, no tienes que hacer esto! —, exclamó Gabriel.

La mirada en el rostro de caza de Francine era escalofriante, pero sus siguientes palabras sembraron el horror. —He intentado por mucho tiempo resistirme a él. No más—. Luego miró a los tres hermanos, su mano extendida hacia ellos. —¿No se dan cuenta? He intentado todo para no someterme a la tentación. Pero el poder es demasiado fuerte. Luché contra él. Lo hice.

Yvette apretó su peso contra el escudo invisible, pero el encanto se quedó en su lugar. ¿Por qué Francine los había traicionado? ¿Cómo podía, después de todo lo que había hecho por ellos antes? ¿Cuánto tiempo lo había planeado? ¿Y por qué no lo habían visto venir?

—Francine—, instó Gabriel. Miró a Yvette, extendiendo el brazo como si fuera a decirle que se calmara. —Déjalos ir. Puedes resistirte a esto. Eres más fuerte.

Francine negó con la cabeza, una mirada triste en su rostro. —No. Es demasiado tarde. El poder está demasiado cerca, demasiado real. ¡Hice todo lo posible para evitar esto, todo! Traté de detener a Jennifer de que fuera tras de él, pero nada la persuadió. Incluso cuando hice que Katie fuese secuestrada cuando era un bebé, no fue suficiente. Quería asegurarme de que la profecía no se cumpliese. Hasta le hice prometer que nunca me dijera dónde la había dejado. Le hice prometerlo, así no habría una manera de encontrarla.

—¿Secuestraste a Katie? — Haven gritó, empuñando sus manos, claramente tratando de avanzar hacia ella, pero fue detenido por una fuerza invisible. —¡Oh, Dios! Yo debí haberlo sabido. ¡Tú y mamá, lucharon! ¡La traicionaste!

—Tuve que hacerlo. No podía dejar que aprovechara el Poder de Tres. Tenía que pararla, así que envié un vampiro para que se llevara a Katie. Envié a Drake para tomarla…

El nombre familiar sacudió a Yvette. ¿Drake? ¿Estaba hablando del psiquiatra que varios de sus colegas estaban viendo?

—¿El *doctor* Drake? —, preguntó Gabriel con voz tensa.

—Él no era un doctor en ese entonces. Tomó a Katie, porque le dije que tenía que hacerlo. Le hablé de la profecía, tenía que proteger el equilibrio de poder. Así lo hizo. Y él me protegió de la tentación, al mismo tiempo. Con Katie lejos, fui capaz de resistirlo. Ni siquiera pensé en ello durante años. Pensé que lo había conquistado. Pero ahora…— Se interrumpió, su mirada se movió de nuevo a los tres hermanos. —…necesito el poder. Lo he negado durante mucho tiempo. ¿No ven que no puedo hacer nada al respecto?

Entonces sus ojos se dispararon de nuevo a Gabriel, enojados y acusadores.

—Nunca debiste haberme involucrado en esto. Nunca debiste haberme pedido ayuda. Es tu propia culpa. Nunca debiste haber confiado en mí.

A continuación, Francine levantó la daga del altar y comenzó su canto.

35

Haven intercambió una mirada con Wesley, en silencio le recordó su plan. Nada había cambiado en realidad: una bruja estaba realizando el ritual, sólo que ahora era Francine, no su captor original. No había ninguna diferencia para él. Nunca habría sospechado de ella, nunca pensó que iba a volverse contra ellos, pero en el momento en que Bess había estallado en llamas y había muerto, vio un brillo en los ojos de Francine que sólo podría significar una cosa: el ansia de poder.

Ahora que los vampiros habían perdido su aliado y sólo podían luchar con armas mortales en lugar de brujería para combatir brujería, Haven se preparó para lo que tenía que hacer. Echó una mirada en dirección de Yvette, viendo su lucha, tratando de luchar contra el invisible escudo que Francine había puesto a su alrededor para evitar que los vampiros se acercaran.

Haven sabía con absoluta certeza que él amaba a Yvette, y no quería causarle ningún dolor, pero no había tiempo para comunicarle lo que había planeado. Él esperaba que ella lo entendiera cuando llegara el momento.

Mientras el canto llegaba a un crescendo, Francine rodeó el altar y se acercó a ellos. Tomó la mano de Kimberly, abriendo su palma. Entonces ella tomó el puñal e hirió la palma de su mano, dejando un rastro de sangre. Kimberly gritó de dolor. El sonido del corte atravesó el corazón de Haven, pero él no hizo nada para ayudarla.

En su lugar se concentró en las últimas palabras de su madre: —Recuerda amar—. Haven lo entendía ahora. Le había dado la clave con sus palabras antes de morir. Sólo con el amor, él sería capaz de aprovechar sus poderes originales y reunir la fuerza suficiente para ejecutar su plan.

Cuando Francine llegó a Wesley, su hermano obedientemente extendió su mano para dejarse cortar. A medida que la sangre se esparcía por su mano abierta, Wesley hizo una mueca, pero al igual que lo habían discutido con anterioridad, no luchó y sólo amplió su postura para estar listo para su parte.

Francine dio un paso hacia Haven, su mano sostenía el cuchillo que estaba cubierto con la sangre de sus dos hermanos. Ella sólo necesitaba la de él ahora. Al llegar a su mano y voltearle la palma hacia arriba, Haven cerró los ojos por un momento, permitiendo que el amor fluyera a través de él: el amor por su hermano y hermana, y más importante, el amor por Yvette. A medida que aumentaba más, sintió una carga viajar desde las plantas de los pies hacia arriba a través de él como si una fuerza externa extraña se apoderara de su cuerpo.

Su primer instinto fue luchar contra ella, pero reprimió el impulso, y en su lugar dejó que su amor por Yvette le guiara, le diera la bienvenida a la invasión. A medida que la sensación se propagaba en él, abrió los ojos, de repente vio todo con más claridad. Sabía que su poder original estaba de vuelta. Era débil, pero sería suficiente para realizar una acción con velocidad, astucia y sigilo.

Mientras Francine ponía el puñal contra la palma de su mano, se lo arrebató de su mano confiada. Al mismo tiempo, Wesley lanzó una patada, el pie se conectó con la parte de atrás de las rodillas de Francine, haciéndola caer. Ella dejó escapar un grito asustado mientras caía al suelo, pero trató de levantarse.

Era todo el tiempo que necesitaba Haven. Él sostenía la daga con ambas manos y apretó los dientes. Tomando todo su valor y sobre la base del amor que ahora estaba firmemente en su corazón, condujo el puñal hacia su estómago, empujando lo más que pudo. Al rojo vivo, el fuego estalló de las entrañas cortadas, arrancando un grito agonizante de su garganta. Goteaba un líquido caliente sobre sus manos que todavía sostenían el mango del puñal. Miró hacia abajo y vio la sangre brotar de su cuerpo, mientras captaba la realidad de lo que había hecho.

—¡Noooooo!

Quién gritó, no podía decirlo. Sólo sintió unos fuertes brazos alrededor de él y cayó al suelo. El cuerpo de Wesley amortiguó su caída. El frío lo atravesó. La humedad de la noche se propagó. Su visión era borrosa, y sus oídos se sintieron como si estuvieran rellenos con algodón.

Él iba a morir para que el Poder de Tres fuera destruido para siempre.

~ ~ ~

Los pies de Yvette simplemente se movieron hacia delante, empujándola en la dirección de Haven. Ella apenas se dio cuenta que de repente el campo de fuerza se había reducido. La acción de Haven fue probablemente la razón de ello, lo cual rompió la concentración de Francine, a pesar de que la bruja ya se tambaleaba hacia atrás sobre sus pies.

Pero cualquiera sea la razón de la desaparición del campo de fuerza, Yvette tenía que llegar a Haven. Su cuerpo se movía con independencia de su cerebro, en todo lo que su mente podía concentrarse era que se había apuñalado a sí mismo para evitar que el ritual tuviese éxito.

De reojo, vio a los otros vampiros acercándose, Zane junto a ella, la mano en el cuchillo que él apuntaba hacia delante, un pelo más rápido que Yvette. Cuando estuvo a varios metros de la bruja, quien parecía haber recuperado sus fuerzas y se preparaba para lanzar rayos de energía en contra de ellos, Zane levantó su brazo derecho, impulsó la muñeca y le tiró el cuchillo.

Cayó exactamente en el centro de la frente de Francine. Como un árbol muerto, ella cayó.

Yvette no tenía ninguna satisfacción por su muerte y sólo miró su cuerpo, sin detener su carrera mortal hacia Haven. Cuando llegó, se dejó caer al suelo y apartó los brazos de su hermano, sosteniendo su cabeza en su regazo.

Los ojos de Haven se abrieron. —Yo sabía que ibas a venir…— Su voz era débil y baja.

—Haven. Por favor. Tienes que aguantar—. Ella le apretó la mano contra la herida abierta del estómago, tratando de detener el flujo de sangre, pero era demasiada. Como un río, la sangre fluía de él.

—Te amo—, le susurró, apenas audible, la fuerza abandonaba su cuerpo. Su rostro pálido y sin sangre, sus ojos todavía llevaban la misma pasión que le había mostrado anteriormente.

—¡Nooooo! ¡No te vayas! *¡No me dejes!*— Ella estaba más allá del tonto orgullo ahora. Lo único que sabía era que ella no podría vivir sin él.

Una mano en el hombro le hizo girar la cabeza hacia un lado. Wesley. Su cara llena de lágrimas, los labios temblorosos, le dio una mirada suplicante. —Tienes que convertirlo.

Un sollozo se le escapó. ¿Convertirlo? ¿Convertirlo en una criatura que él despreciaba? —No puedo hacerle eso. Él me odiaría—. Ella nunca sobreviviría a su odio cuando lo único que anhelaba era su amor.

Wesley sonrió a través de sus lágrimas. —No. Nunca te odiaría. Mira—. Señaló a Haven, y ella miró hacia abajo a su cara. Sus ojos aún abiertos, como si estuviera aguantando por unos segundos más, sus labios se movieron de nuevo.

Yvette bajó la cabeza hacia él, tratando de entender sus palabras.

—Hazme… como tú…— Sus ojos buscaron los suyos. —Ámame…

—Oh Dios, perdóname por lo que voy a hacer.

Entonces ella le acarició la mano por la cara, sintiendo la frialdad húmeda de su piel. Había poco tiempo. —Te amo.

Sus colmillos se alargaron, empujando sus labios. Un momento después, ella dejó caer la cabeza sobre su cuello y le atravesó la piel, conduciendo sus afilados colmillos profundamente en su carne. Su cuerpo tembló, luchando contra la invasión por unos segundos, antes de que se dejara de mover contra ella. A medida que succionaba de su vena y tomaba su sangre rica en ella, aferró su cuerpo a su pecho y escuchó los latidos de su corazón debilitándose hasta que tartamudeó su fin.

~ ~ ~

Zane sacó el cuchillo de la cabeza de Francine y limpió la sangre en sus pantalones antes de meterlo de nuevo en la funda que estaba en su cinturón. Nunca había confiado en la perra, y por lo visto, había sido el único que no había sido engañado por ella. Por lo tanto, era justo que él fuera quien la hubiese matado. Sin embargo, sólo una pequeña pizca de satisfacción se propagó en su pecho. Su discurso le había dado escalofrío: había sido tentada por el poder. Y él sabía mejor que nadie lo difícil que era luchar contra ese tipo de tentación. No era simplemente dar rienda suelta a la potencia y causar estragos. El sentarse y esperar, sabía de eso también.

Cuando Wesley se levantó mientras Yvette ahora alimentaba con su propia sangre al moribundo Haven, sostenía a su hermana llorando en sus brazos, Zane se acercó. Por alguna extraña razón, sintió la necesidad de tranquilizar a los miedosos hermanos.

—Él lo logrará.

Wesley asintió con la cabeza. —Es lo que quería.

—¿Ser un vampiro? — Zane no podría haber estado más sorprendido por la revelación. ¿El cazador de vampiros quería ser un vampiro? ¿Cuando los odiaba tanto?

—No. Quiero decir, sí. Pero, no. No era su motivo. Pero sabía que, si él daba su vida humana, podría destruir el Poder de Tres para siempre. Esa es la razón por la que lo hizo.

El respeto de Zane por Haven acababa de elevarse alrededor de un mil por ciento. —Se sacrificó.

—Por nosotros. Por todos nosotros—. Wesley miró a su hermano. —Dios, espero que no se arrepienta.

—Lo haremos sentir bienvenido. Estoy orgulloso de tener un nuevo hermano con tal valor.

Zane se limpió la mano en la camisa y se la tendió a Wesley. —Dos nuevos hermanos y una hermana.

Vacilante, Wesley puso la mano en la de Zane. Zane se la apretó. —Siempre tendrán nuestra protección.

Kimberly dejó de abrazar a su hermano y dio un paso hacia Zane. Con una mirada de reojo hacia Yvette, ella sonrió entre lágrimas. —Ellos se aman.

Zane se sintió obligado a reemplazar su habitual ceño fruncido con una sonrisa amistosa. —Es por eso que no se arrepentirá.

36

La cabeza de Haven nadaba. Sus sueños se proyectaban al más vivo de los colores que había visto. Una multitud de olores lo invadió, y su cerebro funcionaba como una computadora, analizando, comparando y procesando. Entre los olores había uno por el que se sentía atraído más que por ningún otro: naranjas. Su hogar. Finalmente estaba en su hogar.

Se obligó a abrir sus pesados párpados. Las imágenes explotaron en su consciencia. A pesar de la penumbra, no tenía problemas para ver todos los detalles. Una habitación, una en la que nunca había estado, decorado por una mujer, el toque femenino no dejaba ninguna duda sobre eso. La suavidad de una cama debajo de él. Sábanas de algodón suave rozaban su piel desnuda.

Haven se sentó con un movimiento fluido, la liviana colcha de edredón cayó hasta su estómago. Le recordaba algo. A lo lejos, como en una vida diferente, recordó el dolor. Un puñal. Sangre. Su mirada se dirigió hacia su estómago, donde el fantasma de un recuerdo permanecía. Pero nada marcaba su piel perfecta.

Mientras él se tocaba el vientre, una avalancha de recuerdos, regresaron con rapidez. Vio a Francine mientras realizaba el ritual. Luego tenía el puñal en su mano. El dolor llegó un segundo más tarde, mientras sus manos hundían la afilada hoja en su estómago. Y después de eso, se acordó de una cosa: Yvette, sintió sus brazos alrededor de él, entonces sus colmillos en el cuello, drenándolo.

Instintivamente, su mano se fue a su cuello, pero, también, su piel estaba impecable.

Sin embargo, él sabía lo que había sucedido. Él era uno de *ellos* ahora. Lo sentía con su cuerpo y con su corazón. Cada fibra de su nuevo cuerpo estaba alerta, cada poro de su piel podía tomar las impresiones, sensaciones y estímulos. Nunca en sus sueños más descabellados, pudo haberse imaginado alguna vez cuán vivo se sentiría.

Haven tomó su primera respiración consciente como un vampiro, e inhaló un aroma totalmente atractivo, uno que él conocía de su vida anterior. Sólo que ahora, era más pronunciado, más intenso, y en última instancia, imposible de resistir. Debajo de la colcha, su cuerpo respondió. Tirando de las sábanas, se levantó de la cama, sin estar sorprendido en lo más mínimo de que su pene sobresalía cual poste que sostenía una tienda.

Sus oídos recogieron el sonido del agua: una ducha. Con resuelta determinación, cruzó la habitación y siguió el sonido. La puerta del baño estaba abierta. Él la abrió sin hacer ruido y entró en la sala llena de vapor. La bañera grande a su derecha estaba vacía, pero al lado de él estaba la gran ducha con puertas de vidrio. Y en ella, Yvette estaba bajo el agua, de espaldas a él.

El corazón de Haven se aceleró cuando abrió la puerta de cristal y se deslizó dentro. Yvette giró al mismo instante, sorprendida.

—Estás despierto.

—Estoy vivo—. Vivo y con hambre. La sed en su garganta ardía como un horno.

Sus ojos recorrieron su rostro. —¿Recuerdas lo que pasó?

Haven asintió con la cabeza. —Cada segundo de ello—. Su mirada se desvió a la columna pálida de su garganta. —Tengo hambre.

—Te he dejado una botella de sangre en la mesita de noche.

Mientras instintivamente sabía que necesitaba el alimento que había dejado para él, él quería otra cosa en primer lugar, para calmar un hambre diferente. —Más tarde.

—Haven… yo… yo no tenía otra opción.

Puso el dedo en sus labios, deteniéndola de decir cualquier otra cosa.

—Era la única manera.

El aliento de Yvette se sentía como un fantasma contra su dedo, mientras abría los labios. —No podía dejarte morir.

—Me temo que voy a tener que castigarte por eso. Ves, Yvette, me convertiste en un vampiro, ahora estás atrapada conmigo—. Dejó que sus ojos descendieran por su cuerpo desnudo. Ella era aún más hermosa de lo que recordaba.

—¿Por qué lo hiciste? — El sonido de angustia en su voz le dio qué pensar.

—Era la única solución para destruir el poder. Ninguna brujería puede vivir en el cuerpo de un vampiro. Francine lo dijo.

—Debiste haberlo discutido conmigo.

—¿Y que no me dejaras hacerlo? — Sacudió la cabeza. —No, bebé, hubieses tratado de convencerme de que no lo hiciera.

—¿Pero qué hubiera pasado si yo no hubiera llegado a tiempo?

Lágrimas no derramadas asomaron a sus ojos. Haven acarició la mano sobre su mejilla. —Pero lo hiciste. Estoy vivo. Y nunca me he sentido mejor en toda mi vida.

—Pero has odiado a los vampiros durante toda tu vida, ¿cómo podrías tú…

—Me has enseñado que los vampiros tienen un corazón. No son criaturas sin alma—. Luego se miró a sí mismo y se dio cuenta que ella seguía su mirada. —Y por lo visto, los vampiros tienen un mayor deseo sexual—. ¿O era porque Yvette estaba cerca de él?

El aliento de Yvette se detuvo. —Te amo.

Sus palabras hicieron que todo estuviera bien en su vida. Haven la apretó contra su cuerpo desnudo y sintió que su piel chisporroteaba con el toque. Las sensaciones que el contacto con su piel producía eran más intensas que cuando había sido humano. —Estaba esperando que dijeras eso—. Suavemente rozó sus labios contra los suyos. —Porque yo nunca te dejaré ir. Lo entiendes, ¿no? No habrá ninguna fuga.

—¿Cómo estás tan seguro de eso? — Su sonrisa coqueta le dijo que estaba lista para jugar.

—Sólo hay una manera de hacer esto…— Haven sumergió la cabeza y rozó sus labios contra los suyos, inhalando su aroma. —Dios, hueles incluso mejor de lo que recuerdo.

—Todo será diferente ahora—, le susurró contra sus labios.

—¿Diferente bueno?

—Mejor. Más intenso.

Haven deslizó su mano por su espalda hacia las olas de su trasero y la acercó hacia su adolorido pene.

El aliento de Yvette se detuvo con el contacto. —Y más grande.

No pudo reprimir la sonrisa que se formó en sus labios. —Si yo lo hubiera sabido, habría considerado este cambio antes.

—No deberías hacer bromas al respecto.

—¿Por qué no?

Ella se apartó y golpeó con su puño sobre su hombro. —¡Porque me asustaste como la mierda cuando te apuñalaste! ¡Nunca te atrevas a hacer nada de eso otra vez!

—¿Y cómo te asegurarás de que nunca lo haga? — Haven le respondió, riendo en voz baja.

—Hay una manera por la cual siempre sabría lo que estás pensando—, Yvette lo evadió, bajando los párpados como si estuviera insegura de cómo continuar.

Haven no tenía que preguntarle en qué estaba pensando. Un recuerdo del día anterior se deslizó en su conciencia: Amaury supo cuando Nina estuvo herida, y Maya le dijo a Gabriel telepáticamente que Delilah había dado a luz a una niña. Él entendió.

—Quieres un vínculo de sangre.

Yvette se hizo un poco hacia atrás, tratando de girar fuera de su control. —Es demasiado pronto para hablar de algo así. Y, además, a lo mejor lo que quieres es diferente.

Haven no aflojó para soltarla. Y ahora que él era un vampiro, era tan fuerte como Yvette. Nunca más iba a poder escapar de él. —Es muy pronto, ¿eh?

—Sólo estaba bromeando. Realmente.

—Ah, ¿sí? —. Entonces la obligó a mirarlo con su mano, agarrando la barbilla entre el pulgar y el índice. —Pensé que estabas más allá de esa fase.

—¿Qué fase?

—Cuando me mientes, y lo sé.

—No estaba…

Él chasqueó la lengua. —Bebé, te voy a preguntar de nuevo. ¿Quieres un vínculo de sangre?

Ella desvió la mirada, pero él tomó su cara para que lo viera. —Porque yo lo quiero. Y estaría muy decepcionado si me rechazaras.

Los ojos de Yvette se iluminaron como un árbol de Navidad. Contra su pecho, sintió los latidos acelerados del corazón. —Oh, Haven, ¿estás seguro? Porque si estamos vinculados de sangre… va a ser para siempre.

Por siempre era lo que tenía en mente. Haven acarició su mano sobre su mejilla. —Bebé, no te estaría preguntando si yo no estuviera seguro. ¿O te gustaría que reitere mi propuesta de rodillas? Creo que la propuesta en la ducha es un poco ortodoxa, pero…Yo…

Ella sacudió la cabeza y lo interrumpió con sus siguientes palabras. —Te amo.

Entonces echó los brazos alrededor de él y se apretó contra él.

—Lo tomo como un "sí".

—Sí—. Acarició su aliento el oído, enviando un escalofrío por su cuerpo, la onda de choque viajó por todo el camino hasta su pene.

Impaciente por hacerla suya para siempre, le preguntó: —¿Cuándo?

—Ahora.

Ahora no podía venir lo suficientemente rápido. —Tienes que decirme qué hacer.

Ella aflojó su abrazo y lo miró. —Vamos a hacer el amor y beberemos la sangre el uno del otro, cuando nuestros cuerpos estén unidos.

Haven gimió. Esto era mejor de lo que había imaginado que sería el ritual. En el mejor de los casos, pensó que habría una ceremonia similar a una boda, con los vampiros presentes, mientras que intercambiaban la sangre mediante un corte en sus manos como en la tradición de los indios americanos. Pero esto, bueno, eso era algo más que un regalo inesperado. Se dio cuenta de que eso era lo que había soñado desde que conoció a Yvette, sin saber siquiera lo que significaba. Desde que por primera vez había probado su sangre.

En el momento en que se hundió en los labios de Yvette y la capturó, se dio cuenta de que finalmente había encontrado la paz. Finalmente era libre para amar a la mujer en sus brazos, y lo haría por toda la eternidad. Ella lo había liberado de las ataduras de la venganza y el odio, y le había mostrado que el amor podía residir en cualquier ser.

Haven inclinó la cabeza y barrió la lengua entre sus labios entreabiertos, familiarizándose de nuevo con su sabor embriagador. Sólo que esta vez todo era más intenso, más real. Sin embargo, a pesar de la intensidad, no podía imaginar que algún día podría saciarse de Yvette.

Sin esfuerzo, él la apretó contra la pared de azulejos de la ducha y devoró su boca como si hubiera sido privado de alimentos durante una semana. Pasó la lengua y mordisqueó, se adentró y la chupó, la recorrió y la acarició. E Yvette igualó cada acción, su cuerpo se retorcía contra él, el agua de la ducha caliente hacía que sus cuerpos se deslizaran uno contra el otro en un movimiento fluido.

Con cada caricia, Haven sintió las cuerdas de su control más fuerte. Sus encías le picaban y ardían como si alguien estuviera presionando un hierro para marcarlas. Haven se separó de la boca de Yvette y se echó para atrás, los dedos al instante se dirigieron a sus dientes, antes de alejarse en estado de shock.

Y ahí estaban: los colmillos. Lentos pero seguros, descendían de sus orificios. Puntas afiladas y peligrosas.

Su mirada se fijó en Yvette, quien lo miraba fascinada. En cámara lenta, levantó la mano y tocó su mejilla, y luego sus dedos se fueron a los labios, tocándolos.

—Enséñamelos—, susurró.

Él dudó, al principio sintiéndose preocupado acerca de mostrar su nuevo yo, pero luego se dio cuenta de que era una estupidez. Ella era como él, y recordó lo hermosa que la había encontrado cuando la había visto con sus colmillos extendidos.

Haven entreabrió sus labios y sintió su dedo deslizarse a lo largo de los dientes. Un momento después, un rayo de energía lo atravesó. Su pene se sacudió con el toque.

—¡Mierda! — exclamó. Nunca había sentido un placer más intenso que el toque de su dedo en contra de su colmillo.

Una sonrisa maliciosa fue su respuesta.

—¿Es eso lo que te hice cuando lamí tus colmillos?

Yvette asintió con la cabeza. —Sí. ¿Entiendes ahora por qué traté de detenerte?

—¡Diablos, no! — Él tomó su mano y la alejó, entonces la atrajo hacia sus brazos, su pene hinchado se hundía en su estómago. —Lámelos, bebé.

Él vio el destello de alegría en sus ojos, justo antes de que hundiera de nuevo sus labios sobre los de ella. Cuando pasó la lengua por su boca y la corrió a lo largo de sus dientes, Haven se tambaleó al borde de su control. De ninguna manera iba a poder volver a la cama, él tenía que tomarla aquí y ahora.

La levantó y la apretó contra la pared, abriéndole las piernas en el proceso. En el instante en que pasó la lengua por uno de sus colmillos, Haven se deslizó en ella hasta el fondo con un empuje, su canal estrecho lo envolvió en el calor húmedo. Se quedó sin aliento, sus labios se desprendieron de él.

—No te detengas ahora, bebé—, instó.

—Me estás matando, Haven—. Su respuesta era más un gemido que palabras. —Eres nuevo en esto. Debemos tomar las cosas con calma para que no te dejes abrumar.

—Me parece que tú eres la que no lo puede aguantar. Confía en mí, tomar las cosas con calma no es lo que estoy buscando—. Haven se retiró de su concha y se sumergió de nuevo, sus bolas golpeándose contra la carne. —Las palabras que yo estoy buscando son fuerte, rápido y profundo.

Y con cada palabra, se estrellaba contra ella.

Los ojos de Yvette se cerraban con cada movimiento hacia adentro y se abrían de nuevo en cada retirada. —¡Oh, Dios!

—Eso me gusta más, cariño—. Entonces él bajó la cabeza a la suya. — Ahora, ¿no ibas a lamer mis colmillos?

Sus miradas se conectaron. En sus ojos verdes, vio deseo y alegría. —Nunca pensé que me resultaras con talento tan natural. Me preocupaba que lo pelearas más. Que lucharas contra lo que eres.

Haven rozó los labios contra los suyos, el toque ligero como una pluma enviaba un hormigueo agradable a lo largo de su piel. —He luchado toda mi vida. Quiero amar ahora, porque es lo que cuenta al final. Yo quiero amarte y hacerte mía.

—Ya soy tuya.

Yvette abrió los labios, invitándolo a entrar. A pesar de que él quería saber tanto, tenía tantas preguntas, no pudo resistirse a lo que ella le ofrecía en ese momento: la felicidad total y absoluta en sus brazos. Nada más importaba. Ya habría tiempo para todo lo demás más tarde, para las preguntas, para averiguar cómo sería su nueva vida.

Sus cuerpos se movían en sincronía, mientras hacían el amor, sus piernas alrededor de su cintura, la espalda apretada contra las baldosas. Haven casi no sentía su peso, su nueva fuerza de vampiro le permitía hacer cosas que hubiera encontrado un poco vigorosas como un ser humano. Pero todo lo que podía pensar era en cómo sus cuerpos se ajustaban perfectamente, cómo su concha se contraía alrededor de él, apretándolo, sosteniéndolo. Cómo sus pechos generosos rebotaban con cada golpe, cómo sus pezones se endurecían aún más cada vez que rozaban su pecho.

Nunca durante el acto sexual había sentido tan intensamente cada acción. Toda sensación se magnificaba diez veces, no, *cien* veces más. Y al mismo tiempo, sabía que podía durar más tiempo, llevarla más alto y hacer que terminara más fuerte de lo que había hecho como un ser humano. La idea de dar más placer a su mujer que antes, sólo se agregaba a su propio deseo. Todas las dudas sobre si alguna vez podría ser suficiente para ella, se habían borrado. La forma en que respondía a él, la forma en que le sostenía la mirada y la forma en que su amor se derramaba en él, sabía cómo sería su nueva vida: feliz y llena de amor. Sin odio. Sin dolor.

La respiración de Yvette cambió, y Haven escuchó claramente los latidos del corazón acelerarse. Sus propias bolas se endurecieron con el conocimiento de lo cerca que ella estaba. Sus labios se separaron. —Ahora. Muérdeme ahora.

Sus ojos miraron el cuello, las venas por debajo de su piel palpitaban. Dejó caer la cabeza hacia él, atraída por una fuerza invisible. Mientras le besaba su sensible piel, sintió que se estremecía bajo su toque. Retirándose de su concha, se metió de nuevo en ella mientras sus colmillos traspasaban la piel y se alojaban en su interior.

Cuando la primera gota de su sangre golpeó su lengua, el sabor se propagó como pólvora, su pene se sacudió en su interior. Un instante después, sintió sus labios sobre su hombro, sus dientes rozándolo, antes de abrir la boca más grande y hundir sus colmillos afilados en la carne.

El control de Haven se quebró, y el orgasmo se estrelló sobre él más poderoso que ningún terremoto, ningún tornado, o tsunami. Cada célula de su cuerpo estalló, y con cada sorbo de la sangre de Yvette que entraba en su cuerpo, se intensificó el placer.

Y entonces lo sintió.

La sintió a ella.

Yvette.

Podía sentirla, sentir lo que sentía. Sentía su amor con mayor intensidad ahora. En su mente, él se acercó a ella.

Yvette, nena, soy tuyo ahora.

Mi amor. Su voz se dispersó a través de su mente, sin embargo, sus labios todavía estaban presionados contra su hombro, sus colmillos aún bebían de él como él de ella.

Un instante después, sintió la proximidad de su orgasmo y se preparó. Cuando los músculos alrededor de su pene convulsionaban, otra oleada de placer le pegó de la nada, enviándolo por encima del borde, una vez más.

Yo nunca te dejaré ir, bebé.

¿Cómo estás tan seguro de eso?

Él se impulsó más fuerte, su pene aún estaba tan fuerte como antes de su orgasmo. —De esta manera, bebé, de esta manera.

Epílogo

Yvette esperaba con gran expectación la respuesta de Haven, a pesar de que ya sentía cuál era su decisión. Ambos se sentaron en el estudio de Samson, frente a Samson, que estaba sentado en el sillón frente al sofá Chippendale.

Haven le dio una mirada de reojo antes de que él le apretara la mano y sonriera.

No parezcas tan preocupada, bebé.

Luego miró directamente a Samson. —No voy a tomar venganza. Drake hizo lo que tenía que hacer para proteger su raza… Creo que, dadas las circunstancias, yo habría hecho lo mismo. Él no debería ser castigado por ello. Mi madre estaba equivocada.

Yvette sintió su dolor cuando habló de su madre. Y ahora que estaba conectada a Haven, también sabía otra cosa que había hecho su madre, había matado al padre de Haven, porque él había tratado de frustrar su plan.

—Ella cometió un error al tratar de aprovechar el Poder de Tres. Nadie debe permitirse un poder tan absoluto.

Samson asintió con la cabeza, claramente satisfecho por el resultado. —Me alegro de que tomaras esta decisión. Voy a hablar con Drake y lo pondremos al tanto de tu generosidad.

Haven hizo un impaciente movimiento de la mano. —Samson, vamos a poner esto en claro: esto no es generosidad de mi parte. Es penitencia. Estoy seguro de que no ha escapado de tu memoria que yo maté a muchos vampiros. Yo soy el que debería ser castigado.

Yvette se levantó de su asiento. —¡No! No puedo permitir eso. Samson, no puedes permitir que Haven sea castigado.

Samson hizo un gesto con su mano, haciéndola detenerse. —Yvette, no tengo ninguna intención de castigar a tu pareja. Por lo tanto, cálmate. Tengo una propuesta, sin embargo.

Yvette permitió a Haven que la hiciera sentar de nuevo en el sofá. Puso su brazo a su alrededor mientras la atraía hacia su lado, el calor de su cuerpo al instante le dio consuelo.

—¿En qué estás pensando? —, preguntó Haven, mirando directamente a Samson.

—Has destruido el Poder de Tres a costa de sacrificar tu vida humana. Y todos estamos agradecidos por ello. Nadie te hubiera forzado a hacer eso por nosotros.

—Lo hice por Wes y Katie… uh, Kimberly. Supongo que nunca me acostumbraré a su nombre.

—No importan las razones, estamos en deuda contigo. Eres un gran luchador, y muestras gran potencial de liderazgo. Me preguntaba si te gustaría unirte a nosotros en Scanguards.

—¿Me estás ofreciendo un *trabajo*?

Samson asintió con la cabeza. —No puedes volver a tu trabajo como un cazador de recompensas. Pero podríamos utilizar a alguien como tú.

El pecho de Yvette se llenó de orgullo. Invitar a Haven a trabajar para Scanguards significaba que tenía su plena confianza. Eso significaba que realmente sería uno de ellos. Un igual. Un miembro de la familia.

—Piensa en ello durante unos días—. Entonces Samson se levantó, lo que indicaba el final de su conversación.

Mientras Yvette y Haven caminaban en el silencio de la noche, ella deslizó su mano en la de Haven. Sólo sus pasos se hacían eco sobre el pavimento. Yvette repitió los últimos minutos en su cabeza. En el momento en que Haven por fin habló, ya estaban subiendo las empinadas colinas de Telegraph Hill, y sólo a unas pocas cuadras de su casa.

—No creo que pueda aceptar. Todavía no, de todos modos.

—¿Por qué?

—No estoy listo. Y no lo merezco.

—Pero Samson piensa que sí.

Haven le sonrió en la oscuridad. —Tengo que creerlo primero. Yvette, he matado a vampiros inocentes. Tengo que perdonarme a mí mismo en primer lugar.

En el fondo, lo entendía. Su honor le prohibía aceptar algo de lo cual no se sentía digno. —Yo te ayudaré.

Le apretó la mano y tiró de ella en la entrada de su casa, su casa. —Y con tu ayuda, voy a perdonarme a mí mismo un día—. La besó, y luego la soltó y le abrió la puerta.

Un sonido desde el interior la puso en guardia y lista para actuar. Ella inhaló. Un momento después, se apresuró a pasar por al lado de Haven, y entró en la casa a oscuras.

—¡Perro!

Un ladrido suave venía de la cocina. Cuando ella entró, sus ojos se asomaron en la oscuridad. Ahí, en su almohada de suelo yacía su perro. Pero no estaba solo.

Detrás de Yvette, Haven entró en la cocina y encendió el interruptor de la luz, inundando la habitación con ella.

—¡Cachorros! —, exclamó Yvette mientras se dejaba caer al suelo para acariciar a su perro, que lamió su cuello feliz. —Ella tuvo cachorros.

Junto a ella, Haven se agachó y pasó su mano sobre el pelaje del perro. —Este es un buen perro que tenemos aquí, nena. ¿Cómo se llama?

A través de las lágrimas, ella parpadeó a Haven. —Ella no tiene nombre—. Entonces se abrieron las compuertas, el estrés y la tensión de las últimas dos semanas, finalmente se disipaban. Los brazos de Haven la acunaban contra su pecho mientras él la levantó en su regazo y el perro le lamió su tobillo.

—Entonces tendremos que escogerle uno, ¿no es así? — Él le acarició la mejilla y le levantó la cabeza y la besó suavemente en la frente. —Y para los cachorros, también.

Haven recogió uno de los cachorros en su gran mano. Sus ojos estaban cerrados, y se quejó en voz baja. —Mira a éste. El color en la cabeza hace que se vea calvo. Creo que tengo el nombre perfecto para este niño.

Le guiñó un ojo con picardía, haciendo reír a Yvette a través de las lágrimas que secaba.

—Zane te va a matar si te escucha.

Haven acarició el hocico del cachorro y se dirigió a él: —¿Qué piensas tú de eso, Zane, ¿eh? No vas a tener miedo de un vampiro grande, calvo, ¿verdad?

Sobre el Autor

Tina Folsom es miembro de los Escritores de Romance de América y escribe principalmente romance paranormal y erótico. Ella vive con su esposo en el norte de California, donde disfruta de buena comida, el clima cambiante, y tolera los terremotos ocasionales.

Las ideas para sus libros vienen de sus muchas carreras diferentes: CPA / Contadora, Corredora de Bienes Raíces, Chef, Secretaria, Au-pair, entre otros, así como los muchos países diferentes en los que ha vivido y la gente que ha conocido con el pasar de los años. ¿Y los vampiros? Bueno, atribúyanle eso a su tan activa imaginación.

Para más información sobre Tina Folsom, por favor visite su sitio Web:
www.tinawritesromance.com
https://www.youtube.com/c/TinaFolsomAuthor
www.facebook.com/TinaFolsomFans
www.instagram.com/authortinafolsom
tina@tinawritesromance.com